Virginie

Tome 2
Mes élèves, mes amours…

Auteure: Fabienne Larouche
Adaptation des scénarios: Marie-Ève Sévigny

Éditeur:

AETIOS PRODUCTIONS
C.P. 187, succursale C
Montréal (Québec)
H2L 4K1

Infographie: Transcontinental – Transmédia

Imprimé au Canada
Dépôt Légal: Bibliothèque et Archives nationales du Québec, 2010
ISBN: 978-2-923790-01-5

Il suffit d'un professeur – un seul – pour nous sauver de nous-même et nous faire oublier tous les autres.

Daniel Pennac, *Chagrin d'école*

I Le plus beau sourire de l'école

Toute la nuit, les élèves ont rêvé que la tempête forcerait Sainte-Jeanne-d'Arc à fermer. Il faut les voir se lever, au matin, se précipiter vers la radio, écouter la liste des cours suspendus en retenant leur souffle, comme si le nom de leur école était le billet de loto chanceux.

Aussi bien croire à la Fée des dents. Depuis le règne de Lise Bombardier (B-52 pour les intimes), Sainte-Jeanne-d'Arc n'a jamais dérogé au calendrier scolaire. Même si la directrice a mis deux heures à faire le trajet depuis Rosemère, rien ne l'empêche de poser ses grosses fesses dans son fauteuil avant huit heures. Après tout, « les premières neiges ne durent jamais, surtout un 2 novembre ». De fait, le vent est déjà tombé, et la neige rend le jour des Morts aussi pimpant qu'un matin de Noël.

À sept heures et demie, une guirlande clignotante d'autobus scolaires déverse devant la polyvalente quantité de tuques, de sacs à dos et d'anoraks multicolores, dont les cris et les bousculades sont plus intenses que d'habitude : même si les adolescents se font un point d'honneur d'avoir quitté l'enfance, lancer des balles de neige est un plaisir trop vif pour le sacrifier à l'orgueil.

Julien Constantin traverse précautionneusement la cour, vêtu d'un manteau de tweed digne de Sherlock Holmes. Les lunettes humides, le professeur d'histoire s'arrête pour rajuster ses caoutchoucs : allons bon, ses chaussures italiennes sont déjà mouillées. Quant à ses guêtres de vélo, elles protègent mal son pantalon du calcium. Il est à renouer son foulard Burberry quand une balle de neige le décoiffe de sa casquette anglaise, qui tombe au sol. L'ancien jésuite se penche pour la ramasser en soupirant : « Je ne sais de tout temps quelle injuste puissance / Laisse le crime en paix et poursuit l'innocence ! » Les jeunes coupables s'enfuient en rigolant : quand le père Constantin se met à parler comme un vieux livre, inutile de chercher à le comprendre.

– Eh, regardez! La Boivin est encore à bicyclette!

Ils sont plusieurs à se retourner, et même les fumeurs du perron étirent le cou: debout sur son vélo de montagne, une brunette de trente ans traverse la grille en soufflant, comme s'il ne restait que quelques secondes avant sa médaille d'or. Des élèves échangent un regard ennuyé: rien de pire qu'un enseignant qui croit en sa matière. Or, dans le genre «je fais ce que je dis», Virginie Boivin est la pire prof d'éducation physique qu'on pouvait souhaiter. Une première neige? Pas de problème: elle installera des pneus d'hiver à son vélo! Avec elle, rien n'est impossible, mais rien ne s'accomplit non plus sans effort. Vraiment, une fille épuisante. Qui a tant d'énergie qu'elle leur donne presque un coup de vieux.

Quand elle les sermonne dans le gymnase ou dans sa classe de français, la jeune femme est pour eux la Boivin: une athlète du stylo rouge, capable de faire la leçon même aux élèves à qui elle n'enseigne pas. Mais, il faut bien l'avouer, en deux mois d'école à peine, elle a surtout imposé son prénom: Virginie, en classe, dans l'agora ou à la cafétéria, c'est le plus beau sourire de Sainte-Jeanne-d'Arc. Ses grands yeux sombres sont des fondants double chocolat, et ses formes harmonieuses chantent par elles-mêmes les mérites de l'éducation physique.

Elle passe sur une plaque de glace, et chacun retient son souffle.

– Combien tu gages qu'elle se casse la gueule?

En effet, elle dérape, mais ses pneus tiennent bon: un coup de guidon bien placé et l'équilibre est rétabli. Des filles applaudissent, des garçons la sifflent, ricanant de la voir chercher le support à vélo qui a été remisé la veille. Vient un temps où la vertu n'est pas loin de l'idiotie – surtout à Montréal, où l'hiver donne le choix entre la glace, la neige et la gadoue. Mais cette fille ne fait rien comme tout le monde. Elle a beau être «une vraie prof», cela ne l'empêche pas d'être «une fausse adulte».

Pour dire si elle est bizarre : non seulement enseigne-t-elle le français aux « débiles » de cheminement particulier, mais en plus, elle les a pris en affection comme s'ils étaient ses propres enfants. Elle leur prête des bandes dessinées, des romans Harlequin… Non, pas ceux de la bibliothèque, *ses propres livres,* qu'elle garde pour eux à son bureau. Oui, oui, à la salle des professeurs ! Là où les jeunes sont rarement admis – sauf, évidemment, les débiles de Virginie. Paraît-il que ses élèves font ce qu'ils veulent avec elle : ils fument aux toilettes, s'enivrent en classe… Pas étonnant qu'elle se retrouve souvent dans le bureau de la directrice !

Mais les bavards doivent vite interrompre leurs potins : après avoir verrouillé son vélo à la clôture, Virginie s'approche en ébouriffant ses boucles brunes, qu'elle vient de libérer de son casque. Elle salue les fumeurs en souriant et, tout en restant à bonne distance de leur nuage toxique, s'arrête pour bavarder avec certains d'entre eux.

Il n'y a pas à dire, cette fille n'est pas une prof ordinaire. À Sainte-Jeanne-d'Arc, c'est autant une grâce qu'une malédiction.

❧ ❧ ❧

– La formation de Virginie est inorthodoxe, déclare Gilles Bazinet en passant la main dans sa barbichette de Lénine. Animer des groupes de vacanciers dans les Antilles, ça ne prépare pas à l'enseignement secondaire !

Assise à son bureau, le menton appuyé sur ses mains jointes, Lise Bombardier remue dans son fauteuil, comme toutes les fois où son nerf sciatique lui reproche d'avoir quitté l'enseignement pour la position assise. Le visage aussi imperturbable que sa coiffure blonde pleine de fixatif, « la Dame de fer » laisse fondre sur sa langue la critique de son directeur adjoint.

Que Gilles Bazinet se méfie de Virginie est tout à fait compréhensible, vu les différends qui l'ont jadis opposé à la mère de la jeune femme, du temps où elle-même enseignait à Sainte-Jeanne-d'Arc. Mais la recrue a beau avoir du caractère, elle n'est pas Cécile – Dieu nous en préserve! Et même si plusieurs prétendent que Virginie a été pistonnée (ce qui est vrai: par son ami Daniel Charron, qui enseigne lui aussi l'éducation physique), reste qu'elle n'aurait jamais été engagée sans diplômes adéquats.

– Elle me semble très motivée, répond-elle stoïquement pour s'éviter tout soupçon de favoritisme.

– En effet. *Trop* peut-être.

Lise Bombardier plisse le nez devant l'ambiguïté de son éminence grise, qui place toujours ses sous-entendus comme des mines antipersonnel. Quel sphinx, tout de même, que Gilles Bazinet! Dans ses costumes ternes et impeccables, il a l'austérité inquiétante d'un bonze communiste, qui joue de perfection pour mieux l'exiger d'autrui. En quatre ans, la directrice de Sainte-Jeanne-d'Arc n'est jamais arrivée à percer l'énigme qui embrume cette paire de lunettes démodées.

– Explique-toi, lui ordonne-t-elle, prisant peu la médisance.

– Dès que Virginie a un pépin, elle remet en question tout le système.

– Classique, sourit-elle en haussant les épaules. La jeunesse préférera toujours réinventer la roue plutôt que de s'adapter aux méthodes en place.

Gilles Bazinet ne peut retenir un mouvement d'humeur:

– Elle devrait se concentrer davantage sur la pédagogie et moins sur le changement organisationnel!

– D'accord, mais *as-tu des exemples précis?*

– Ses étudiants de cheminement ont l'air perdus.

Indécise, la directrice se renverse dans son fauteuil, tournant et retournant son stylo pensivement. Dans ce «système» syndicalement hiérarchisé, les recrues reçoivent les morceaux les plus récalcitrants de la tâche. Or, de tous ces résidus, Virginie Boivin a reçu le pire: en plus de ses groupes de sport, une classe de *cheminement particulier*, où les élèves sont *en intégration* – aussi glorieusement que le tiers-monde s'est mué en *pays émergents,* c'est-à-dire, par la seule force de la langue de bois. « Sans les euphémismes, se dit Lise Bombardier, chacun se sentirait responsable et obligé d'agir. » Voir Virginie Boivin choisir les quatre vérités plutôt que les quatre jeudis n'est donc pas sans la réjouir – autant que cela l'inquiète. Car ayant elle-même emprunté ce sentier – s'y débattant toujours –, elle sait que les tracas y sont plus nombreux que les médailles.

Voyant sa supérieure sur la pente de l'indulgence, Gilles Bazinet assène l'argument fatal, qu'il gardait pour la fin, dans la certitude que la directrice ne pourrait passer l'éponge : Virginie se montre très laxiste face aux règlements du gymnase. Elle laisse les filles porter des casquettes, alors que celles-ci sont strictement interdites dans l'école aux heures de classe.

Gilles Bazinet a vu juste : la juxtaposition des mots « règlement » et « laxiste » suffit à contrarier la Dame de fer.

– Je vais voir Virginie pour lui parler, tranche-t-elle en refermant brutalement ses dossiers. C'est toi qui as raison. Il faut ramener le cap avant qu'il ne soit trop tard.

Le directeur adjoint se garde bien d'applaudir. L'entrevue s'est déroulée au-delà de ses espérances. Non seulement la petite Boivin sera-t-elle remise à sa place, mais il n'aura même pas besoin de porter l'odieux de la chose.

Il n'y a pas à dire, la B-52 a une grande portée de tir.

❧ ❧ ❧

Comme elle n'enseigne qu'à la deuxième période, Virginie a eu le temps de prendre sa douche au gymnase. Quand elle sort du vestiaire, ses cheveux bien disciplinés sur les épaules, sans faux pli à sa jupe ou à son chemisier, personne ne pourrait soupçonner qu'elle s'est échinée sur son vélo du Plateau-Mont-Royal au quartier Hochelaga.

Juste avant son cours, elle fait un crochet par le local du journal étudiant. Son sac d'école en bandoulière, elle en triture distraitement la poignée, soucieuse. Elle n'aurait jamais dû accepter de superviser la rédaction de ce journal. Mais elle ne peut plus reculer. Même si Gilles Bazinet l'exaspère à établir des corrélations entre son agenda surchargé et le retard du premier numéro, au fond d'elle-même, elle ne peut s'empêcher de reconnaître qu'il a raison : un autre enseignant aurait donné de meilleurs résultats. Surtout considérant *le contexte*.

Le contexte : une grande écervelée de seize ans, coiffée et vêtue au petit bonheur, mais dont la jolie frimousse s'illumine d'une paire de billes malicieuses. Claudie Paré, la fille de Bernard, sa belle-fille. L'alliage impossible d'Hannibal et de Fifi Brindacier. Une tête de cochon au regard de cocker, un cœur d'or trempé dans de la bile de rhinocéros. À qui papa ne refuse rien, mais qui hurle à l'exploitation. Surtout, une brevetée du cafouillage, maître ès catastrophes : « Je te jure que je ne l'ai pas fait exprès ! Je m'excuuuuuuuuse ! » Un sac à malice aussi débordant d'imagination que vide de jugeote. Bref, une intelligence dangereusement instable. Et un sens du drame si typique de Cécile qu'il questionne toute notion de génétique.

De quinze ans son aînée, Virginie est sacrée (selon l'utilité du moment) : « ma sœur, ma mère, ma belle-mère, mon ennemie, mon idole ». Autrement dit, même en gardant ses distances, elle finit toujours par se faire jeter dans la marmite par Claudie Lagaffe.

La dernière trouvaille de Miss Calamité : lancer le premier numéro du journal avec, en page centrale, la tête de la grosse Bombardier greffée à un corps de top-modèle. Véronique Bernier, la « copine rouquine » de Claudie, est incapable de voir la photo sans hurler de rire. Quant à Bernard, il trouve le concept « audacieux et très vendeur ». (Le jugement, on l'aura deviné, s'est transmis de père en fille.) Il n'y avait donc qu'une belle-mère aussi rabat-joie que Virginie pour tuer dans l'œuf un projet aussi prometteur. Et que la descendante adoptive de Cécile pour claquer la porte à en faire tomber les cadres du mur.

Quand Virginie pénètre dans le local, les deux adolescentes sont affalées sur la table, le menton dans leurs bras croisés, comme si elles attendaient leur tour de guillotine.

– Grosse réunion de rédaction, ironise la nouvelle venue en s'asseyant.

Claudie lui décoche un regard assassin :

– On a un problème de censure !

Dans un moment comme celui-ci, pour Virginie, le plus dur est de garder son sérieux. Comme il lui a été difficile de ne pas s'esclaffer devant la photo de la B-52, dont le sourire protocolaire, emprunté au bottin scolaire, contraste drôlement avec sa posture aguichante. Mais s'il y a un métier qui exige la rectitude politique, c'est bien celui de l'enseignement.

Éduquer : prêcher, illustrer, synthétiser, répéter, de jour comme de nuit, répéter, encore et encore, en toute cohérence et sans jamais relâcher. Ouf.

Virginie n'a pas d'enfant. Elle n'est pas sûre d'en vouloir, comme elle doute d'enseigner toute sa vie. Pourtant, depuis des semaines, avec une fille de seize ans et une soixantaine d'autres adolescents, éduquer, elle ne fait que cela. C'est ce qu'on appelle la vocation. Ou la névrose.

Contrairement aux apparences, ses corsets de belle-mère et d'enseignante sont absolument contraires à sa nature. Combien d'années a-t-elle vécu à la Guadeloupe, libre et légère, à suivre ses désirs sans jamais s'inquiéter des conséquences ? Son amour pour Bernard est d'ailleurs né de cette insouciance : s'aimer, simplement, tout nus sur la plage, sans songer au lendemain. *Coquillages et crustacés...*

Malheureusement, *on a rangé les vacances dans des valises en carton.* Tôt ou tard, même les filles des Îles finissent par reprendre leurs esprits à l'aéroport Trudeau. Surtout quand les *contextes* de la garde partagée et de l'enseignement se conjuguent à tous les temps dans une seule et même école. À Sainte-Jeanne-d'Arc, Claudie n'est pas tant « la fille de Bernard » que « la belle-fille de Virginie ». Avec tous les brûlements d'estomac que cela implique.

— Pas question de publier ça, répète Virginie à Claudie. Vous allez vous faire mettre en dehors de l'école, et moi avec.

— On pourrait peut-être te donner une chronique sur l'activité physique ? propose Claudie en mouillant son regard d'épagneul.

— C'est déjà fait, si tu te rappelles bien.

— Une chronique syndicale qui parlerait des problèmes de profs ? suggère la copine rouquine.

— Non.

— Tu ne peux pas faire ça ! se révolte Claudie, comme si tout le théâtre grec s'acharnait sur elle. Véro et moi, on travaille comme des malades ! On fait tout à deux !

Touchée, Virginie se retient de dire qu'elle est bien placée pour constater l'investissement total de Claudie envers « son » journal. La jeune fille y consacrerait-elle même trop de temps, au détriment de ses études ? Le prochain bulletin dira s'il faudra ou non faire réagir Bernard.

— Forcez-vous, dit-elle en se levant. D'après ce que je peux voir, ce ne sont pas les idées farfelues qui vous manquent.

Elle est sur le point de quitter la pièce quand Claudie s'écrie théâtralement :

— On tue la une !

Leur tournant le dos, Virginie ne retient plus son sourire :

— On va faire un marché, les filles. Vous gardez votre « super une » pour la fin de l'année, question de limiter les risques. En échange, vous publiez des textes de ma classe.

Elle leur aurait proposé de donner leurs organes à la science que la réaction n'aurait pas été différente.

— Pas tes débiles ! souffle Claudie d'une voix blanche.

— C'est à prendre ou à laisser.

❧ ❧ ❧

Mais quand Virginie leur expose son projet, ses « débiles »
sont aussi catastrophés que le comité de rédaction.

– On n'est pas assez bons pour ça ! s'exclame Kim Dubé,
comme toutes les fois où il lui est suggéré de réussir.

– Arrête donc de te rabaisser ! se fâche Virginie. Je ne
veux plus entendre ça !

Garçons et filles se regardent avec perplexité : contrairement à leurs enseignants précédents, celle-là refuse non
seulement de les condamner à l'échec, mais il suffit qu'ils
le fassent eux-mêmes pour qu'elle le prenne en insulte
personnelle.

– Vous êtes aussi bons que n'importe qui dans cette fou-
tue école, c'est clair ?

Seul Sylvestre Paul, le jeune Haïtien, ne se montre pas
impressionné : les sourcils frondeurs, mais le sourire imma-
culé, il se balance sur sa chaise en mâchant ostensiblement
une gomme interdite :

– C'est niaiseux, ton affaire !

« Il a *aussi* des qualités, se répète intérieurement Virginie.
Des qualités, des qualités, qualités… » Ce mantra est le seul
moyen qu'elle ait trouvé pour ne pas étriper le leader négatif de sa classe. Car même si les autres admirent le talent de
Sylvestre à changer régulièrement d'école (comme si le ren-
voi était une prouesse athlétique !), elle sait maintenant à qui
elle a affaire. Il aura beau peaufiner son personnage de prince
vaudou à la tuque de Bob Marley, pour elle, il restera le roi des
lâches, l'empereur de la grosse menterie pas jolie. « S'il consa-
crait seulement le millième de son intelligence à travailler ! »

Pédagogie 101 : isoler le leader négatif avant qu'il ne
gangrène le groupe :

– En effet, quand je regarde ta feuille, Sylvestre… C'est
incroyable le nombre de conneries que tu écris !

Laissant tomber son devoir sur sa table comme un vieux
mouchoir sale :

– Je devrais le publier tel quel ! Je ne serais pas la seule à me taper tes brouillons !

La classe éclate de rire, certains élèves osant même des railleries. Sylvestre se redresse sur sa chaise avec colère :

– Si tu continues de me *martyriser*, je vais aller me plaindre à Bazinet !

La pensée du directeur adjoint (et surtout, de l'annuaire téléphonique qu'il fait recopier aux « éléments perturbateurs ») fait ricaner Virginie :

– Fais donc ça, mon Sylvestre ! Va-t'en user ton stylo chez monsieur Bazinet !

– Tu n'as pas le droit de passer mon texte dans le journal si je ne t'en donne pas la permission !

Il a raison. Mais elle se privera bien de le lui avouer. Huit semaines lui ont appris que, même si elle préférerait jouer cartes sur table, dans cette classe, l'ambiguïté reste une alliée dont elle ne peut se passer.

Heureusement pour tous les deux, la cloche sonne juste au bon moment. Les élèves se hâtent vers la porte, Sylvestre le premier, mettant tout un art à se déhancher avec nonchalance tout en se pressant hors de la classe. Elle l'énerve, cette fille. Elle l'énerve tellement qu'il pense toujours à elle.

Comme toujours, Guillaume Tremblay sort le dernier, trop placide pour affronter la bousculade des autres. Grand brun de seize ans, âme de chevreau emprisonnée dans un corps de gorille, il est un des rares, ici, à être motivé à apprendre, comme si les exercices de grammaire étaient pour lui une île de quiétude.

Virginie l'arrête près de la porte :

« Je suis découragée, Guillaume. Pour être franche, je ne sais vraiment plus quoi faire de toi. J'ai épuisé toutes mes ressources pour te faire parler, mais tu t'enfonces chaque jour un peu plus dans le silence. Pourtant, je sais que tu me caches quelque chose. Je sais que ça se passe à la maison.

Je sais que c'est grave. Mais tu m'empêches d'intervenir – tu me le refuses, en fait. Aide-moi, s'il te plaît! Aide-moi à t'aider!»

Voilà ce qu'elle voudrait lui dire. Mais ce serait le perdre. Aussi, au moment de l'arrêter, préfère-t-elle la confiance à la vérité:

– Je suis contente, Guillaume. Ça va mieux. Continue.

Les yeux doux du gaillard s'abaissent, comme chaque fois en sa présence. Elle mettrait sa main au feu qu'il ne la sent pas sincère. Évidemment, il n'ira pas le lui avouer, se contentant de hocher doucement la tête avant de se couler hors de la classe.

La mort dans l'âme, Virginie laisse partir son premier de classe. S'il n'y avait que l'académique dans la vie, aucun de ses enfants ne serait malheureux.

ᰰ   ᰰ   ᰰ

Énervé par l'affront qu'il vient de subir, Sylvestre malmène sa porte de casier. Si, au moins, il était facile de détester la Boivin! Si elle n'était pas si jolie! Si elle ne sentait pas si bon!

– En tout cas, clame-t-il en jetant ses cahiers sur une tablette, elle est mieux de ne pas mettre ma composition dans le journal, parce que je lui réserve une belle surprise!

Guillaume baisse les yeux vers son ami, le sourire plein de confiance:

– Elle ne le fera pas.

– Elle est assez mongole pour le faire! C'est une maudite tête dure!

Son copain hausse les épaules: pour un gars qui prétend détester parler, Sylvestre aime drôlement jaser tout seul. Autant qu'il adore détester Virginie.

– Il faudrait que j'aille faire un tour au local du journal, dit pensivement le jeune Haïtien. Viens-tu? Juste pour voir!

Guillaume a un mouvement de recul : depuis qu'il s'est enivré à l'école[1], il a bien assez de problèmes comme ça !

– Va lui voler ton texte, dit-il simplement pour clore la discussion.

– Elle va s'en apercevoir ! Elle est trop vite dans le cerveau ! Je me suis déjà fait avoir une fois avec le copiage[2]…

C'est justement ce qui énerve Sylvestre, avec la Boivin : contrairement aux autres professeurs, elle ne se contente pas de lui faire la morale, mais elle lui joue la grande scène de la déception, comme si, en faisant un mauvais coup, il s'était trahi lui-même en ne se montrant pas à la hauteur de son potentiel. Depuis que Sylvestre a triché, il se sent dégoûté de lui-même, comme s'il s'était volé quelque chose.

– Elle n'arrête pas de me mettre le nez dans mon pipi ! grommelle-t-il en prenant ses livres de mécanique. Elle n'est pas comme les autres ! Elle ne laisse rien passer !

– Elle est correcte, sourit Guillaume. C'est ça que tu veux dire.

Sylvestre regarde son copain avec incrédulité :

– Elle ne peut pas être correcte ! *C'est une prof !*

Mais songeant à ses jambes fines, que ses collants noirs, tantôt, mettaient drôlement en valeur :

– Comme fille, par contre, elle est pas pire.

II La solitude de la fonction

Le cauchemar revient hanter Bernard toutes les nuits depuis une semaine.

Il est dans l'ascenseur du journal. On l'a convoqué pour une réunion importante. C'est Pierre Boivin, le père de Virginie, qui lui a livré le télégramme (?), déguisé en camelot, avec culottes courtes, casquette de travers et sac rempli de dépliants publicitaires, sa grosse face de chien shar-pei plissée par l'appréhension. Une mauvaise nouvelle ?

---

1 Voir le tome 1 : « La recrue ».
2 Voir le tome 1 : « La recrue ».

Au deuxième étage, les portes de l'ascenseur s'ouvrent pour faire entrer une femme maigre en uniforme de bonne, dont les cheveux auburn, coupés au carré, sont surmontés d'une coiffe à l'ancienne. Avec sa pile de linge dans les bras, elle lui rappelle quelque chose, mais il ne saurait dire où il l'a rencontrée exactement.

Quand il parvient enfin au palier de la rédaction, la femme sort avant lui, sa pile de vêtements dans les mains, le précédant dans le couloir en claquant des talons. Dans la salle pleine de bureaux et d'ordinateurs, personne ne semble surpris de la voir trimballer des draps. Il faut dire qu'il n'y a que des femmes sur place, comme si la liste de paie avait été expurgée de tous les collègues masculins.

Quand elle s'arrête à la table de Bernard, son costume de bonne a été remplacé par un uniforme militaire. Dans ses mains, des caleçons en grande quantité, qu'elle lance partout à travers la pièce. Les autres femmes se précipitent pour les ramasser en poussant de petits cris d'excitation. Quand elles se tournent vers Bernard, toutes éclatent de rire : elles peuvent bien lui tendre ses caleçons ! Il est nu comme un ver, son ordinateur entre les mains !

Au centre du groupe, le petit caporal ricane dans un porte-voix :

– Habille-toi, mon gendre ! Ton cure-dent va rétrécir !

C'est alors que le beau-père-camelot le rejoint, posant une patte compatissante sur son épaule :

– Eh oui, qu'est-ce que tu veux, mon petit garçon… Quand Cécile fait du repassage… tout y passe !

∽ ∽ ∽

Virginie finit de lacer ses chaussures quand Bernard, réveillé en sursaut, s'assoit brusquement dans le lit, regardant autour de lui en plaquant la douillette sur son corps nu.

– Ta mère !

– Quoi, ma mère ?

– Au journal, elle était en charge de ma section. Elle montait contre moi toutes les filles de la rédaction!

La jeune femme s'assoit à ses côtés, lui replace quelques mèches en souriant : dès le début, les rapports de Bernard et Cécile ont été tempétueux. «Ils se ressemblent tellement plus qu'ils ne le pensent!» Aussi orgueilleux l'un que l'autre, incapables de ne pas rajouter leur grain de sel à une discussion, s'arrachant le dernier mot comme deux pitbulls un filet mignon. Depuis quelque temps, leur guerre froide s'est muée en «drôle de guerre», chacun gardant son artillerie pointée sur l'autre, sans pourtant se décider à tirer. Dans l'attente – la certitude! – que tout finira un jour par éclater.

Mais Virginie sait que le cauchemar de Bernard cache un autre souci :

– Ça t'angoisse, ta promotion?

La veille, il lui est arrivé avec toute une nouvelle : après quinze ans de journalisme culturel, il vient de se voir offrir le poste de directeur des Arts et Lettres. La calculatrice plutôt que la plume, le bureau plutôt que le terrain, un agenda aux journées prévisibles... Mais un poste prestigieux, un meilleur salaire, et surtout, ses soirées avec Virginie.

C'est pour elle qu'il est tenté d'accepter. C'est dire sa stupeur de la voir si peu enthousiaste.

– J'aurais pensé que tu serais plus contente!

Elle lui caresse la joue : Bernard et ses prises de décisions...

– Aimes-tu encore ça, écrire?

– J'adore mon travail.

– La seule chose qui est vraiment importante, c'est ce que tu veux. Moi, à la longue, je me suis habituée à ma petite solitude du soir. Je m'installe dans mes affaires, je me gâte...

Il n'en revient pas :

– D'après toi, tu ne devrais pas être un facteur de ma décision?

– Si tu penses que tu serais plus heureux dans un poste de cadre, vas-y. Mais, si tu aimes ce que tu fais, je te suis.

Voyant l'heure à sa montre, elle l'embrasse doucement avant de se lever. Déconcerté, Bernard la regarde rajuster sa jupe, enfiler sa veste sur son col roulé, replacer ses cheveux bouclés dans le miroir, la tête déjà ailleurs, sans doute dans les couloirs, les classes de Sainte-Jeanne-d'Arc…

– Qu'est-ce que je fais ? demande-t-il plaintivement au moment où elle l'embrasse une dernière fois.

– Ce que tu veux, sourit-elle. Ce n'est pas une bonne réponse, ça ?

– La pire de toutes.

Amusée, Virginie secoue la tête, puis sort de la pièce. Bernard reste un moment immobile dans le lit, à suivre son pas pressé dans le couloir, le tintement de ses clefs, la porte du vestibule, puis celle de l'entrée.

Il est seul.

Il s'est couché tard, sa nuit n'est pas terminée, mais il n'ose se rendormir. Et si le cauchemar de Cécile reprenait ? Cette seule pensée suffit à le faire bondir du lit comme s'il venait d'y découvrir une couleuvre.

Il est sur le point de passer à la salle de bain quand, prenant conscience de sa nudité, il court à la chambre enfiler sa robe de chambre. Il aurait dû exiger de Virginie qu'elle récupère leur clef ! À force de venir repasser leur linge sans prévenir, la belle-mère va finir par le prendre les culottes à terre.

Réalisant soudain que Cécile le rend paranoïaque, Bernard se gratte la tête avec mécontentement. Ça y est, même absente, elle a réussi à le mettre de mauvaise humeur. C'est-à-dire à lui faire retrouver son caractère matinal habituel.

∽ ∽ ∽

Il fut un temps où Lise Bombardier et Mireille Langlois étaient inséparables. C'est du moins ce que racontent « les anciens » de Sainte-Jeanne-d'Arc. À l'époque où la directrice de l'école et la présidente du syndicat n'étaient que des enseignantes de mathématiques et de géographie, elles corrigeaient ensemble, cuisinaient ensemble, faisaient partie du même club de marche, des mêmes lignes de piquetage. Mireille gardait les enfants de Lise, qui ne la laissait jamais seule à Noël. Leur amitié sentait le pesto, la tourtière, le ketchup aux fruits… Elle embaumait la salle des professeurs chaque fois que les deux enseignantes partageaient leurs restants d'orgies avec leurs collègues.

On prétend que c'est Lise qui aurait initié Mireille au syndicalisme. (Mais, bien sûr, cette dernière refuserait de le reconnaître, même sous la torture.) La dernière grève aurait été leur ultime moment de solidarité. Devant la perte de tant d'acquis, Bombardier aurait alors décidé d'œuvrer autrement, soit à la barre de Sainte-Jeanne-d'Arc. En s'asseyant à un bureau, « la terreur des négos » serait devenue « la Dame de fer », tenant ses anciens camarades par les ouïes pour exiger d'eux ce qu'elle condamnait naguère. Mireille ne se serait jamais remise de cette trahison. C'est du moins ce qu'on chuchote, allant même jusqu'à prétendre qu'elle n'aurait pris la tête du syndicat que pour faire expier à sa vieille amie son « passage à l'Ouest » loin des camarades.

Finies les odeurs de pesto, de ketchup et de pâtés. Les couloirs de Sainte-Jeanne-d'Arc ont maintenant retrouvé leur parfum d'école : la poussière de craie, la cire à plancher, le cuir, la sueur et les tapis d'hiver mouillés. Seule Mireille est restée fidèle à la tradition, nourrissant ses collègues par ses muffins du mardi matin. Pour se convaincre que tout n'a pas changé ? Malheureusement, la seule chose qui arrive désormais à l'asseoir devant sa meilleure ennemie, c'est le grief et la contestation.

Par exemple, cela fait une demi-heure qu'elle s'obstine avec Lise à propos de Louis-Félix, le professeur de physique, dont le grief devrait pourtant être réglé depuis des semaines. Et à les voir ainsi, face à face, dressées sur leurs ergots, les inséparables de naguère ont plutôt l'air de deux perruches radoteuses, aussi ennuyées l'une que l'autre par la bouillabaisse administrative.

Assise dans son fauteuil rembourré, la B-52 cherche la faille chez son adversaire. À son grand dam, la présidente du syndicat est trop sur la défensive pour être prise en faute. Son chemisier à carreaux verts et rouges la rend encore plus flamboyante. Sa coupe courte, en dégageant son visage, l'éclaire de blondeur, rendant ses yeux bleus encore plus pétillants. « Une des rares filles que je connaisse à qui profite l'embonpoint », songe Bombardier avec envie. À cinquante ans, Mireille Langlois saurait encore faire chanter les coqs sous son balcon, « si seulement elle acceptait de quitter son isolement. »

Mais la présidente du syndicat semble plus préoccupée de griefs que de roucoulements :

– Tu lui inscris *treize minutes* parce que c'est ce qu'il fait en réalité. Au fond, ce n'est pas compliqué ! Mais il faut toujours que tu installes ton autorité ! C'est ton grand classique : tous les mois de septembre, tu fais exprès de nous traiter en terroristes !

La Dame de fer retient avec peine un sourire. Mais avec tous ces jeunes enseignants récemment engagés, elle ne peut se permettre de lâcher du lest. La permissivité de Virginie Boivin envers le port de la casquette en est le meilleur exemple.

– Ne pense pas que je cherche à tout prix la discorde, dit-elle à son ancienne amie. Au contraire, j'aime quand tout le monde se regarde avec le sourire.

– Ouais ! ricane Mireille. Un beau sourire de cocu content !

– Tu es donc rendue aigrie, toi! Tu n'étais pas de même avant!

Mireille hausse un sourcil, le regard plein d'amertume :

– *Avant quoi?* Je te fais remarquer que ce n'est pas moi qui ai changé!

– Mireille, je ne peux pas faire autrement : je suis cadre.

– Comme sur un mur! Quand tu vires un peu croche, il y a un patron de Québec qui passe pour te redresser!

Et considérant ses mains, soudain rembrunie :

– Pourtant, quand tu étais à ma place, les patrons te redoutaient. C'est probablement pour ça qu'ils t'ont récupérée.

Lise Bombardier se lève pour s'approcher de Mireille ; s'appuyant une fesse à son bureau, elle joint les mains, conciliante :

– Mimi, penses-tu vraiment que je suis contre toi? Que je suis contre les profs?

Est-ce la gentillesse imprévue de la directrice ou le fait qu'elle ait ressuscité l'ancien diminutif qui les unissait jadis? Mireille semble soudain démoralisée. Tournant la tête vers les fenêtres, elle se mord les lèvres, comme si trop de répliques la submergeaient pour qu'elle arrive à en choisir une.

– Pour Louis-Félix, donne-moi la journée pour y penser, dit Lise Bombardier, comme on offre un bonbon à une enfant pour la consoler.

Mireille hoche la tête en se levant. Elle est sur le point de quitter la pièce quand sa supérieure la rattrape :

– Tu sais, on pourrait aller dîner ensemble, un de ces quatre...

Le regard bleu devient alors coupant :

– Aucun intérêt!

Mais l'ancienne amie insiste :

– À part ton travail et tes rencontres syndicales... Tu es toujours toute seule?

– Ça ne te regarde pas!

Lise hoche la tête, la laisse s'éloigner : elle sait très bien ce qui retient Mireille à la maison. Et elle n'a aucun mal à imaginer combien certaines soirées peuvent être pénibles.

– Appelle-moi à la maison, si ça te tente.

La présidente du syndicat sort de la pièce sans répondre. Elle déteste être vue les yeux pleins d'eau, en flagrant délit de nostalgie.

✎ ✎ ✎

À midi, Julien Constantin sort de la cafétéria, enlevant les graines sur son costume trois pièces avec agacement. Julie, sa cadette, a vieilli. Il voudrait bien savoir quand cela s'est passé.

Sa femme, Andrée, a raison : il n'est pas toujours conscient de ce qui se passe autour de lui. Résultat : son bébé joufflu et rigolard est devenu une adolescente ombrageuse, enveloppée, mal dans sa peau, de plus en plus renfermée sur elle-même. Et si ce n'était que cela ! Il vient encore de se disputer avec elle parce qu'elle refusait d'ajouter une soupe à sa pomme et à son verre d'eau ! Les satanés régimes de Julie ! Tout cela pour s'empiffrer de biscuits au chocolat juste avant le souper !

Le pire, c'est qu'elle n'est pas si boulotte que ça. Simplement, contrairement à son aînée (qui reproduit la silhouette filiforme d'Andrée), Julie a hérité de la taille, des hanches et des cuisses de sa grand-mère Constantin. Impossible pour elle de suivre la mode des pantalons à taille basse sans avoir l'air d'une courge en bikini. « Pourtant, rêve-t-il, c'est tellement beau, des rondeurs… » Mais un père qui se respecte peut-il dire cela à son adolescente ? Surtout que, si Andrée l'apprenait, elle lui ferait toute une scène ! Ou elle l'enverrait promener en disant qu'il n'y connaît rien.

Pour la propriétaire de Beauty, la boutique de vêtements griffés de l'avenue Bernard, une femme doit être aussi mince, légère et affûtée qu'un couteau Laguiole. Une beauté froide, raffinée, dispendieuse, qu'il faut soigner quotidiennement. Quand Julien proteste contre la perception de sa femme, celle-ci rétorque que c'est tout de même son type de beauté à *elle* qui l'a séduit, et non celui de la grand-mère Constantin! Que répondre à cela?

«Ah, élever une adolescente... Que de responsabilités, pour un père!»

Cependant, Julien n'a pas une, mais deux filles...

Au moment où il traverse l'agora, tout préoccupé par sa cadette, c'est l'aînée qu'il aperçoit, contre le mur, enroulée à un jeune homme par un baiser, ma foi, on ne peut plus lyrique, la jambe retroussée sur les reins du garçon malgré sa minijupe.

Julien est si abasourdi qu'il reste là, immobile, sans remarquer les rires des élèves qui l'entourent, amusés de voir leur professeur d'histoire se faire éduquer sexuellement par sa descendance.

Charles Anctil, le repérant avant Karine, laisse aussitôt tomber ses bras, comme un robot soudainement privé de courant. Mais la fille d'Andrée ne perd pas son sang-froid: replaçant quelques mèches rouges de sa coupe sophistiquée, elle marche vers son père comme si l'agora était une allée nuptiale, la mine chaste, pure et virginale. Il ne lui manque que le bouquet. Parvenue près de Julien, elle l'attire à l'écart, si volontairement qu'il se laisse faire. Puis, elle lui prend tendrement la main, élevant vers lui un minois ingénu aux pommettes rougissantes:

– C'est la première fois que ça arrive, je te le jure! Ça ne se produira plus. C'était une erreur.

– Je pensais que j'avais éduqué des *demoiselles!* souffle Julien à mi-voix, comme après avoir reçu un coup de poing dans le bas-ventre.

Karine se prive bien de faire remarquer à son père que les adolescentes d'aujourd'hui n'ont plus grand-chose à voir avec les jeunes filles en fleurs de ses bouquins.

– C'était la première fois et il n'y en aura pas d'autres. Je te le promets.

– Ta mère n'apprécierait pas, déclare Julien, sans pourtant en être certain.

Karine joue tendrement avec la main de son père, comme elle le faisait si souvent quand elle était petite :

– Tu n'es pas obligé de le dire à maman…

La cloche le sauvant de répondre à une proposition aussi délicate, Julien laisse sa fille partir :

– Ça ne se produira plus ?

– Promis.

Démonté, Julien regarde Karine s'enfuir, son sac à dos en nounours sur les épaules. Visiblement, elle non plus ne s'est pas vue grandir.

Ah, pourquoi les jeunes d'aujourd'hui sont-ils si pressés de sortir de l'enfance ! S'ils savaient ce qui les attend au bout du tunnel ! « Toutes ces responsabilités ! »

༄ ༄ ༄

À quatorze heures, Mireille Langlois est seule dans la salle des professeurs, corrigeant des tests formatifs avant son dernier cours de la journée. Quand Lise Bombardier passe sa tête pleine de fixatif dans l'embrasure de la porte, l'enseignante de géographie retourne à sa copie.

– Ça sent bon le café ! s'exclame la directrice d'une voix enjouée. Il doit être meilleur que celui d'Henriette !

Mireille hausse les épaules. Battre l'eau de vaisselle de Mamelles d'Acier n'est pas bien difficile : depuis qu'elle a épousé un Parisien, elle ne jure que par l'instantané ! « Et après, on ira dire que la France est le pays du café ! »

Lise Bombardier marche vers le coin cuisine, parfaitement à son aise, retrouvant les tasses dans les armoires, les contenants de crème dans le tiroir droit du réfrigérateur, comme si elle n'avait jamais quitté la salle.

– C'est soixante-quinze cents, dit Mireille en l'entendant se verser du café.

La directrice sourit avec embarras :

– Je ne sors pas de mon bureau avec mon sac à main...

– On ne paie pas le café aux patrons.

– Arrête donc de te donner des grands airs ! Nous sommes entre nous !

Si Lise souhaitait jouer la carte de l'intimité, elle a mal choisi son lieu : dans la salle des « camarades », Mireille Langlois ne se permet pas d'être autre chose qu'une présidente de syndicat. Surtout avec la Dame de fer.

– C'est toi qui as voulu devenir directrice, dit-elle en bariolant sa copie de crayon rouge. Il y a toujours un prix à payer pour devenir cadre dans notre métier.

– Il n'y a rien à faire avec toi ! Tu es remontée pour vingt-quatre heures, tu ne changeras pas de discours. Je venais pourtant t'annoncer une bonne nouvelle.

Devant la méfiance de Mireille, collée à son bureau comme une chatte au sol juste avant l'attaque, Lise lui annonce qu'elle a cédé : les treize minutes de Louis-Félix seront reconnues. Seulement, que le grand paresseux ne pense pas s'en tirer aussi facilement avec ses congés de maladie. Elle n'est pas dupe. Elle l'aura à l'œil.

Mireille se lève calmement, mais ses mains tremblent de colère tandis qu'elle enfile son sarrau. Ses livres de classe contre sa poitrine, elle plante son regard dans celui de sa meilleure ennemie :

– Le « grand paresseux », comme tu dis, c'est le meilleur prof de physique de l'école ! Si tu veux l'intimider, ça va se jouer à deux !

Et bousculant sa supérieure pour poursuivre son chemin :

– Pas besoin de revenir nous rembourser le café ! Je n'ai pas envie de te voir deux fois ici dans la même semaine. L'odeur pourrait rester !

Lise Bombardier la regarde s'enfuir en soupirant. Certains jours, et malgré la certitude qu'elle est au meilleur poste pour servir les élèves de Sainte-Jeanne-d'Arc, elle trouve sa fonction fort peu propice aux relations humaines… Et l'épée de la sainte, très, très lourde.

ᘏ ᘏ ᘏ

Juste avant la dernière période, Karine Constantin pénètre dans la salle de bain du deuxième étage… Pour se retrouver nez à nez avec sa sœur Julie, qui engloutit une forte dose de laxatif.

– Qu'est-ce que tu fais là? s'exclame-t-elle en arrachant la bouteille des mains de sa cadette. Tu es malade?! Ça donne la diarrhée, ces affaires-là!

Fâchée d'avoir été découverte, la blondinette en salopette n'en est pas moins admirative envers son aînée qui, décidément, est au courant de tout, même des trucs pour maigrir.

– C'est brillant! fait Karine, les poings sur les hanches comme une petite mère. Comment tu vas faire, si l'envie te prend pendant le cours?

– Ça ne se déclenche pas comme ça, rétorque Julie, la voix mal assurée. Ça prend un moment avant de se déclencher.

Mais l'expertise de sa sœur vaut mieux que la sienne, si elle en juge aux crampes de son bas-ventre. Malheureusement, Karine n'a pas l'air pressée de partir, sortant de son sac son tube de mascara:

– Si tu mangeais des toasts au son, aussi…

– Peux-tu garder ça pour toi? supplie Julie en se malaxant l'abdomen.

– Et ne pas en parler aux parents? minaude l'autre en savourant son empire sur sa sœur.

– S'il te plaît, Karine! Je n'ai pas le goût de manger des toasts au son!

Mais Julie n'a pas à s'inquiéter: déjà ennuyée par le sujet, Karine se dirige vers la porte. La cadette écarquille alors les yeux, prise d'un grand bouleversement intérieur: tant pis si sa sœur est là, il faut qu'elle aille aux toilettes.

La voyant se précipiter vers une cabine, Karine éclate de rire:

– Je te l'avais dit que ça faisait effet vite! Dépêche, tu vas être en retard à ton cours!

Quel serait le plaisir d'avoir une petite sœur, si l'on ne pouvait pas la torturer?

❧ ❧ ❧

Seule dans la salle des enseignants, Marie-Claude Roy corrige un contrôle d'anglais, les mains dans ses cheveux sombres. Cela fait deux heures qu'elle poireaute à l'école dans l'espoir de croiser Daniel Charron. Mais à dix-sept heures trente, il y a longtemps qu'il doit être rentré chez lui auprès de sa femme et de sa fille.

La motarde fixe un moment le pupitre du professeur d'éducation physique, où les cordes à danser et les gants de baseball côtoient les revues sportives et les dossiers d'élèves. «Qu'est-ce que je fais, à moisir dans cette histoire-là?» songe-t-elle, sans arriver à dire si elle désigne sa relation avec Daniel ou avec Gerry. Aimer un homme marié et vivre avec un autre qu'elle n'aime pas. Pire: refuser de quitter le conjoint qui l'ennuie de peur de devoir emménager avec l'amant qui l'insécurise. Pas besoin d'avoir un doctorat en psychologie pour deviner que cela ne tourne pas rond sous son casque de moto!

Elle est à ressasser ces idées noires quand la porte s'ouvre juste derrière elle. Le cœur de Marie-Claude bat à tout rompre tandis qu'elle se retourne... Mais ce n'est que Lise Bombardier qui fait sa ronde dans l'école avant de partir chez elle.

La rockeuse s'empresse d'enlever ses bottes de son pupitre. Quand elle demande à la directrice si elle cherche Mireille Langlois, celle-ci s'appuie à un bureau en se malaxant le dos, le sourire las. Non, elle a assez vu pour aujourd'hui la présidente du syndicat. Simplement, elle aime se promener dans l'école après que tout le monde a quitté : l'ambiance est si étrange, avec les classes vides et le gymnase désert… Après une journée de stress, cela lui procure une détente inespérée.

– Vous avez raison, sourit Marie-Claude. C'est comme au cinéma à la fin d'un film. On n'arrive pas à croire que la représentation soit vraiment terminée.

– Pourtant, elle reprendra le lendemain, et le surlendemain…

Le silence tombe, sans que la directrice y voie l'occasion de s'éclipser. Peu habituée, non seulement de rencontrer sa supérieure en ces lieux, mais de jaser ainsi avec elle à bâtons rompus, l'enseignante d'anglais fronce les sourcils : que lui vaut donc une telle visite de courtoisie ? La Dame de fer n'est pas spécialement reconnue pour ses discussions gratuites. Chercherait-elle à lui parler de quelque chose ? Pourvu qu'elle n'ait pas eu vent de son histoire avec Daniel !

– Je vous avoue que je suis un peu mal à l'aise…

– Je comprends, sourit la visiteuse. Depuis que je suis directrice, je tâche de garder mes distances avec les professeurs. Ça évite les tensions inutiles.

Mais tournant la tête vers le bureau de Mireille :

– Ce qui ne veut pas dire que ça ne me manque pas.

– C'est solitaire, une directrice ? demande Marie-Claude, oppressée par l'idée d'être seule.

– La solitude de la fonction, fait l'autre en haussant les épaules. Les rapports avec les gens ne sont jamais désintéressés ou sans conséquence. Je dois continuellement penser à l'effet que mes paroles ou mes actes vont avoir.

– Très peu pour moi! Je ne deviendrai jamais directrice!

– C'est vrai que tu es plutôt d'une nature directe, sourit Bombardier. Tu ne passes pas par quatre chemins pour dire ce que tu penses des gens.

– Je n'ai pas été élevée dans une ambassade.

La directrice plisse les lèvres: et voilà, elle a encore réussi à heurter quelqu'un en lui faisant un compliment. Pour rassurer Marie-Claude, elle lui demande son impression sur ses nouveaux collègues. Par exemple, que pense-t-elle de Virginie Boivin?

«Ah, c'est pour ça qu'elle est venue», sourit intérieurement Marie-Claude. Car Mireille a bien prévenu les camarades: aucun geste de Lise Bombardier n'est posé sans arrière-pensée.

– Virginie est une bonne fille, répond-elle prudemment. Elle a beaucoup de cœur. Mais je ne suis pas certaine qu'elle fera de vieux os ici.

– Ah non? Pourquoi?

– Sainte-Jeanne-d'Arc est un vrai zoo pour elle. Elle tombe souvent des nues. Vraiment pas le genre de fille à laisser ses préoccupations scolaires à l'école, si vous voyez ce que je veux dire.

Lise Bombardier hoche pensivement la tête: il est vrai que l'implication de Virginie dans la vie de ses élèves défie toute prudence. «Il faudra tenter de l'aider», se dit-elle, songeant à la jeune Sarah Doucet, qui a démissionné après son *burn-out*. Il ne sera pas dit que Sainte-Jeanne-d'Arc perdra deux recrues en deux ans. Or, dans le livre de Lise Bombardier, aider une recrue, c'est l'encadrer – en la ramenant au respect des règlements.

Réalisant que l'autoroute des Laurentides doit s'être libérée de ses embouteillages, la directrice prend congé de son enseignante. Elle est sur le point de refermer la porte derrière elle quand Marie-Claude la rappelle:

– Madame Bombardier, ça m'a fait plaisir de vous connaître un peu plus.

Et sans le moindre battement de cil :

– Je ne vous pensais pas aussi humaine.

Lise Bombardier sourit :

– Parfois, je l'oublie moi-même… Ce sera notre secret, d'accord ?

III Un vieux fond judéo-chrétien

C'est toujours par la peur de perdre que Virginie ressent l'évidence du bonheur. Quand l'instant est si parfait qu'elle n'aurait même su l'imaginer dans ses rêves les plus fous, et que sa vie s'étale comme un film à grand déploiement nommé aux Oscars, elle se sent alors prise de vertige : « Ça y est, je suis parvenue au sommet. Je ne peux maintenant que redescendre la pente. » C'est ce que Bernard appelle son vieux fond judéo-chrétien. Virginie, elle, préfère parler d'instinct. Après tout, celui-ci l'a rarement trompée.

Tous deux sont affalés en robe de chambre dans leurs fauteuils, leurs lunettes sur le nez. Trop fatigués pour aller se coucher, ils fixent avec hébétude le téléviseur qui, comme tous les soirs, crache des horreurs sur le tapis du salon. Les grandes personnes aussi ont besoin de contes pour aller dormir. Seulement, leurs ogres à elles existent. D'où la grise mine au réveil, qui ne les empêchera pas de s'en prendre une seconde tasse par les journaux du matin. Si au moins cela les faisait agir… Mais non. L'action des Occidentaux, c'est le voyeurisme. L'apitoiement. L'angoisse. La surprotection. L'oubli.

Ce soir encore, des kamikazes pulvérisent des marchés publics, de grands financiers se font coffrer pour escroquerie, tandis que des ours polaires sautent à cloche-pied sur leurs plaques de glace qui rétrécissent. Virginie joint les mains, les yeux plissés, invoquant avec ferveur Dieu,

Yahvé, Allah et tous les autres dieux indifférents au sort de la planète.

— Qu'est-ce que tu fais? s'étonne Bernard.

— Je prie pour notre couple!

— Prie donc pour eux, là…, ronchonne-t-il en pointant du menton le téléviseur.

Mais lui aussi a l'air préoccupé, et pas seulement par le Moyen-Orient.

— Avec qui as-tu mangé ce midi? lui demande Virginie, suspicieuse.

Bernard a un petit rire: elle le connaît bien.

— Avec Daniel.

Aussitôt, elle est sur ses pieds, élevant les mains comme une miraculée du Gange:

— Incroyable! Incroyable! C'est un signe!

— Un signe?

— Qu'on est vraiment le couple idéal! fait-elle en le rejoignant sur le canapé. Moi, j'ai dîné avec Lucie!

Bernard l'attire contre lui en riant, puis tous deux s'enfoncent dans un silence pensif. Rien de plus ébranlant pour des amoureux qu'un couple d'amis qui se déchirent, surtout quand ils se sont aimés aussi passionnément que Daniel et Lucie. On se rejoue alors le film d'amour (lui aussi oscarisé), de leur coup de foudre à leur passion joyeuse, jusqu'au grand mariage romantique et à la croisière méditerranéenne. On passe à la loupe certaines scènes pour tenter de comprendre: qu'est-ce qui a bien pu leur arriver? Rien, sinon l'usure. Un grand froid nous investit alors la poitrine: si Daniel et Lucie se sont rendus là, ça peut arriver à n'importe qui. «Pas tout de suite, s'il vous plaît! prie intérieurement Virginie. Un petit moment encore!»

Si leurs amis ne sont pas encore séparés, chacun prétendant être très épris de l'autre, chacun se plaint aussi d'être malheureux. Daniel reproche à Lucie sa pensée bourgeoise (ce qui est vrai, mais ne date pas d'hier), tandis qu'à force

de subir les absences de son mari, Lucie cherche la maîtresse. «Et si elle avait raison? se demande Virginie. C'est
vrai qu'il est souvent rêveur, ces temps-ci.»

À bout de nerfs, maître Chabot a décidé de mettre son
Charron à l'épreuve: la veille, elle n'est pas rentrée coucher. Pure manipulation, Lucie ayant simplement dormi
(seule) à l'hôtel. Mais cela a quand même posé des burgers
entre Daniel et Bernard – ainsi que des sushis entre Lucie
et Virginie.

– Bernard, parfois, j'ai peur.

Il la serre plus fort dans ses bras:

– Voyons, chaton, de quoi as-tu peur, là, maintenant?

– De la vie, de *notre vie!* Le travail, la famille, ça pompe
l'amour. Je regarde Lucie et Daniel, le divorce de ma sœur,
des autres couples qu'on connaît... Ce n'est pas un succès!

– À nous, ça n'arrivera pas.

Elle sourit: c'est exactement ce genre de chimère qu'elle
souhaitait entendre. Ce qui ne veut pas dire qu'elle y croie.

Mais Bernard a vraiment l'air sûr de lui:

– Tu ne comprends pas comment ça marche, l'amour,
le vrai.

– Prétentieux! Es-tu en contact direct avec Dieu?

Cela expliquerait bien des choses... Car quand Bernard
dit: «Laisse-moi ça entre les mains»... Tous aux abris!

– Les gens se mettent en couple pour toutes sortes de
raisons, lui explique-t-il. Si tu vis avec quelqu'un pour le
travail, pour l'argent, pour avoir des enfants ou pour tes
parents, ce n'est pas solide.

– Tandis que nous deux, c'est pourquoi?

Il a un petit rire. Elle sait bien pourquoi. Mais elle veut
l'entendre.

– Quand tu n'es pas là, il n'y a rien qui m'allume.

❧ ❧ ❧

Le lendemain matin, le grand amour fait des siennes dans un duplex de Rosemont où, pour la énième fois en trente-cinq ans, une femme maigrelette s'aiguise les canines sur son vieil ours domestiqué.

– J'ai oublié de te dire que le docteur avait appelé, annonce Cécile en vérifiant ses cheveux dans le miroir.

Sa teinture auburn vient d'être refaite, aucune mèche rebelle dans sa coupe carrée, mais, allez savoir pourquoi, ce matin, elle se sent dépeignée.

– Il veut te revoir pour *tes problèmes d'homme*.

La main de Pierre s'immobilise à la boutonnière de sa chemise :

– On dirait que ça te fait plaisir.

Cécile lève les yeux au ciel, comme s'il faisait toujours des histoires. Il ne manquerait plus que Pierre les prive de leur «sieste» de l'après-midi! Déjà qu'il passe tout son temps dehors, au golf, aux quilles ou au snack-bar! «Dieu sait avec quelles greluches!»

Comme toujours, elle est si obnubilée par elle-même qu'elle ne remarque pas le regard de Pierre, qui fixe la moquette comme s'il devait dire adieu à celle-ci.

– Je ne peux pas y aller.

– Pourquoi?

– Je suis occupé. Un autre rendez-vous.

Cécile ricane moqueusement :

– Je te connais! Tu as peur d'aller à l'hôpital! Tu perds connaissance quand tu vois du sang. Rien que l'odeur des médicaments te rend tout blême!

Pierre hausse les épaules en rentrant sa chemise dans son pantalon. Il voudrait bien savoir pourquoi sa femme s'amuse tant de la circonstance. À croire qu'elle ne réalise pas ce que sous-entendent ces nouveaux tests.

– Je ne vois pas pourquoi le docteur veut tant me rencontrer, bougonne-t-il. La dernière fois, il m'a dit que tout était correct.

– Il veut être certain. On ne rit pas avec le cancer.

Le sadisme de sa femme le fait sursauter. Satisfaite de son effet, Cécile s'approche, lui caresse la poitrine, presque lascive :

– Tu sais, ce ne serait pas grave, si tu n'étais plus capable… Tu ne serais pas le premier !

– Comment ça, « plus capable » ?

– *Après*. Il y en a qui ne peuvent plus. Ils sont mous comme des spaghettis trop bouillis !

Pierre fuit hors de la chambre :

– Qu'est-ce que tu as, à me dire ces affaires-là !

Cécile le poursuit jusqu'à la cuisine :

– Tu paies par où tu as péché, c'est tout !

– Ne recommence pas avec ta jalousie ! Je t'ai dit qu'il n'y avait pas d'autre femme !

Appuyée au cadre de la porte, bras croisés, les yeux de Cécile passent Pierre au scanner. « Tu es mieux, de n'avoir personne ! songe-t-elle. Parce que si tu me crois jalouse, attends un peu : tu n'as rien vu ! »

– Je m'inquiète pour toi, dit-elle, doucereuse. Je ne voudrais pas que tu meures.

◈ ◈ ◈

Virginie salue des collègues, s'arrête devant le « pigeonnier » pour tirer de son casier des paperasses administratives. Elle est à en prendre connaissance, marchant distraitement vers la salle des professeurs, quand, tournant le coin, elle manque de se heurter à Mamelles d'Acier, la secrétaire de la direction.

Comme toujours, Virginie a du mal à garder son sérieux devant cette *drag queen* fanée, dont la poitrine en obus pointe contre cavalerie dans un nuage de parfum bon marché. Mais ce matin, Mamelles d'Acier ne semble pas avoir envie de rigoler. Les bras croisés, elle considère la jeune enseignante avec l'autorité exagérée des subalternes.

– De la façon dont vous me regardez, madame Hamel, dit poliment Virginie, j'imagine que vous désirez me parler.

– Jeune, mais pas folle !

Le premier réflexe de Virginie serait de prendre Henriette en pitié : cette femme doit être vraiment malheureuse pour être aussi remontée avant huit heures. Mais son instinct lui chuchote de rester prudente :

– Des problèmes avec un de mes élèves ?

La secrétaire hausse ses épaules à dorures : les élèves de Virginie sont grossiers et mal élevés, mais ils ne sont pas pires que les autres.

– Je suis bien contente de l'apprendre, fait la jeune enseignante. Alors, qu'est-ce que je peux faire pour vous ?

Mamelles d'Acier inspire profondément, et ses seins s'élèvent comme des lance-missiles :

– Tu es nouvelle ici : il faut que quelqu'un t'apprenne les règles implicites de l'école.

« Et quelque chose me dit que vous êtes prête à vous dévouer pour la cause… » songe Virginie.

– Les règles *implicites,* madame Hamel ?

Étonnamment, plus Virginie se montre polie, plus l'autre s'échauffe :

– Il y a des choses qui ne se font pas ! Comme aller se plaindre à la direction quand on a un conflit de personnalités avec quelqu'un !

– Un conflit de personnalités ? s'étonne sincèrement Virginie. Entre vous et moi ? C'est la première nouvelle que j'en ai !

– Ne joue pas à la plus fine avec moi ! Je sais que tu as parlé à madame Bombardier !

Déconcertée, Virginie fouille sa mémoire en quête de l'incident qui aurait pu froisser la secrétaire. La dernière fois qu'elle a eu affaire à elle, c'est quand elle a conduit Guillaume à Gilles Bazinet parce qu'il lui était arrivé en classe les pieds ronds. Quant à Lise Bombardier, cela doit bien faire une bonne semaine qu'elle ne l'a pas croisée.

– Je vous jure ne pas savoir…

– Tut! Tut! fait l'autre, les yeux plissés. Ta mère est passée ici avant toi, ma petite fille! Je connais ça, les ratoureuses! Alors, laisse-moi te dire une chose : je ne suis peut-être pas mielleuse comme les *nounounes* des clubs de vacances, mais je fais bien mon travail! Et ce n'est pas toi qui vas gâcher vingt-deux ans d'efforts!

Impressionnée, Virginie hoche la tête sans répondre. Mamelles d'Acier se prend alors à son propre personnage :

– Apprends que dans une école, une secrétaire de direction, c'est aussi précieux qu'un général d'armée! Je vois tout. J'entends tout. Si tu essaies de me nuire, je ne peux rien te garantir quand tu auras besoin d'aide.

Virginie hoche la tête : elle a compris. Quand on passe sa vie dans les manigances, il est normal de flairer le complot partout.

– Écoutez, madame Hamel, je ne sais pas ce qu'on vous a dit, mais je suis très surprise. Si je vous ai offensée, je vous prie de m'excuser. Je vais faire attention pour éviter de vous déplaire.

La secrétaire fait une moue satisfaite, faussement magnanime.

– Par contre, poursuit Virginie, ses yeux sombres bien plantés dans ceux de la secrétaire, vous allez apprendre assez vite que je ne fonctionne pas par la menace. Je suis d'intelligence assez moyenne, mais je peux parfaitement comprendre le bon sens quand on discute. Je vous propose qu'on se respecte, mais si vous voulez la guerre, je n'ai absolument rien contre.

Et Virginie tourne les talons, plantant là une femme si estomaquée que, pendant les vingt minutes qui suivront, celle-ci n'arrivera qu'à pousser des *Oh! Oh!* scandalisés.

Sans le savoir, la recrue vient de passer son initiation. Car comme le lui confiera plus tard Julien Constantin, tout le monde embrasse les pieds de Mamelles d'Acier à sa première année d'enseignement. Tout le monde, sauf Virginie.

Elle vient encore de se faire une amie.

❧ ❧ ❧

Reste qu'avoir envoyé promener le caniche qui nous a mordu le mollet n'empêche pas de ressentir un élancement à la jambe. Tout en traversant le couloir, des bureaux de la direction à la salle des enseignants, Virginie a l'impression de boiter : les menaces de la secrétaire n'auraient eu sur elle aucun mordant si elle n'avait rien eu à se reprocher. Or, elle n'a pas la conscience tranquille.

Cette histoire de photo, où Lise Bombardier est caricaturée en top-modèle… Même si Claudie lui a promis de se tenir tranquille… Est-ce l'instinct ou le vieux fond judéo-chrétien ? Virginie sent que cela va lui éclater en pleine figure.

Entrant dans la salle des enseignants, elle voit Mireille qui fulmine : tout à l'heure, dans sa voiture, un animateur de radio poubelle, contrarié que l'enseignante de son enfant ait écrit aux parents pour rappeler l'importance des devoirs à la maison, a hurlé à l'incompétence des enseignants. « Quand une classe compte plus de 60 % d'échecs, n'a-t-il cessé de marteler, faut-il en conclure que tous les élèves sont des imbéciles ou que le prof n'a pas de talent ? » Les mains en l'air, la présidente du syndicat s'étouffe presque de colère : « Puis toi, mon *tit pit,* en as-tu, du talent ? Les élèves-tu, tes enfants ? À écouter tes sophismes, on voit tout de suite que, toi non plus, dans le temps, tu ne les faisais pas, tes devoirs ! »

Réalisant que Virginie ne se mêle pas à la conversation – « Ah, si les jeunes n'étaient pas si démobilisés, je mourrais moins inquiète ! » –, Mireille s'écroule sur sa chaise et invite sa jeune collègue à s'asseoir : en huit semaines à peine, elle a appris à déchiffrer ce petit visage-là. Elle ne lui donne pas deux secondes pour lui dire…

– Mireille, je pense que je vais avoir un problème.

La présidente chausse ses lunettes avec curiosité : tiens, c'est nouveau, ça ! Ce n'est pas *j'ai* un problème, mais *je vais en avoir un* ? Dans tous les cas, rien de mieux qu'une belle grosse préoccupation pédagogique pour vous en faire oublier une autre.

– Vas-y, ma chérie, sourit-elle en lui tapotant la main. Raconte-moi n'importe quoi : j'ai vraiment besoin de me changer les idées !

Virginie hésite : Bernard a peut-être raison, peut-être s'entête-t-elle trop à chercher des poux là où il n'y en a pas. Mais la situation implique Claudie, ce qui annule toute loi de relativité. Assise sur le bout de sa chaise, elle expose donc ce qui la tracasse : le montage que Claudie a réalisé avec la photo de Lise Bombardier, troquant le corps informe de la directrice pour une silhouette de top-modèle, l'interdiction de publication, la révolte des jeunes filles face à l'interdit de publication… Claudie se montrera-t-elle obéissante ou inventera-t-elle un stratagème pour contourner l'autorité ?

– Je sais bien que je mets la charrue avant les bœufs, mais ces temps-ci, on dirait que la petite citron ne sait pas quoi inventer pour…

L'éclat de rire de Mireille est si fort que Virginie reçoit des postillons dans les yeux. Le fou rire descend trop du singe pour être gracieux : effondrée, la main à son point de côté, la présidente du syndicat demande grâce :

– Lise en top-modèle ! Ah, mon Dieu, ma chérie ! Tu vas me faire mourir !

Quand elle finit par se calmer, les joues tachées de rimmel, elle reste secouée par le hoquet, dont chaque sursaut, en lui rappelant la blague, la fait pouffer à nouveau.

– Mireille, c'est ma première année ici, lui rappelle Virginie. Je n'ai pas envie de me brouiller avec personne. Je me sens responsable du comité de rédaction.

C'est alors que la porte s'ouvre… Pour faire apparaître Lise Bombardier en personne, impressionnante avec son tailleur rouge et sa coiffure de reine-mère.

Virginie s'empourpre jusque sous les ongles, mais heureusement, cela passe inaperçu : Mireille a recommencé à glousser, ce qui, ajouté à ses hoquets, offre un concert de borborygmes assez déroutant.

– Je suis contente de voir que tu vas bien, madame la présidente, dit froidement la nouvelle arrivée.

Et se tournant vers Virginie :

– C'est toi que je suis venue voir.

La jeune enseignante hoche la tête avec résignation : autant crever l'abcès, le vider une bonne fois pour toutes. Elle aurait dû savoir que, avec les rondes de Gilles Bazinet dans l'école, la directrice viendrait à entendre parler de l'histoire.

– C'est un triste malentendu que je peux expliquer.

– Je n'ai pas besoin de justification.

Se détournant avec agacement de Mireille qui, tout en feignant de préparer son cours du lendemain, contient mal le soulèvement hilare de ses épaules :

– Il ne faudrait cependant pas que cela se reproduise. Il serait dommage de ternir l'image de prof responsable que j'ai de toi, tu comprends ?

Virginie hoche la tête, troublée par la bonne volonté de sa supérieure :

– Madame Bombardier, je suis vraiment mal à l'aise. Je vais exiger des excuses.

La directrice fronce les sourcils :

– Il ne faut pas exagérer.

– C'est le moins qu'elles puissent faire.

– J'irai au gymnase si tu veux, mais si c'est toi qui as permis ça…

Mireille qui, à force d'observer la scène, la comprend de moins en moins, s'impatiente comme devant un film mal traduit :

– Mais enfin, de quoi parles-tu ?

La Dame de fer se tourne alors vers la présidente du syndicat, bras croisés, comme si elle reprenait leur éternelle partie d'échecs :

– Un règlement de l'école, *chère,* je ne peux rien faire contre ça. Et je te rappelle que les profs étaient d'accord ! Le port de la casquette est défendu à l'école !

Et se tournant vers Virginie :

– Dans le gymnase aussi !

La belle-mère de Claudie, responsable du journal, se souvient alors qu'outre ses cours de cheminement, elle enseigne aussi l'éducation physique. Elle ne se fait pas réprimander pour un montage photo (dont la B-52 ne semble pas avoir eu vent), mais pour le port de casquettes, qu'elle permet malgré le règlement.

Comme toujours, la direction de Sainte-Jeanne-d'Arc a à cœur les choses importantes.

– Je comprends que les filles doivent faire tenir leurs cheveux, dit la B-52, mais pas de casquettes. Qu'elles utilisent des bandeaux !

– C'est fini les bandeaux, plaide Virginie. Il n'y a pas une adolescente qui voudra en porter. Et avec les gars qui ont les cheveux longs, qu'est-ce que je fais ?

Mireille ricane sans lever les yeux de ses livres :

– Elle va te dire d'acheter une boîte d'élastiques avec ton argent.

Lise Bombardier hausse les épaules en se dirigeant vers la porte :

– Tu m'ennuies Mireille ! Tu tombes toujours dans les clichés !

Au mot « cliché », la présidente du syndicat explose d'un nouveau fou rire. Insultée, la directrice claque la porte.

– Allez, ma chérie ! dit Mireille en se mouchant bruyamment. Je te paie à dîner ! Pour une fois que le sens des priorités de Lise joue en faveur d'un prof, il faut fêter ça !

◦§ ◦§ ◦§

Finalement, songe plus tard Virginie dans la tranquillité de son salon, la journée ne s'est pas trop mal déroulée. Trois élèves seulement sont restés sur le banc faute de costume d'éducation physique, cinq se sont présentés à l'entraînement du midi (deux garçons et trois filles, dont l'immanquable Julie Constantin – mais bon, il n'y a pas de petite victoire). Et Claudie passant la semaine chez sa mère, les planètes sont alignées pour une paisible soirée à la maison.

Un si plein sentiment de sérénité que le vieux fond judéo-chrétien fait irruption, taquinant Virginie comme un rhumatisme avant l'orage. « Arrête, se dit-elle, étirant le cou vers Bernard, plongé dans l'écriture de sa chronique. Que peut-il bien se passer de terrible à vingt heures ? »

C'est à ce moment-là que le téléphone sonne. « Ah oui, soupire intérieurement Virginie, je l'avais oubliée, celle-là. »

– Je suis inquiète, gémit Cécile à l'autre bout du fil. Ton père est malade.

– Malade ? C'est grave ?

Aussitôt, elle s'insurge contre sa manie – assez naïve, il faut le dire – de toujours s'enquérir auprès de sa mère de la gravité des situations. Le baromètre de Cécile est bloqué sur les tempêtes. Avec elle, *tout* est grave. La dernière fois qu'elle s'est inquiétée à propos de son mari, elle a débarqué à Sainte-Jeanne-d'Arc comme une pleureuse de l'Antiquité, s'arrachant les cheveux en prétendant qu'il l'avait trompée[3]. Ce qui, évidemment, s'est révélé être une

___
3 Voir le tome 1 : « La recrue ».

pure invention. Pierre Boivin a beau aimer faire le coq sur les terrains de golf, il tient à la vie. Quitte à tromper Cécile, autant passer ses vacances à Kandahar.

Cette fois-ci, le père de Virginie n'inquiète pas sa femme pour ses «histoires de femmes», mais plutôt pour ses «affaires d'homme».

– Les petits problèmes de vieillesse ou bien autre chose ?

– Le cancer! Est-ce que c'est assez grave pour toi !

Virginie est soufflée par la méchanceté – la stupidité ? – de sa mère, qui, accaparée par la tragédie qu'elle se joue, ne songe pas une seconde à protéger ses enfants. Elle vient carrément de lui annoncer le cancer de son père, aussi légèrement que si elle parlait de la météo !

– Je n'ai pas dit qu'il avait le cancer. J'ai dit que ça *pourrait* être ça…

Écœurée, Virginie raccroche. Ça y est, elle va en être quitte pour une migraine. Finalement, elle a raison de toujours s'attendre au pire : même quand il ne se produit rien, sa mère sera toujours là pour attiser la fatalité.

Mais tout en sachant que la loi de la probabilité joue contre Cécile, tout en se répétant mille fois que celle-ci a certainement encore une fois monté de l'air en meringue, Virginie ne peut s'empêcher de douter, tenaillée par une petite voix mesquine qui, à sa tempe droite, lui chuchote cruellement : «Et si pour une fois Cécile avait raison ? » Et si Pierre était malade – gravement ? Et s'il mourait déjà, à soixante-cinq ans ? Et s'il souffrait mille morts avant de partir ? Et si…

– Dis-moi ce qu'elle t'a dit pour te mettre aussi à l'envers, lui murmure Bernard en l'enlaçant par-derrière.

Perdue dans ses pensées, Virginie ne se rend pas vraiment compte qu'il est là. Elle se ronge un ongle, les yeux fixés sur la carafe de vin que son père leur a offerte. Quand Bernard se fait plus insistant, elle se blottit contre lui, le visage dans son chandail.

– Voyons, chaton! Qu'est-ce qui t'arrive?

Quand elle lui raconte le coup qu'elle vient de recevoir, il éclate de rire:

– S'il fallait faire une crise cardiaque chaque fois que Cécile annonce une catastrophe, on serait branchés sur un défibrillateur en permanence! Je suis sûr que Pierre est en parfaite santé!

Et la voyant à moitié convaincue, la main à sa tempe droite:

– Allez, viens, je vais te faire un bon petit massage. Au diable les calamités, vous reviendrez demain: on ferme!

❧ ❧ ❧

Mais comme cela lui arrive souvent, Bernard a peut-être parlé un peu trop vite...

Quelques heures plus tard, alors qu'ils viennent tout juste de s'endormir, un grand fracas retentit dans l'entrée.

– Ah, non! *Chicken!*

Après sa soirée chez Véronique, Claudie a choisi d'aller dormir chez son père.

L'enfer est pavé de bonnes intentions: n'allumant pas les lumières pour ne pas réveiller la maison, l'adolescente a buté sur le guéridon de l'entrée, accrochant le vase qui y reposait. Une sorte de silhouette asiatique, mixture douteuse entre un bouddha et une vessie de bœuf, dont même les morceaux épars offensent le bon goût.

Mais c'était un cadeau de tante Jacqueline...

– Mon vase!

... la tante chérie de Virginie.

– Je te jure que je n'ai pas fait exprès! Je m'excuuuuuse!

IV Le saint suaire de monsieur Lirette

Dans ses moments philosophiques, Édouard Lirette aime répéter que les vrais grands cuisiniers ne craignent pas de se faire voler leurs recettes. Aussi ne se gêne-t-il pas pour donner celle de ses frites à quiconque la lui demande : de l'huile d'arachide, des patates et du sel. Pourtant, une fois à la maison, personne n'arrive à les réussir aussi bien que lui.

Les frites de Lirette sont si exceptionnelles qu'elles attirent même les Anglais de l'ouest jusque dans Hochelaga, ce qui a valu à son snack un article dans *The Gazette*. Le veuf y paraît, en manches de chemise et la moustache retroussée, les bras croisés bien haut sur le torse, comme la statue de Louis Cyr du quartier Saint-Henri à qui l'on aurait mis un tablier et une coiffe de papier. « *Salt, peanuts and potatoes*, clame l'article. *The secret of happiness.* » Le restaurateur ne s'enfle pas la tête pour autant : le feuillet jaunit tranquillement dans les toilettes pour hommes au-dessus de l'urinoir. Car pour lui, *the happiness*, c'est surtout la constance dans le travail : se lever à cinq heures tous les matins, siffler dans la nuit d'un chez-soi à un autre, ramasser les journaux ficelés sur le pas de la porte et chasser l'odeur des frites de la veille par le parfum du percolateur. Faire ce qu'il a à faire : tel est le bonheur d'Édouard Lirette. Une sagesse aussi simple que la recette des patates frites. Mais à laquelle ses clients reviennent s'abreuver dans leur incapacité de la réussir.

De tous les abonnés à ce bonheur transgénique, Bernard est l'un des plus assidus. Encore ce matin, il n'a rien trouvé de mieux que de se traîner jusqu'au comptoir du veuf, comme on rentrerait dans le ventre de sa mère. De fait, tandis qu'il ouvre le journal, c'est à peine s'il remercie son hôte de faire glisser un café noir jusqu'à lui.

Habitué, le vieux Lirette s'amuse trop pour s'en formaliser, astiquant le comptoir en silence, l'œil distrait, mais l'oreille aux aguets. Comme pour tous ses autres habitués, chaque visite de Bernard laisse un visage différent sur le torchon du veuf, comme si Lirette nettoyait son snack avec le saint suaire. L'ex, la fille, la belle-mère : les femmes de Bernard lui donnent bien du fil à retordre – surtout la petite madame Virginie. Quand le journaliste se met à s'épancher sur le caractère de celle-là, le veuf lève la tête vers le portrait de sa Germaine, qui rancit tranquillement au-dessus du comptoir. Qu'est-ce que ça peut faire du ravage, ces petites bêtes-là, quand ça s'y met! Rien qu'à y penser, Lirette devient tout mélancolique.

Aujourd'hui, c'est le travail qui turlupine son client :

– Je ne sais plus quoi faire avec ma promotion.

– Quelle promotion ?

– Grand patron de ma section au journal.

Peu impressionné, Lirette reste sans réaction derrière ses grosses lunettes. Ses clubs sandwiches au brun de poulet ont nourri des générations de P.D.G., qui ne tétaient pas leur coke avec plus d'élégance qu'un col bleu.

– Pourquoi tu refuserais ? demande-t-il, se doutant que c'est ce qui tracasse le journaliste.

– Devinez ?

Le restaurateur fronce les sourcils :

– Tu ne viendras pas me dire que c'est à cause d'*elle* ?

– Je place l'amour en premier, lâche Bernard avec une fierté de Lancelot. Si elle n'est pas d'accord, je dis non.

– Et qu'est-ce qu'elle te dit ?

– Ça ne la dépeigne même pas.

Lirette se renverse alors d'un grand rire : ah, il est *là*, le problème! La dame tortionnaire laisse décider son esclave !

– Si tu perds ton emploi, penses-tu qu'elle va t'aimer quand même ?

– Je pourrais m'occuper du ménage, rêve Bernard, faire son repassage. Ça réglerait un problème : on ne reverrait plus sa mère.

Puis redevenant sérieux :

– J'aurais aimé ça, être patron. Mais j'aime ce que je fais.

– C'est vrai qu'on ne verrait plus ta face dans le journal, le taquine Lirette. Ce ne doit pas être trop déplaisant, d'être reconnu dans la rue…

– Pensez-vous que je m'occupe de ça! Mais en vieillissant, on pense plus à la sécurité…

«*En vieillissant!* ricane intérieurement Lirette. Il n'y a bien qu'un jeune de quarante ans pour dire des âneries pareilles!»

– Ma blonde, *elle,* aime ça me voir dans le journal. Ça me donne l'impression qu'elle m'admire un peu… Vous comprenez?

Le restaurateur bourre son grille-pain de huit tranches de pain blanc, puis appuie sur les manettes comme sur les touches d'un piano-bar:

– Ce que je comprends, c'est que tu es orgueilleux. C'est ça, ton problème.

❦   ❦   ❦

S'il y a une chose à laquelle Daniel Charron ne se serait pas attendu, c'est bien de se faire expliquer sa femme par sa maîtresse. C'est sans compter sur la fascination croissante de Marie-Claude Roy envers maître Lucie Chabot.

Quand il entre dans la salle des professeurs, quelques minutes avant son premier cours, la rockeuse est seule dans le coin cuisine, occupée à préparer le café. Habituellement, quand il la voit poser des gestes aussi banals, Daniel reste pétrifié d'émerveillement: le quotidien est une parure si étrange à cette motarde aux allures de panthère… Mais ce matin, il est si préoccupé qu'il ne remarque pas qu'elle a ajouté de nouvelles mèches rouges à sa chevelure, ni qu'elle porte le chemisier de soie noir qu'il préfère.

Contrariée, Marie-Claude n'en sourit pas moins:

– Un autre petit-déjeuner-causerie avec la belle Lucie?

– Ça te regarde? fait-il en jetant son sac sur son pupitre.

L'enseignante d'anglais se mord l'intérieur des lèvres:

– Pour autant que je sois concernée, on est toujours assez intimes, toi et moi…

– Ma vie avec Lucie, ça ne fait plus partie de ce qu'on partage, toi et moi.

Et la regardant avec rancune :

– Tu me disais d'être gentil avec elle : j'ai suivi ton conseil.

– Ce n'est pas une raison pour devenir méchant avec moi !

Sans trop savoir exactement combien de cuillers de café elle a jetées dans le filtre, Marie-Claude regarde Daniel se rapprocher des fenêtres, ses grands yeux verts tout vibrants d'une tristesse, d'une panique qui ne lui est pas destinée. Il est retombé amoureux de sa femme. En fait, il n'a jamais cessé de l'aimer. Elle a bien fait de ne pas quitter Gerry pour lui : à la première occasion, Daniel l'aurait plaquée pour retourner se fourrer le nez dans le giron de Lucie. « Un scénario tellement prévisible… Comment ai-je pu me faire prendre ? »

Mais Marie-Claude est trop éprise de liberté pour reprocher à quiconque de s'en prévaloir. Aussi, bien que le désarroi de Daniel lui donne le vertige, elle l'écoute sans broncher.

– Je pense que Lucie me trompe.

La rockeuse esquisse un sourire baveux : le gag de l'arroseur arrosé la fera toujours rigoler.

– Elle met de la pression, constate-t-elle, réalisant qu'elle s'est trouvé une adversaire à sa hauteur. Elle veut te rendre jaloux parce qu'elle a senti que tu voyais quelqu'un.

– Ce n'est pas son genre.

Elle hausse les yeux au ciel : une femme sans réaction à l'infidélité de son mari est forcément en train de céder la victoire à son adversaire. Ne regarde-t-il donc jamais le hockey ?

– Ta Lucie est une fonceuse, dit-elle pensivement, ses yeux de chatte fixés sur l'écoulement du café. Elle ne te lâchera pas si facilement.

Daniel a un ricanement amer :

– Tu ne la connais certainement pas aussi bien que moi. Son temps est trop précieux. Elle ne le gaspillera pas à jouer aux fous.

Ce qu'il peut se montrer naïf! Et surtout, quelle étrange complaisance met-il à se persuader que Lucie ne veut plus de lui! Comme s'il prenait plaisir à se gratter une plaie pour la regarder saigner.

– Souviens-toi, à la fin de l'année dernière, lui rappelle-t-elle. Lucie envoyait presque sa secrétaire te chercher à l'école. Pour une femme rationnelle, je trouve ça assez éloquent.

Mais Daniel n'écoute plus, se rapprochant de Marie-Claude sans la quitter des yeux. Ça y est, il vient de remarquer son chemisier, et surtout l'encolure de celui-ci, qui n'est jamais assez décolletée pour lui.

– Je ne laisserai pas Gerry demain matin, lâche Marie-Claude pour se rassurer.

– Je ne suis plus certain non plus de pouvoir laisser Lucie.

Comme toujours, le chagrin donne à Marie-Claude envie de faire l'amour. Elle contourne le comptoir, grave, féline et déterminée.

– Pas ici, Marie…, fait Daniel entre deux baisers. N'importe qui peut entrer…

– C'est un problème pour toi, pas pour moi.

Qu'il vienne donc quelqu'un, que toute l'école le sache, que la rumeur se répande comme un mauvais virus jusqu'à Lucie!

❧ ❧ ❧

Le cours de physique est à peine terminé que Claudie se presse vers le local du journal. Tant pis si Virginie a remis au mois de juin la publication de la photo de Lise Bombardier: elle n'aura qu'à constituer une mosaïque avec les autres portraits d'élèves et de professeurs qu'elle a en banque.

Au moment d'ouvrir la porte du local, elle est surprise de trouver celle-ci déverrouillée. Comment Véronique a-t-elle fait pour entrer sans clef? Mais à l'intérieur, nulle trace de la Rouquine Atomique. Interdite, Claudie observe un moment leur table de réunion, encombrée du fouillis habituel de magazines et de coupures de journaux. Rien ne semble avoir changé, et pourtant, Claudie serait prête à jurer...

Soudain, l'idée qui lui vient à l'esprit lui donne une grande bouffée de chaleur. Elle se précipite à la table, remue les paperasses, fouille les magazines, vide les classeurs de leur contenu...

– Où est-ce qu'elle est?! Où est-ce qu'elle est! *Chicken* de *chicken!*

De toutes les photos, il fallait que ce soit celle-là qui disparaisse.

❦ ❦ ❦

Vers dix-sept heures, une femme négligée pénètre chez Lirette, de la buée plein les lunettes. Son vieux manteau d'alpaga des années soixante-dix et ses bottes en rat musqué lui donnent des airs de sans-abri, mais le restaurateur, qui l'a déjà vue avec Bernard Paré, la laisse s'installer sur l'une de ses banquettes.

Dominique Latreille s'installe de très mauvaise grâce. L'odeur de friture va encore ruiner sa tunique de lin. Elle n'aime pas cet endroit. Il y règne de mauvaises ondes.

Chaque fois qu'elle y met les pieds (heureusement, très rarement), elle se fait assaillir par la musique trop forte. Ce n'est pas qu'elle veuille se montrer intolérante envers le manque de subtilité environnant, mais franchement, Elvis, Roy Orbison et les Platters, quand on a connu la subtilité d'Ibrahim Mahmadou...

– S'il vous plaît, fait-elle d'une voix de fillette à l'homme de chantier qui remue ses paniers à frites dans leur huile. S'il vous plaît? Pourriez-vous baisser la musique?

Un menu sous le bras, un gros moustachu lève la planche de son comptoir, passe du côté de la salle à manger :

– Désolé, ma petite madame, mais mon juke-box n'a pas de bouton de volume.

Dominique replace ses lunettes Lennon avec contrariété en observant le menu :

– Quelle est votre soupe du jour ?

– De la bonne soupe aux pois.

Ah, tout de même : des légumineuses. Tout n'est pas perdu. Évidemment, il faut s'attendre à ce que le potage soit trop salé : de retour chez elle, elle devra se faire une tisane au gingembre. Mais bon, il faut ce qu'il faut.

La porte s'ouvre, mais ce n'est pas Claudie. Dominique voudrait bien savoir pourquoi sa fille la fait autant attendre après avoir passé la journée à faire le siège de son répondeur.

Il fallait que ça tombe sur le jour anniversaire de son corps : après un jeûne, un lavement, un massage, puis une longue marche méditative dans la nature (c'est-à-dire au mont Royal), Dominique entendait se plonger dans un bon bain d'huile de cornouiller pour nettoyer son âme de toute toxine intérieure. Au lieu de cela, elle se retrouve dans un snack de l'est à écouter les Sultans en attendant une soupe aux pois trop salée. À jouer à la mère en dehors de sa semaine de garde. « Mon corps ne me pardonnera pas d'avoir raté sa fête. » Pour Dominique, les drames de Claudie finissent toujours en infections urinaires.

Justement, sa grande toxine de seize ans débarque dans un vacarme de tous les diables, se prenant les pieds dans le tapis anti-gadoue. Claudie replace le paillasson en s'excusant à monsieur Lirette – « Ce n'est pas grave, ma belle fille, va t'asseoir, je t'apporte ton orangeade » –, puis marche à grands pas vers la banquette de sa mère, où elle s'écroule, blanche comme un linge.

– Je suis vraiment dans le pétrin, dit-elle, tout essouf-flée. Ça va mal. Ça va vraiment très mal !

– Si tu as choisi ce territoire-ci, c'est que tu as des misères du côté de ton père.

– Pire que ça!

– Avec *la maîtresse* de ton père?

Entre la mère et la fille, les caresses sont rares, alors les étreintes, il ne faut même pas y songer. C'est dire la stupéfaction de Dominique de voir Claudie se jeter dans ses bras en éclatant en sanglots.

– Mais qu'est-ce qui te met dans un état pareil? murmure-t-elle, presque aussi embarrassée que le gros Lirette qui, sur le point de servir l'orangeade, s'est empressé de faire demi-tour.

Les joues barbouillées de larmes, Claudie mouille l'épaule de sa mère par un ramassis incohérent d'événements, où s'emmêlent le local du journal, la démotivation de Véronique, l'amour de Charles pour Karine, son abandon du comité de rédaction – non, pas Karine: Charles! –, le montage photo de la B-52 avec un corps de mannequin, le refus de Virginie d'en faire la une du premier numéro... Et finalement, la disparition de la fameuse photo qui, si elle vient à resurgir quelque part dans l'école, causera la perte de Claudie, du journal... et de Virginie.

La main de Dominique, qui caressait distraitement la tête de sa fille, se crispe imperceptiblement au nom de sa rivale:

– Virginie t'a engueulée?

– Elle va me tuer!

– Voyons, ricane Dominique, elle est donc bien effrayante, Virginie Boivin! Tout le monde en a peur!

– J'ai cassé la potiche de sa tante Jacqueline! pleure Claudie. Il va falloir que je la lui remplace. Et maintenant, la photo!

Sa mère lui tend distraitement une serviette de papier, accaparée par ses pensées:

– Tout le monde marche sur le bout des pieds à cause d'*elle*. Ton père m'avertit de ne pas appeler trop souvent, de ne plus me pointer chez eux… Je me demande ce que vous lui trouvez tous.

– Moi, rien de particulier, se mouche Claudie, toute désolée d'avoir sali la blouse de lin de sa mère. Mais les gars de l'école la trouvent pas mal de leur goût.

Et regardant Dominique avec désespoir :

– Qu'est-ce que je vais faire ?

– Tu l'as choisie pour superviser le journal : tu dois lui rendre des comptes.

– *Chicken !* C'est trop en même temps ! La potiche et la photo ! Elle va capoter !

– C'est ça, tomber en amour avec un homme marié qui a une fille de seize ans, rétorque Dominique avec aigreur, comme si Claudie était responsable.

– Je ne veux pas le lui dire !

Mais sa mère est catégorique : l'aveu est incontournable. Claudie doit se protéger des conséquences.

– Une fois qu'elle sera avertie, dit-elle d'un ton zen, ça va devenir *son* problème à *elle*.

– Elle ne voit jamais les problèmes de la même façon que les autres, ronchonne Claudie. Je suis sûre que ça ne va pas devenir son problème. Ça va rester le mien !

Ce n'est vraiment qu'après que Claudie a séché toutes ses larmes qu'Édouard Lirette ose enfin servir l'orangeade et le bol de soupe.

Dominique porte sa cuiller à ses lèvres, puis la repose en grimaçant : cette soupe n'est pas seulement trop salée, elle est absolument immangeable.

Pas question d'imposer à son corps une telle agression.

❦ ❦ ❦

Marie-Claude pénètre chez Lirette sans trop savoir ce qu'elle vient faire là. Quand elle a fini par émerger de ses corrections, il était passé dix-neuf heures, et l'école ne vibrait plus qu'au gymnase, par les cris des équipes sportives. Sachant Gerry à son cours de mécanique et Daniel retourné auprès de sa femme, elle a tourné en rond, incapable d'affronter son loft vide. Voyant de la lumière chez Lirette, elle s'est dit qu'un peu de bruit au gras *trans* lui remonterait le moral.

Mais elle arrive trop tard : à dix-neuf heures, le snack est complètement vide.

– Je peux avoir un café ? demande-t-elle à Lirette en posant sa besace à la table la plus près de la porte.

– C'est comme si c'était fait !

Elle s'assoit, croise les doigts nerveusement. Décidément, elle est incapable de supporter la solitude. C'est sa peur, sa blessure, sa maladie incurable, le cancer qui la ronge en silence, mais qu'elle n'ose regarder en face, de peur qu'il ne l'achève, une fois révélé.

– Vous ne voulez rien manger ? demande Lirette en posant gentiment la tasse devant elle. Un petit sandwich ? Quelque chose d'autre ?

– Merci. Je n'ai pas faim.

Le patron hoche la tête, fait mine de s'éloigner, mais il s'arrête vite à une table pour l'astiquer de son torchon :

– Je vous ai déjà vue... Ce n'est pas la première fois ?

– J'enseigne l'anglais à côté.

– Il me semblait, aussi. Vous attendez quelqu'un ?

La question lui fait baisser les yeux comme une gifle : non, elle n'attend personne. Et surtout, personne ne l'attend.

Lirette jette son torchon sur son épaule en secouant la tête :

– Hummm... Ça sent les problèmes de petits gars. Il ne faut pas te laisser abattre par un *niochon*, ma belle. Tu es trop jolie, puis trop fine pour ça !

Comme toujours, le philosophe de la patate a vu juste. Et il a raison. Qu'est-ce qu'elle fait à aimer un homme qui ne peut quitter sa femme ? Elle n'aurait pas dû faire l'amour avec Daniel ce matin : rien de plus déprimant qu'une baise triste. Plutôt que de remplir le vide, ça le creuse et nous y jette tout au fond.

– Vous êtes gentil, dit-elle en sucrant son café, mais je n'ai pas de problème de gars.

– Bien sûr! ricane-t-il dans ses moustaches. Tu respires le bonheur! La fille en peine d'amour, moi, je flaire ça à trois milles! J'ai un bon remède pour ça: double chocolat. Allez, je te paie la traite!

Marie-Claude sourit tristement en regardant le patron marcher vers sa cuisine. C'est un homme comme lui qu'il lui aurait fallu. En plus jeune et en plus beau. Mais s'il s'était présenté, elle ne l'aurait sans doute jamais remarqué.

Elle tire de sa poche deux dollars, les pose sur la table, prend son sac et sort doucement.

Quand il entend la clochette sonner, Édouard Lirette sort de la cuisine.

– Eh, maudite misère! grogne-t-il en posant l'assiette sur son comptoir.

Sincèrement peiné par le chagrin de sa cliente, il dévie le regard de son torchon, qui, tout au long de la journée, n'a cessé d'éponger les tracas de ses clients. Et il n'est pas dit que tout cela partira à l'eau de Javel...

V Maudit bonheur

«Ça pourrait être pire», se dit Virginie pour s'encourager en faisant les cent pas dans le salon.

L'homme qu'elle aime pourrait être cruel ou infidèle, souffrir d'une déviance sexuelle ou d'une maladie incurable, fantasmer sur sa mère ou sur sa sœur, réaliser qu'il préfère les hommes après lui avoir fait quatre enfants. Au lieu de cela, Bernard est simplement Bernard: un homme de onze ans son aîné à peine plus mature que son adolescente, qui mouille ses culottes courtes dès que son ex refait surface – soit toutes les trente-six heures. «Et il a le culot de prétendre que c'est *moi* qui le terrorise!»

Pour la première fois en un an de vie commune, le mot a infiltré leur maison : *terreur*. Claudie Lagaffe, non contente d'avoir perdu la photo de Lise Bombardier, ajoute du piment au ragoût en refusant de venir dormir chez son père. Sa belle-mère la terrorise ! Dixit Dominique Latreille qui, bien sûr, fait encore passer son instinct maternel avant ses intérêts personnels.

Blême de colère, Virginie tire le *Petit Robert* de la bibliothèque, comme toutes les fois où elle a besoin de comprendre ce qui la dépasse : « Terreur : Peur extrême qui bouleverse, paralyse. Effroi, épouvante. » Peur *extrême* ! Normalement, Bernard aurait dû rire avec elle de la réaction démesurée de Claudie. Mais voilà : il s'est rangé du côté de ses deux Castafiore.

« Tu ne t'énerveras pas ? » lui a-t-il demandé avant de lui annoncer la perte de la photo. Comme si elle était aussi instable qu'un électron libre !

Pourtant, au saut du lit, elle n'aurait pu être moins de mauvaise humeur : en se réveillant à ses côtés, incrédule, émerveillée – amoureuse, quoi ! –, elle a noué ses bras autour de son cou pour l'embrasser : « Tu sais que je t'aime ? En fait, je t'aime comme une folle ! »

Mais Bernard avait déjà un agenda – celui de son ex, qui lui avait téléphoné la veille et l'avait préoccupé toute la nuit. En lui annonçant la perte de la photo, en constatant qu'elle accueillait la nouvelle avec détachement, il est tombé des nues : « Elle pensait que tu le prendrais plus mal que ça ! » Lui aussi, visiblement. Et c'est ce qui a mis Virginie hors d'elle : de leur année de vie commune, de toutes les concessions qu'elle a faites pour accueillir Claudie (et surtout, pour endurer Dominique), tout ce que Bernard semble avoir retenu, c'est son caractère tempétueux. « Tu es tellement imprévisible, implacable... »

Imprévisible : « Qui ne peut être prévu. Déroutant, inattendu. » À la limite, elle pourrait prendre cela pour un compliment. Mais *implacable*! «Dont on ne peut apaiser la fureur, le ressentiment, la violence. Cruel, impitoyable, inflexible. Sans pitié, sans indulgence.»

– Ce n'est pas moi, ça!

Se laissant tomber dans le fauteuil, Virginie lève les yeux au plafond : il ne faut pas qu'elle pleure, elle enseigne à dix heures.

෴ ෴ ෴

Au départ, Bernard n'avait aucune envie de se retrouver chez Dominique. Il ne faisait que répondre à la bravade de Virginie.

– *Va donc chez ton ex! Elle va te consoler!*

– *Maudite bonne idée!*

Dire qu'il se joue tant de mauvais théâtre sur scène, alors que dramatiser une chicane de couple se fait si spontanément! *Vas-y donc, pour voir! Mets-en, que j'y vais! Regarde-moi bien aller!* Un claquement de porte juste assez dosé, et l'on prend soin de démarrer sur les chapeaux de roues, comme si l'on n'allait plus jamais revenir. Pour se retrouver sur le boulevard Saint-Laurent en plein embouteillage, à traiter de vieille tante un chauffeur de taxi qui coupe par la droite. «Bon, qu'est-ce que je fais, maintenant?» *Va donc chez ton ex!* Et pourquoi pas? Quitte à déjà porter l'odieux de la chose, autant en profiter pour régler le litige.

Quand Dominique ouvre la porte, Bernard reconnaît aussitôt la puanteur du patchouli, mais surtout la vieille robe de chambre qu'elle lui empruntait toujours autrefois. Ce seul détail l'alerte : et si Virginie avait raison quand elle prétend que Dominique l'aime toujours?

Rougissante, la mère de sa fille rajuste ses lunettes, referme les pans de son peignoir sur sa poitrine creuse, l'invite à entrer, lui offre un café à la chicorée, un thé du

Labrador, une verveine, un lait de soya... Mais Bernard ne veut pas rester longtemps.

S'empêtrant dans le rideau de joncs qui sépare le couloir de la cuisine, il annonce qu'il n'est venu que pour clarifier la situation : dorénavant, quand elle aura besoin de lui parler de leur fille, qu'elle lui laisse un message au journal. Il la rappellera sans faute. Puis, paraphant sa déclaration d'un hochement de tête, il vient pour s'en aller – assez fier de lui, en fait –, respirant déjà le café de Chez Lirette.

Il s'emmêle de nouveau dans le rideau quand Dominique laisse tomber, comme ça, mine de rien :

– Ça m'a l'air bien compliqué, ton affaire. Tu n'étais pas couillon, quand on était mariés. Tu étais... *adulte*.

« Tu es orgueilleux », lui disait Lirette la veille encore. Mais si Bernard ne s'en souvient pas, Dominique, elle, n'a pas oublié le talon d'Achille de son grand amour :

– Ce n'est pas à toi de te faire mener par le bout du nez, déclare-t-elle tranquillement en branchant la bouilloire. Tu as toujours été maître de ta vie. Je ne te reconnais plus !

– Je déteste me chicaner.

Elle se tourne vers lui, les mains sur la poignée du four, amadoueuse :

– En dix-huit ans de mariage, on s'est chicanés quoi... trois fois ?

Et devant le trouble de Bernard, elle s'approche de lui :

– Ce n'est pas aujourd'hui que ça va arriver...

Elle lui caresse le bras, mais il s'esquive :

– Je ne parle pas de toi ! Je te demande seulement de m'appeler au journal, ça va m'aider !

Le regard de Dominique se durcit :

– Pourquoi voudrais-je t'aider ? Tu as quasiment brisé ma vie !

– Je ne suis pas venu ici pour ressasser nos vieilles affaires, grommelle Bernard en tournant les talons vers la sortie.

Il vient pour ouvrir la porte quand elle lui coupe le chemin :

– Je veux savoir : es-tu plus heureux que tu étais ?

Embarrassé, Bernard considère le visage de cette femme qui, après avoir partagé dix-huit ans de son existence et lui avoir donné une enfant chérie, ne reste plus qu'une étrangère… voire un mauvais souvenir.

– La vérité ?

– Même si cela devait me faire mal.

– Je suis plus heureux que jamais.

Et tandis qu'il descend l'escalier, le cœur gonflé d'amour envers la femme qui, à peine une heure plus tôt, lui faisait gueuler tous les noms d'oiseaux, Bernard ne peut s'empêcher de se dire que son ex vient de le réconcilier avec son amour.

Mais ça, bien sûr, il ne pourra pas le dire à Virginie. Il y a quand même des limites à l'esprit d'aventure.

≼ ≼ ≼

Quand Virginie arrive à l'école, vers neuf heures et demie, Claudie l'attend à la porte, les yeux rouges et la mine chiffonnée. « Eh, citron ! » L'adolescente manque son cours, gèle dehors sans manteau, mais Virginie ne dit rien. Au diable l'attention, l'inquiétude, la cohérence, l'éducation : pour aujourd'hui, elle rend son tablier de belle-mère. « Pour ce que ça donne ! »

– Change d'air, lâche-t-elle à Claudie en la dépassant pour entrer, incapable de supporter son regard d'épagneul.

La jeune fille la poursuit à l'intérieur :

– Je ne sais pas ce qui est arrivé ! La porte du local est toujours verrouillée !

Mais voyant Virginie se diriger vers le pigeonnier, comme si rien n'avait plus d'importance que de prendre son courrier :

– Je m'excuse…

Virginie soupire : cette manie qu'a Claudie d'utiliser les excuses comme une valise diplomatique ! Comme si cela réparait tout !

– Ce n'est pas à moi que tu dois t'excuser. Tu vas aller voir madame Bombardier pour lui expliquer le problème.

– Je ne peux pas faire ça !

« La fille de son père : incapable d'affronter un problème, et qui confond sa propre lâcheté avec la cruauté des autres. » Sauf que Claudie n'a pas quarante et un ans.

– Qu'est-ce que je dirais à la directrice ? gémit la jeune fille.

– La vérité : que tu as eu une idée de génie. Que la prof responsable n'était pas d'accord. Et que la photo a disparu.

L'enseignante tourne les talons, pressée de quitter le mélodrame familial pour des préoccupations professionnelles. Mais Claudie se coud à chacun de ses pas, jusqu'à l'intérieur du bureau des professeurs qui, heureusement, est désert.

– Tu es fâchée contre moi, hein ?

« Implacable : Cruel, impitoyable, inflexible. »

– Même pas, souffle Virginie. Déçue, ce serait plus juste.

– J'ai paniqué ! J'ai eu peur que…

Virginie lance son sac sur son bureau, excédée :

– Que je t'engueule ? Oui, je t'aurais engueulée, parce que tu le méritais ! Et tu n'en serais pas morte. La photo, c'est une grosse gaffe, mais on aurait pu s'arranger. Par contre, que tu fasses faire tes commissions par ta mère… Ça me lève le cœur !

Claudie fond en larmes :

– Je m'excuse…

– Ta mère, c'est ta mère : à la rigueur, je peux vivre avec ça. Mais moins je vais avoir à composer avec elle, mieux je vais me porter.

– Je m'excuse !

Encore une fois, Virginie n'arrive pas bien longtemps à rester insensible au chagrin de Claudie.

– Allez, dit-elle en lui serrant les épaules, ce n'est pas si grave. Avant d'aller voir madame Bombardier, on va faire notre petite enquête. D'accord?

La petite hoche la tête en reniflant, puis s'enfouit la figure dans le cou de Virginie.

« Implacable : Dont on ne peut apaiser la fureur, le ressentiment, la violence. »

৶ ৶ ৶

Dans sa classe de cheminement, même si elle a enfilé trois paires de gants blancs pour expliquer la situation à ses élèves, ceux-ci ne sont pas dupes. « Quand il y a des problèmes, c'est automatiquement la faute des débiles! » clame Kim, toujours aussi prompte à réagir.

Virginie soupire. Que répondre à cela? Que toutes les fois depuis le début de l'année où elle leur a donné le bénéfice du doute, il s'en est trouvé un pour trahir sa confiance?

Mais les condamner à l'avance reviendrait à renoncer à les connaître véritablement. Or, depuis quelque temps, certaines huîtres commencent à s'ouvrir. Un long processus, laborieux, qui peut se renverser n'importe quand. Mais que Virginie ne peut se résoudre à abandonner.

– Écoutez, finit-elle par leur dire en s'approchant d'eux. Je n'ai vraiment aucune idée de qui a pu faire ça. Mais vous connaissez beaucoup d'élèves dans l'école. Si jamais vous entendiez parler de quelque chose… Si vous pouviez me le dire, ça m'aiderait.

Garçons et filles la fixent gravement, impressionnés : c'est la première fois qu'elle leur demande quelque chose pour elle-même, et non pour eux.

– Qu'est-ce qu'on gagne, si on te la retrouve? fait Sylvestre en se balançant sur sa chaise.

Virginie hausse les yeux au ciel :

– Ce n'est pas une loterie! Je veux juste retrouver cette fichue photo!

– La photo de qui ? demande Kim.

La jeune femme reste un moment hésitante, très embêtée. Quand elle le leur avoue enfin, la classe explose d'un grand rire, si communicatif qu'elle a elle-même beaucoup de mal à garder son sérieux.

– La grosse B-52 ! s'exclame Kim. Ça doit être beau en sacrifice !

« Encore plus que tu ne le penses », rit intérieurement Virginie.

– Même si ce n'est pas une loterie, insiste Sylvestre, tu pourrais nous donner quelque chose, si on la trouve. Je ne sais pas, moi… Un congé de devoirs pour la semaine ?

Virginie renverse la tête avec exaspération. Signe des temps : les élèves du deuxième millénaire sont à vendre. Si elle avait dû sortir vingt-cinq cents de sa poche chaque fois qu'elle leur imposait une lecture ou un devoir, elle ferait faillite. Et eux, hissés au premier rang centile de la province.

❧ ❧ ❧

Un groupe d'élèves est une poignée de sens critiques très affûtés, qui ne se gênent pas pour donner le pH d'une situation. Ainsi l'hilarité de ses élèves a-t-elle nettoyé le cœur de Virginie. Au diable les drames, la dispute avec Bernard et les grands yeux rouges de Claudie : en définitive, cette disparition de photo est plus cocasse qu'autre chose.

Quand elle rentre chez elle ce soir-là, Virginie est aussi fraîche et enjouée que si elle revenait d'une excursion dans les Laurentides. Pour la première fois de sa carrière, l'école lui a donné de l'énergie plutôt que de lui en prendre.

Dans l'appartement aux lumières tamisées, Tracy Chapman pose à sa guitare de grandes questions existentielles. La cuisine sent le gratin aux fruits de mer, les chandelles de la table font briller la petite sueur de la bouteille de mousseux qui attend dans son seau à glace, tout près de la salade verte.

La parfaite atmosphère de la grande demande de pardon. De fait, devant l'assiette de Virginie, un carton attend patiemment. «Je m'excuse pour ce matin. Si tu me pardonnes, frappe trois fois sur la table.»

Virginie sourit. *Je m'excuuuuuuuuuuse!*

Dès le premier coup, Bernard sort du salon, les mains dans les poches. Ah, l'air contrit des Paré… *If you saw the face of goddam love… Would you change?*

– J'ai été pas mal raide ce matin, concède-t-il en s'approchant.

– J'avais complètement oublié.

Il a à peine le temps d'ouvrir les bras qu'elle y est déjà.

– Je voulais te dire aussi… Ce n'est pas de ta faute si j'hésite pour le poste de chef de division. J'ai juste du mal à faire le pas.

If you knew that love can break your heart, when you're down so low you cannot fall, would you change?

Non. C'est bien ça, le pire.

VI Parle avec elle

Guillaume Tremblay a pris l'habitude d'éviter les miroirs.

Ce matin encore, à peine éveillé, il s'est coulé hors de son lit jusqu'à son jeans, enfilant ses vêtements de la veille pour faire le moins de bruit possible. Être rapide, mais silencieux: s'il fait les choses comme il faut, dans deux minutes, il sera dehors.

Sortir de sa chambre est toujours le plus pénible. L'appartement est plein de recoins et de détours. Guillaume retient son souffle, ne sachant jamais s'il ne fera pas une mauvaise rencontre dans le couloir, le salon, la cuisine… Il ne respire vraiment qu'une fois à l'extérieur – et encore, qu'après avoir tourné le coin de la rue.

Aussi, même si certains cours lui donnent du fil à retordre, voir apparaître le bloc de béton de Sainte-Jeanne-d'Arc amorce en lui une telle détente qu'elle lui fait mal aux

muscles. C'est là que son corps sort enfin de l'engourdis-
sement dans lequel il s'était plongé douze heures plus tôt.
Guillaume recommence à ressentir la faim, la soif, et surtout, l'urgence de prendre une douche. Heureusement que
les équipes sportives s'entraînent tôt: son sac sur l'épaule, le
grand gaillard s'achemine vers les vestiaires.

Quand il croise Sylvestre, qui arrive en sens inverse, il a
presque oublié la soirée de la veille. Mais la figure catastrophée du jeune Haïtien qui, en l'apercevant, porte la main
à sa bouche, les yeux vibrants de colère, est un miroir en
lui-même:

– L'écœurant! Je te l'avais dit, qu'il te frapperait encore!
Tu es malade, de retourner là-bas!

Guillaume a un pauvre sourire: a-t-il vraiment le choix
de retourner chez lui? Puis il se souvient: ah oui, il a ra-
conté à Sylvestre qu'il fréquentait les bars, s'attirant des
bleus à force de courtiser la blonde d'un motard…

– Tu vas voir! Je vais amener mes *chums,* on va y aller
avec toi, au *club*! Ton motard est mieux de ne pas être là!

– Je vais passer pour une moumoune! proteste Guillaume,
tout de même touché par la solidarité de son ami. Et puis,
mon père dit qu'un homme, ça n'a besoin de personne.

Sylvestre hausse les épaules, comme chaque fois où il
est question de monsieur Tremblay:

– Ton père peut bien parler de moumoune, avec son
équipement de police! C'est une autre affaire, de planter
un gars les mains vides!

Guillaume baisse les yeux. Non, ce n'est pas une autre
affaire: démolir quelqu'un, ça se fait même les mains vides.
Mais ça, il ne peut pas le dire. Pas même à Sylvestre.

๛ ๛ ๛

La chambre de Julie Constantin, comme celle de sa sœur
Karine, est pourvue d'une coiffeuse antique, dont le miroir,
orné de fleurs sculptées, ressemble aux camées que les

grands-mères portaient jadis au cou : combien de jeunes filles aux visages blancs et lisses s'y sont penchées avant de revêtir leurs robes à crinoline ?

Julie se détourne de la glace avec dégoût : ce miroir ne semble avoir été placé là que pour se moquer d'elle. Même fleurie, une pastèque restera une pastèque. Elle est sur le point de jeter sur la glace un chandail, pour ne plus avoir à se regarder, quand elle entend frapper à sa porte. Elle se lève et court s'asseoir sur le coin de son lit, feignant de préparer son sac d'école.

– Est-ce qu'on peut se parler une seconde ? sourit Andrée en entrant.

La jeune fille retient un soupir : grande et blonde, les traits lisses et réguliers, sa mère semble s'être échappée d'un des musées florentins qu'ils ont visités tous ensemble l'année dernière.

– J'ai fait quelque chose de pas correct ?

– Mais non ! rit Andrée avec embarras. C'est juste… Il me semble que ça fait longtemps qu'on n'a pas pris le temps de jaser ensemble.

Et lui replaçant maladroitement une mèche de cheveux derrière l'oreille :

– Je m'ennuie de toi.

Ayayaye… Quand sa mère a le goût de jaser, c'est soit pour lui faire un procès, soit pour apaiser un sentiment de culpabilité mal placé. Dans un cas comme dans l'autre, Julie est perdante, devant ou s'excuser, ou excuser sa mère.

– Je vais être en retard, dit-elle en prenant son sac en vitesse. Karine m'attend.

Mais Andrée la retient par le coude :

– Qu'est-ce que tu as, Julie ? On dirait que tu m'évites…

L'ennui, avec une mère comme Andrée, c'est que tout ce qu'on fait, c'est à elle qu'on l'inflige. Il y a longtemps que Julie l'a compris : Karine et elle ne sont que des miroirs – valorisants ou déformants, selon le cas. Aussi, quand

Andrée dit : « J'aime savoir ce qui se passe dans la tête de mes filles », elle veut simplement savoir la place qu'elle y occupe. Est-elle assise sur le trône ? le strapontin ? dans les oubliettes ? Et si jamais elles ne l'ont pas bien installée en elles, elle veut alors comprendre pourquoi.

Quand Andrée demande : « Qu'est-ce que tu as ? », elle veut en fait savoir : « Qu'est-ce que je t'ai fait ? » Question piège, à laquelle il ne faut jamais, mais *au grand jamais* répondre ! Une mère comme Andrée, c'est si conscient d'avoir donné la vie à ses filles, ça se souvient si vivement de la douleur que cela lui a infligée – des sacrifices que cela exige encore... Ça ne veut rien savoir d'autre. Lui avouer qu'elle nous fait mal, il y a de quoi la rendre complètement folle. Et nous avec. À force d'observer la relation d'amour-haine d'Andrée et de Karine, Julie l'a fort bien compris.

– Demande à Karine. Je vais passer mon tour.

– C'est toi qui m'inquiètes.

« Tu m'inquiètes. » Traduction : je suis inquiète de ne pas avoir bien rempli mon rôle.

– Je vais être en retard, je te dis !

– Tu m'en parlerais, si tu avais de la peine ?

Plutôt embrasser un alligator !

– Ouais...

– Aimerais-tu qu'on aille magasiner, toi et moi ? On pourrait t'acheter des petites robes...

Et détournant la tête du derrière de sa fille, qui vient de se pencher pour lacer un soulier :

– Tu aurais besoin d'un jeans, aussi...

Ce qui est le plus dur, c'est de résister à cette gentillesse, à l'envie de s'y appuyer pour se confier.

– Aucun morceau de linge ne me fait.

– Ne dis pas ça, proteste Andrée sans conviction. Tu es belle comme tout dans ta robe rouge.

– J'ai l'air d'une grosse tomate !

– Ton corps change...

– Eh bien, je n'aime pas comment il change! Pourquoi je ne pourrais pas être belle comme Karine?

Andrée se détourne pour replacer les oreillers sur le lit:

– Tu es belle…

– Non, je ne suis pas belle! Je me vois! Les jeans sont toujours trop grands de la taille et trop petits des fesses!

Ça y est, elle a beau avoir tout fait pour éviter que cela arrive, de grosses larmes chaudes roulent maintenant sur ses joues. Émue, Andrée les essuie tendrement du revers de la main. Julie s'abandonne un moment à la caresse. Même les mains de sa mère sont belles.

Karine ouvre alors la porte, pressée de cueillir sa sœur pour ne pas manquer son autobus. Quand elle découvre le visage mouillé de Julie, qui repose dans la paume de sa mère comme dans un bain d'oiseau, elle fait demi-tour:

– Eh, que c'est compliqué, ses affaires, à elle! Dépêche, on va être en retard!

❦ ❦ ❦

– Qu'est-ce que tu vas faire, avec la fille? demande Sylvestre, qui croit toujours au bobard de Guillaume.

– Je ne sais pas.

Le jeune Haïtien claque dans ses doigts, frappé d'illumination:

– Invite-la à manger un hamburger! C'est romantique! Les filles adorent les invitations!

Guillaume fronce les sourcils sans trop comprendre: depuis quand les hamburgers sont-ils romantiques? Et puis, elle est peut-être au régime – elles sont toutes au régime.

– Franchement! s'insurge Sylvestre. Est-ce que j'ai l'air d'un gars qui ne connaît pas les filles! Tu ne m'as pas connu à l'autre école!

Guillaume réfléchit: l'idée du restaurant n'est pas folle… Ils auraient un endroit pour parler tranquillement.

– Comme ça, poursuit Sylvestre, tu n'aurais pas l'autre macaque dans les jambes, et tu pourrais lui parler. Ta *pitoune* serait…

Mais il n'a pas fini sa phrase que Guillaume lui a déjà mis la main au collet, méconnaissable, le visage rouge et convulsé :

– Appelle-la pas comme ça !

– Les nerfs, les nerfs ! Je disais ça de même…

Guillaume lâche aussitôt sa prise, ébranlé, regardant ses mains avec épouvante.

– Des fois, grogne Sylvestre en rajustant son col de t-shirt, on dirait que tu pètes une vis ! Tu es bizarre ! Tu te fâches, tu bégaies, des fois oui, des fois non… Prends-tu de la drogue ?

Mais il s'y connaît. Hormis la fois où ils se sont enivrés, le regard de Guillaume a toujours été franc. Aussi lui donne-t-il une grande claque dans le dos :

– Je te dis ça pour t'aider. Ne te mets jamais le nez dans la poubelle.

– Tu as l'air au courant…

Pour toute réponse, Sylvestre siffle une fille qui passe devant eux. Guillaume lui rend son sourire : ce qu'il y a de bien avec l'amitié, c'est qu'elle sait respecter les secrets.

❧ ❧ ❧

« Eh, *chicken !* bougonne Claudie en traversant l'agora. C'est l'enfer, ma patente ! »

Elle ne sait pas ce qu'elle donnerait pour revenir trois jours en arrière : rattraper la potiche de la tante Jacqueline juste avant qu'elle ne se fracasse sur le sol, ranger la photo de la B-52 avant qu'on ne la lui vole… Même si Virginie lui a dit qu'elle lui pardonnait, elle n'oubliera pas complètement. Or, Claudie voudrait tant *effacer,* passer la brosse sur ses erreurs, puis un grand linge humide, et que plus rien ne subsiste. Mais paraît-il que, dans la vie, ça ne se passe pas comme ça.

Assumer : avec « responsable », c'est l'autre mot préféré des adultes. Selon Virginie, plus vite Claudie assumera ses erreurs, moins risquera-t-elle de les refaire. « Qu'est-ce qu'elle veut ? s'emporte la jeune fille en ouvrant son casier. Que je me mette à genoux ? » Mais elle revoit le visage contrarié de sa belle-mère. Virginie n'est pas fâchée. *Déçue, ce serait plus juste.* La gorge serrée, Claudie glisse le long de son casier, puis s'assoit par terre : « Je ne veux pas que ça reste comme ça. »

C'est alors qu'elle se souvient du conseil que lui a donné Dominique au déjeuner : « Parles-en à sa mère. Personne ne connaît mieux une fille que sa mère. » Sur le coup, Claudie est restée méfiante. Dominique aura beau passer ses journées le nez dans le *Grand livre des morts tibétains,* son expérience des vivants est assez… approximative.

Et puis, entre Virginie et Cécile, rien n'est simple : même si elles se parlent tous les jours au téléphone, elles passent aussi leur temps à se raccrocher au nez. « Pourtant, elle est tellement fine, madame Boivin ! » Elle, au moins, a un vrai réfrigérateur de vraie mère : toujours bourré à craquer, plein de viande rouge et de légumes verts, de gâteaux faits maison et de lait 3,25 %…

Claudie repense au menu que lui a promis Dominique pour ce soir : « Des bonnes lentilles aux fèves germées ! » Elle va encore avoir des gaz toute la nuit.

La jeune fille se lève avec entrain : c'est décidé, après l'école, elle passera par Rosemont pour saluer Cécile et Pierre. Avec un peu de chance, ils l'inviteront peut-être à souper…

෯ ෯ ෯

Au fond de la classe silencieuse, Guillaume hésite : doit-il mettre un *s* ou non ? « Le participe passé, employé avec avoir, s'accorde en genre et en nombre avec… » Penché sur son cahier, le garçon se hâte à finir son exercice, les sourcils froncés. Voyons, où est-ce qu'il est, son complément d'objet ? Il est si absorbé qu'il n'entend plus rien autour de lui, éprouvant un étrange contentement à ne plus exister ailleurs que dans ces petites lettres noires, qui s'amusent à lui cacher les compléments pour lui compliquer la vie.

C'est alors que des doigts frais se posent sous son menton, avec une douceur infinie, pour l'élever lentement. Guillaume croise le regard de Virginie – deux grands yeux sombres qui, à force d'observer les marques sur son visage, ont l'air de plus en plus douloureux. Affolé, Guillaume retourne à son exercice. « Le participe passé employé avec avoir… » Pourvu qu'elle s'en aille ! Mais il n'a pas à s'inquiéter : pour une fois, Virginie ne dit rien. Les bras croisés, elle s'éloigne pour surveiller les travaux des autres.

Quand la cloche sonne, elle ne le retient même pas. Mais tandis qu'il s'éloigne avec Sylvestre dans le couloir, il sent son regard lui cuire le dos.

๙ ๙ ๙

– Profitons-en pendant que Pierre est au dépanneur, dit Cécile à Claudie en l'enlaçant affectueusement pour l'entraîner vers la cuisine. Nous, les femmes, on a besoin de se retrouver entre nous, ça fait du bien !

Claudie sourit. C'est vrai que tout est toujours plus simple, quand Véronique et elle se retrouvent seules, sans Charles pour court-circuiter les conversations. Elle a bien fait de venir. Madame Boivin est quelqu'un de bien. On se sent tout de suite à l'aise avec elle.

– Tu voulais me parler de quelque chose ? lui demande-t-elle gentiment en posant devant elle un verre de limonade.

– Je suis un peu gênée…

– Je te connais bien, Claudie, rit Cécile, les sourcils froncés. Quand tu dis que tu es gênée, c'est là que tu as le plus le goût de parler.

Démasquée, la jeune fille grimace. Elle attend que Cécile se soit assise près d'elle, puis elle soupire :

– C'est Virginie. J'ai de la misère à savoir ce qu'elle veut.

– Donne-moi un exemple, sourit Cécile, l'œil perçant.

Claudie hésite : peut-être est-il un peu prématuré de raconter l'affaire de la photo ? Quant au vase, on n'y songe même pas : la tante Jacqueline est la sœur de Cécile !

– Je ne sais pas… On dirait qu'elle s'imagine que je pense toujours tout croche.

– Un prof, il faut que ce soit vigilant, dit Cécile, croisant les mains comme si la table était son pupitre.

– Virginie n'est pas mon prof, c'est ma belle-mère !

Et comme Cécile ne semble pas comprendre où elle veut en venir, elle finit par lâcher le morceau : même quand Bernard est d'accord avec ses idées, il finit toujours par se ranger du côté de Virginie. Pourtant, c'est son père qui est son tuteur, pas sa belle-mère.

À la mention de Bernard, Claudie jurerait avoir vu frémir Cécile – bien imperceptiblement, à peine une veine sur la tempe, mais tout de même. Peut-être est-ce pour cela qu'elle défend Virginie, lui expliquant qu'elle a des droits, elle aussi ? Claudie sent une grande vague de découragement la saisir. Qu'est-ce qu'elle s'imaginait ? S'il y avait bien quelque chose de prévisible, c'était que Cécile la maman poule prendrait pour ses petits poussins !

– Pourquoi faut-il que ça tombe sur moi, le divorce !

Cécile pouffe de rire en lui donnant des petites claques sur la main :

– Ne joue pas la martyre ! Tu sais très bien que Virginie t'aime beaucoup. Mais vous n'avez pas une grosse différence d'âge. Même pas quinze ans ! Ce n'est pas toujours évident, de se retrouver en partie responsable d'une adolescente.

Secouée, Claudie hoche la tête : elle n'avait pas pensé à cela. Si du jour au lendemain, on lui demandait de passer ses soirées à garder un petit frère ou une petite sœur…

« Heureusement, on n'en est pas là ! Que je les voie, m'en faire un ! Ça va mal aller en *chicken !* »

– Si j'ai un conseil à te donner, conclut Cécile, c'est d'être toujours franche avec Virginie.

Que tu fasses faire tes commissions par ta mère... Ça me lève le cœur ! Claudie se ronge un ongle, penaude. Cécile lui enlève d'autorité la main de la bouche :

– C'est ma fille, je la connais. Elle a du caractère, mais elle respecte ceux qui sont francs avec elle. Dis-lui ce que tu penses, même si parfois, ça provoque des flammèches.

– Mon père dit tout le temps qu'il n'aime pas la chicane.

Cécile hausse les épaules en regardant le plafond :

– Ton père, il est comme mon mari ! Un beau rusé ! Il fait faire ses commissions par les autres !

Mais réalisant à qui elle parle, elle se lève pour ne pas s'épancher davantage :

– As-tu faim ? Mangerais-tu un petit quelque chose ? Il me reste du rosbif.

Claudie croit être victime d'un éblouissement : le rosbif de Cécile ! Même dans ses rêves les plus fous, elle n'y aurait pas songé !

– Je meurs de faim, je n'ai pas soupé ! Mais je ne voudrais pas déranger...

ର୍ଚ୍ଚ ର୍ଚ୍ଚ ର୍ଚ୍ଚ

À quarante ans, Johanne Tremblay est une petite femme blonde dont l'ossature délicate et le regard expressif font penser à une ballerine. À chacun de ses pas, elle marche sur ses pointes, la mine embêtée, regardant à droite et à gauche, toujours par en dessous, comme si elle s'excusait d'exister. Pourtant, elle n'aurait pu faire plus plaisir à son fils en acceptant son invitation à manger un hamburger chez Lirette.

– Tu as de drôles d'idées, mon homme, sourit-elle à mi-voix en salant ses frites.

Guillaume sourit. Il est content. La dernière fois qu'il a partagé un tel moment avec sa mère, il avait huit ans. Profitant de l'absence de son père, parti suivre une formation policière à l'école de Nicolet, le garçon avait supplié sa mère de l'emmener au mont Royal. Johanne avait cédé, incapable de lui refuser quoi que ce soit. Et si Guillaume avait été déçu de ne trouver aucun castor au lac du même nom – on aurait dû le baptiser «l'étang aux canards»! –, il l'avait bien caché: alanguie sur son banc de parc, Johanne offrait sa blondeur à la douceur de l'été; souriante, elle clignait des yeux dans le soleil, comme une branche de muguet soudain sortie d'un dessous de perron. Plus qu'un instant de grâce, ces quelques heures de paix avaient tenu du véritable miracle.

Or, un miracle, ça se produit rarement deux fois. On ne peut pas trop en demander au bon Dieu. Terrorisée par l'idée d'avoir caché quelque chose à son mari, Johanne avait préféré éviter à l'avenir ce genre de liberté, plutôt que de devoir subir l'angoisse qui suivit celle-ci.

D'ailleurs, encore ce soir, elle a à peine savouré sa première bouchée de hamburger qu'elle se raidit, se tournant vers la porte:

– Il ne faudra pas le dire à ton père, d'accord?

– Ou-ouais… C-C'est r-rare qu'on p-peut m-manger tr-tranquille ensemble.

Soudain, dans leur îlot de banquettes, un lot d'images pénibles se met à défiler entre eux comme des spectres, d'autant plus terrifiants qu'ils hurlent sans bruit. Comme si elle les avait vus s'emparer de son fils, Johanne pose doucement sa main sur son bras:

– Ne juge pas ton père, Guillaume. À l'heure qu'il est, il risque sa peau pour nous faire vivre. C'est dur, ça… C'est normal qu'il soit souvent fatigué.

Et devant le regard douloureux de son fils:

– Ton père t'aime beaucoup, tu sais.

Le verbe « aimer » produit sur le grand corps de Guillaume le même effet qu'un coup de poing dans le ventre :

– Pourquoi me dis-tu des affaires de même ?

– Parce que c'est vrai.

Le garçon baisse la tête vers son assiette. Johanne Tremblay n'a pas sa pareille pour le mensonge. Il faut la voir raconter aux médecins de l'urgence comment elle est tombée dans l'escalier, comment elle a chuté d'une chaise en voulant cueillir un plat de service sur la tablette supérieure de l'armoire... Les « accidents » de sa mère sont toujours « fous », toujours « stupides », toujours le résultat de gestes maladroits d'une femme qui veut faire « trop bien trop vite ». « Vous savez ce que c'est... », sourit-elle aux médecins. En effet, ils ne le savent que trop bien. Mais tant qu'elle ne porte pas plainte, ils ont les mains liées.

Or, Johanne Tremblay tient aux romans qu'elle s'écrit dans sa tête. À la longue, elle a appris à peaufiner l'ambiance, les personnages. Dans ses histoires, le mal ne se fait jamais par méchanceté, personne n'a jamais que de bonnes intentions. Ce ne sont pas les gens, qui sont mauvais, mais la vie qui est difficile.

Guillaume repousse son assiette avec dégoût. Il ne comprendra jamais pourquoi les lèvres de sa mère, en cessant d'être enflées, éprouvent tant d'urgence à parler d'amour.

– Maman, je suis tanné...

Dans sa voix grave persiste un reste d'enfance, qui porte Johanne à s'attendrir :

– Si tu réussis bien ton année, on va aller passer l'été en Beauce chez ton oncle Jacques. Aimerais-tu ça, faire les foins ? À moins que tu préfères aller au lac chez grand-maman ?

Et devant la tristesse de son fils, elle lui sourit, le regard suppliant :

– Ça achève, mon grand. Tu vas voir, ça va aller mieux.

Guillaume se chiffonne le visage et s'essuie les yeux au passage. Se détournant la tête d'Édouard Lirette, qui l'observe de loin :

– Ce n'était pas une bonne idée de venir ici. Une idée de fou de Sylvestre !

Johanne se redresse avec inquiétude :

– Qui c'est, ce garçon ? Un bon copain, j'espère ?

Et devant le silence de son fils :

– Tu ne te tiens pas avec des drogués, hein ? Ton père ne le prendrait pas !

Dépité, Guillaume jette sur la table le billet de vingt dollars que lui a prêté son ami pour « sortir la fille de ses rêves ». Avant que sa mère ne proteste pour payer à sa place, il se lève et, sans un regard pour les bonnes moustaches de Lirette qui lui sourient, s'empresse de sortir du restaurant.

Johanne Tremblay se lève avec lassitude. Bientôt, cela ira mieux. Roger le lui a promis. Et elle a besoin de le croire.

VII La chasse au canard

Les rêves de Bernard ont presque toujours une trame sonore. Parfois, il s'agit de ses morceaux préférés – une chanson de Gainsbourg ou de Dave Matthews qui, en investissant son sommeil, vient pimenter les moments forts de ses aventures oniriques, un peu comme dans les films d'Indiana Jones, où le thème s'entonne sitôt que le héros se met à courir. Mais très souvent aussi, le directeur artistique de ses fantasmes se trompe de disque : Bernard se retrouve avec du Wagner en plein rêve érotique, ou avec un thème de film cochon à l'enterrement de son père. Dans ces moments-là, on l'imagine, son humeur matinale est encore plus joviale que d'habitude.

Cette nuit-là (une nuit bernardienne s'entend, un peu semblable à celles où des adolescents se couchent à trois heures et se lèvent à midi), cette nuit-là, donc, le disc-jockey s'est encore trompé : tandis que Bernard marche sur les docks new-yorkais, main dans la main avec Virginie, chacun de leurs pas donne un grand coup de gong tibétain. *Très* désagréable. Si insupportable, en fait, que Virginie pique une crise – comme souvent ces temps-ci –, tape du pied… Le coup de gong est alors si fort que Bernard se réveille en sursaut.

Il est seul dans le lit, dans la chambre aux volets fermés, seul avec la pluie qui fait palpiter la fenêtre. Bernard est sur le point de se recoucher, de se rendormir… Quand la sonnette de la porte retentit. Un coup de gong, encore. Et cette fois-ci, il ne rêve plus. Même s'il n'est pas tout à fait neuf heures.

Il se lève avec irritation, enfile sa robe de chambre en bougonnant : si c'est le camelot ou le livreur de lait, il va lui donner un de ces cours de bonnes manières, qui fera jurisprudence dans l'histoire de l'humanité ! Si c'est Cécile… Hé ! Hé ! Si c'est Cécile, au diable le pacte de non-agression, elle aura droit à un an de « retient bien », enrubanné dans une haleine du matin !

Mais ce n'est pas Cécile. C'est son mari. Une grosse face de chien shar-peï plissée du front au menton par le sourire, un chandail de laine et un blouson attaqué par la pluie. Il secoue sa petite monnaie dans ses poches comme s'il n'avait rien d'autre à faire dans l'existence que d'attendre sur le paillasson de son gendre.

– Étais-tu couché ?

« Tu parles d'une question ! » ronchonne intérieurement Bernard. Tout le monde sait qu'il se lève après dix heures. Et sans s'être vu dans le miroir, il serait prêt à jurer que ses traits tirés, ses yeux enflés, ainsi que ses tifs qui se hérissent sur sa tête lui donnent encore l'allure d'un moineau qui vient juste de sortir de sa coquille.

– Je peux revenir une autre fois, fait Pierre en tournant les talons.

Mais Bernard retient son beau-père par le coude. Aimer Virginie, c'est diluer une grande cuillerée de famille Boivin dans son café du matin, dans sa bière du midi, dans son apéritif du soir… Et puis, il a toujours eu un faible pour cet homme placide, dont la grande bonté, pimentée par l'espièglerie de l'expérience, lui apprend que le plus sage est rarement celui qui crie le plus fort. S'il y avait davantage de Pierre Boivin en ce monde, les nouvelles du soir déballe-raient moins d'inhumanités dans le salon.

Même s'il l'entraîne chaleureusement à la cuisine, Bernard est embarrassé par la présence de son beau-père : la veille, il s'est encore disputé avec Virginie – à propos d'un sujet si insignifiant qu'il l'a déjà oublié. Leur faculté de se sauter au visage est absolument déconcer-tante, tout en ayant aussi quelque chose de rassurant. Ils se fâchent rarement à propos de questions fondamentales, toujours à propos de niaiseries, dont ils conviennent tous deux en riant une fois la poussière retombée. N'empêche que, à la longue, l'exercice devient essoufflant.

Aussi, tout en servant le café à son beau-père, Bernard se retrouve un peu malgré lui à lui confier ses inquié-tudes : ces temps-ci, Virginie n'est vraiment pas facile. Tout l'inquiète. Tout la choque. Tout la chagrine. Est bien mal-venu celui qui osera lui faire remarquer qu'elle prend les choses trop à cœur : avant de finir sa phrase, il n'aura plus la tête sur les épaules. Est-ce l'école ? la vie à deux ? la garde partagée ? La petite étoile de mer qu'il a connue à la Guadeloupe, qui ouvrait les bras en riant sous le soleil – « Amenez-en, de la vie ! J'en veux plus ! Je meurs de faim ! » – s'est transformée en éponge qui absorbe tous les problèmes qui passent.

Étrangement, au ras de sa tasse de porcelaine, les petits yeux gris de Pierre ne sont pas inquiets, et ses épaules sont secouées par un rire silencieux :

– Tu n'as pas le tour.

– Ça ne doit pas, soupire Bernard. Je ne sais plus par quel bout la prendre.

– C'est justement ça, le problème! Tu cherches le bout! Tu veux prendre le dessus. Fais-moi confiance: tu n'y arriveras jamais.

Et lâchant l'argument massue:

– De nos deux filles, c'est Virginie qui ressemble le plus à Cécile.

Or, une Cécile, ça ne se dompte pas. Par exemple, exaspéré de toujours l'avoir sur le dos, Pierre a cru sustenter le penchant de sa femme pour le drame en l'abonnant à toutes sortes de revues à potins. Cela l'a tranquillisée un moment: assise au salon, les jambes repliées sous elle, Cécile s'est passionnée comme une fillette pour les déboires des têtes couronnées, les scandales financiers, les cigares présidentiels. Malheureusement, quelqu'un du quartier – «la voisine d'à côté ou le petit couple d'en bas», selon Cécile – s'est mis à trouver bien pratique d'avoir accès à autant de potins gratuits. Aussi, depuis quatre jours, Cécile se lève – comprendre: force son mari à se lever – avant le passage des camelots pour prendre le voleur la main dans le sac. «Je me croirais à la chasse au canard!» rigole Pierre, qui conclut sa fable par une morale: «L'amour, c'est comme les arts martiaux: quand l'autre pousse, tu tires, quand l'autre tire, tu pousses!»

Ce que Bernard comprend surtout, c'est que quand Cécile secoue Pierre aux aurores, c'est lui qui se fait réveiller avant le chant du coq par son beau-père.

– En tout cas, je ne sais pas comment vous faites. Moi, je commence à trouver cela essoufflant.

Le visage de shar-peï devient soudainement sévère:

– Es-tu en train de dire que tu n'es pas heureux avec ma fille, toi?

Ne jamais oublier qu'un clan sicilien, même sympathique, reste un clan sicilien.

– *Très* heureux! s'empresse de préciser Bernard. Plus que jamais! Mais ce n'est pas reposant. Je suis certain que ma pression artérielle a augmenté de 20% depuis que je vis avec Virginie.

– Avec ton ex, ce n'était pas comme ça?

Dans l'esprit de Bernard, ses dix-huit années avec Dominique se condensent alors en une seule, longue, interminable soirée brumeuse.

– C'était le sommeil profond, se rappelle-t-il. La grosse relaxation subliminale: *Ômmmm!*

Pierre Boivin abat alors sa grosse paluche de menuisier sur l'épaule de son gendre:

– Eh bien, c'est ça que je disais, mon petit garçon. Dans la vie, ou bien tu dors… Ou bien c'est la chasse au canard!

෨ ෨ ෨

Daniel voudrait dire à Lucie de dépasser Sainte-Jeanne-d'Arc pour le laisser à deux coins de rue, comme font les adolescents honteux d'être vus en compagnie de leur mère. Mais les autobus faisant descendre les élèves, leurs clignotements forcent la berline à s'arrêter. « Ça y est, se dit-il en feignant d'ignorer les regards inquisiteurs des jeunes qui fument à l'entrée, tout le monde va savoir que je me promène en Hummer. » Et surtout, que c'est une femme qui tient le volant. Une femme superbe, dont le chignon brun luit autant que la veste de cuir, et qui porte ses verres fumés même s'il pleut à verse. Qui parle depuis une demi-heure au téléphone avec un de ses collègues alors que Daniel boude à ses côtés, son sac de sport sur ses genoux, comme un enfant puni.

Le camion de luxe est une voiture de fonction que maître Chabot et ses collègues utilisent quand les procès les attirent hors de l'île. Une façon d'impressionner la partie adverse dès le stationnement, tactique encore plus efficace que celle de porter des piles de boîtes vides dans les couloirs du palais pour faire comme si la preuve était accablante quand elle fait cruellement défaut. C'est ce que Lucie appelle «le coup du Hummer». Subtil. Et ce matin, c'est Daniel qui y a droit. Encore une fois, allez savoir pourquoi, sa femme éprouve le besoin de lui montrer qu'elle réussit sa carrière. Comme si elle ne s'était pas aperçue que ça lui ramollissait l'entrejambe.

Les autobus scolaires cessent de clignoter. Lucie sourit à son mari, façon de dire : «Ça va, j'ai compris, je vais te déposer un peu plus loin.»

Quand elle referme enfin son téléphone, ils parlent brièvement de la crevaison de Daniel : c'est la deuxième fois en deux mois qu'il se fait crever ses pneus. Et c'est sans compter les marques de rouge à lèvres qui, en mai dernier, constellaient son pare-brise. Le pire, c'est qu'il n'a même pas eu à punir ou à séduire des élèves pour s'attirer ce châtiment : aujourd'hui, les jeunes s'en prennent aux professeurs sans raison, choisissant même leurs victimes au hasard. Il y a deux ans, Hubert, l'enseignant de chimie, a quitté avant l'heure de sa retraite : ses élèves s'étaient arrangés pour le faire sortir de ses gonds en classe, le filmant à son insu avec leurs téléphones cellulaires pour le ridiculiser sur YouTube. Le vieux Hubert ne s'est pas encore remis du choc. Constantin, lui, prend cela avec philosophie : si ses élèves le citent sur Facebook, c'est qu'ils ont retenu quelque chose, alors tant pis s'ils le caricaturent au passage.

– Si j'acceptais le poste à Toronto, dit Lucie en se garant au coin de la rue, tu n'aurais plus à endurer cela.

Daniel serre la poignée de son sac : évidemment, il fallait qu'elle y revienne! Après combien de temps, déjà? Vingt minutes?

– Il faut que je donne ma réponse le plus tôt possible, insiste Lucie.

– Je veux que tu réfléchisses à Pénélope.

Maître Chabot fait une moue ironique : toujours aussi courageux, le grand Charron se cachera toujours derrière sa fillette de huit ans. S'il y en a une qui ne poserait pas de problème, c'est bien Pénélope, elle qui ne se plaint jamais de quoi que ce soit ! Entre ses cours à l'Académie et ses leçons de piano, entre son papa adoré et ses grands-parents gâteau, c'est à peine si elle remarquerait l'absence de sa mère.

– Je lui parlerais au téléphone deux fois par jour. Et je reviendrais à Montréal tous les vendredis pour passer le week-end avec ma petite famille.

– Ta petite famille ! grogne-t-il avec dégoût. Tu parles comme un gars.

– Je *travaille* comme un gars, mon amour.

Visiblement très amusée par la situation, elle éclate de rire :

– D'ailleurs, toi et moi, on renverse les rôles traditionnels : c'est moi l'avocat, et c'est toi la maîtresse d'école !

Il n'en faut pas plus pour que Daniel ouvre la portière. Mais Lucie le retient, le regard luisant soudain de passion :

– Daniel, viens à Toronto avec moi, avec Pénélope ! Enseigner l'éducation physique, ici ou ailleurs, ça revient au même, non ?

Non. Ça ne revient pas au même. Contrairement à sa femme, qui a fait son barreau *et* sa common law, Daniel ne voit aucun prestige à œuvrer chez les Anglais.

Les élèves d'Hochelaga lui donnent peut-être du fil à retordre, mais au moins, il peut leur répondre dans sa langue.

– Je te parle d'aventure ! s'exaspère Lucie, de plaisir ! d'excitation ! de nouveauté ! Tu me réponds avec les profs d'anglais ! Je pense que tu comprends pas… C'est une chance qu'on a, toi et moi !

Aux mots « prof d'anglais », Daniel rougit. De tous les motifs le retenant à Montréal, Marie-Claude est sans doute le plus lancinant. Et même si elle soigne son personnage d'indépendante, il ne miserait pas sur la capacité de celle-ci à supporter l'amour à distance.

– Je ne veux pas aller enseigner à Toronto.

– Prends une année sabbatique, alors! Inscris-toi à des cours, occupe-toi de Pénélope! Tu peux même ne rien faire du tout! Ce n'est pas grave, je vais faire plein de fric!

Avant de savoir ce qui lui arrive, Daniel marche sous la pluie, les poings au fond des poches. «Méprise mon métier tant que tu veux, Lucie Chabot. Reste que ce sont des profs qui t'ont menée là où tu es. »

❧ ❧ ❧

Assise au salon, Cécile lit ses magazines, avec d'autant plus de délectation qu'elle a réussi à les voler à son voleur. N'empêche, cela va mal dans le monde : un autre acteur d'Hollywood vient de divorcer, une tête couronnée, de tomber de cheval… Cette idée, aussi, de jouer au polo! Ne peuvent-ils donc pas jouer au bridge ou au golf, comme tout le monde?

Parlant de joueur de golf, que fait donc Pierre? Il est plus de quatorze heures, cela devrait faire longtemps qu'il serait censé être rentré de l'hôpital… Inquiète, Cécile va à la fenêtre, en prenant bien soin de rester derrière le Plein Jour : il ne sera pas dit qu'elle passera pour une femme inquiète de son mari! Mais, quand même… Des tests d'hôpital, cela ne prend pas trois heures!

Quand la Lincoln se gare enfin dans l'entrée, elle est si anxieuse qu'elle se promet bien de lui faire passer l'interrogatoire des grandes occasions! Cependant, elle n'a qu'à le voir sortir de la voiture, gravir pesamment l'escalier, pour sentir son sang se glacer : il y a quelque chose qui cloche. Cela ne s'est pas bien passé. Pierre est pâle, il a l'air anxieux. La dernière fois où il a eu cette mine-là, c'est au décès de son frère.

– Ç'a donc bien été long! s'écrie-t-elle quand il entre dans l'appartement.

Il accroche son blouson à la patère, contrarié:

– As-tu une idée d'où est-ce qu'ils fouillent, pour un examen approfondi de la prostate?

– Je te l'ai dit, fait Cécile en haussant les épaules. Ça ne sera jamais pire qu'un examen gynécologique! J'en ai eu pour quarante-cinq ans, moi, monsieur! Et c'est sans compter mes accouchements!

Avant qu'elle ne s'épanche encore à raconter comment les naissances de ses filles l'ont quasiment fendue en deux, Pierre va à la cuisine se servir une bière. Cécile le regarde se traîner les pieds jusqu'au salon, tête basse, puis s'affaler dans son fauteuil, fixer le téléviseur sans prendre la peine de l'allumer.

– Tu as donc bien l'air découragé!

Pierre reste un instant silencieux, à fixer les motifs du tapis.

– Je n'ai même pas de nouvelles, finit-il par lâcher à mi-voix.

– Qu'est-ce que tu veux dire?

Pierre porte sa bière à ses lèvres, la main toute tremblante. Ils l'ont examiné, ils ont fait une analyse, et ils l'ont retourné chez lui, sans rien lui dire. Il ne sait pas s'il a *quelque chose*. Encore moins si c'est grave. En fait, il ne sait même pas quand il va le savoir. Exactement le scénario qu'ils ont vécu avec son frère Francis, cinq mois avant son décès.

Bouleversée, Cécile a soudain l'impression de voir le fauteuil de Pierre complètement vide, rempli par des semaines, des décennies d'absence. S'approchant de son mari, les jambes flageolantes, elle s'accroupit, le prend doucement dans ses bras:

– Bien non… Il ne faut pas que tu t'en fasses.

– Il est mort de ça à cinquante ans. J'en ai soixante-cinq!

– Ça fait vingt ans de ça! dit-elle, plus pour elle-même que pour lui. La science a évolué depuis.

Mais voyant les yeux de Pierre se mouiller, elle prend son visage entre ses mains, pose son front contre le sien :

– Je vais prendre soin de toi, tu vas voir! Si c'est grave, on va se battre! On ne se laissera pas faire!

Pierre ne dit rien, mais il saisit sa main, qu'il serre à lui faire mal.

Ce n'est que bien plus tard, tandis qu'elle lui servira un filet de saumon avec des asperges et un grand verre de muscadet, qu'il osera le lui dire :

– Cécile? J'ai peur. La souffrance de Francis... Je ne veux pas vivre ça.

ॐ ॐ ॐ

Avant d'enseigner, Virginie faisait rarement de l'insomnie – presque jamais, en fait. À peine posait-elle une fesse sur son matelas qu'elle tombait raide, comme si elle avait volé à Blanche-Neige une croquée de pomme. Un sommeil de marathonienne, duquel elle émergeait neuf heures plus tard, aussi fraîche que pleine d'énergie. Et puis, il faut dire que, à la Guadeloupe, elle était loin des esclandres de Cécile.

Mais *maintenant* – comme ce matin, où elle se résigne à passer à la cuisine après avoir tourné toute la nuit dans son lit –, les sommeils profonds sont de plus en plus courts, ou alors, taraudés par des cauchemars qui la réveillent en sursaut. Pas étonnant qu'elle ait la mèche aussi courte. «Pauvre Bernard. Je ne sais pas comment il fait. Moi, je n'arriverais pas à me supporter.»

Elle se traîne à la cuisine, la tignasse crépue et les lunettes sur le bout du nez, exaspérée par l'horloge du micro-ondes : trois heures quarante. Elle n'aurait pas dû s'entêter à rester couchée, mais plutôt se prendre un livre. Tout en se préparant un café, elle a un petit sourire : aurait-elle seulement pu se concentrer sur sa lecture, avec tout ce qui se passe?

S'asseyant à la table de la cuisine, elle considère le chapeau qu'elle a laissé traîner: voyons, quel sujet d'inquiétude pourrait-elle bien tirer?… La santé de son père? *Il est malade, Virginie, c'est sérieux, là.* La méchanceté de sa mère? *C'est tout ce que tu as à me dire? Je m'attendais à un peu plus de compassion de ta part! Tu es tellement froide!*

À moins qu'elle s'inquiète de l'engouement soudain de Claudie pour Cécile? Ou de l'indulgence de Cécile envers Claudie? *C'est une petite fille désemparée. Un divorce, c'est toujours difficile pour les enfants.*

Les bras croisés sur la table, Virginie y pose son menton en soupirant. En fait, si Cécile ne lui avait pas révélé – innocemment, cela va sans dire – la visite de la petite dans Rosemont, jamais elle n'aurait su que Claudie avait choisi Cécile pour confidente. Le mot écorche d'ailleurs Virginie au passage: confidente. En trente et un ans, elle n'a jamais vraiment eu l'occasion de se confier à sa mère, toujours si absorbée par ses propres drames qu'elle en oubliait toujours – comme elle l'oublie encore – que ses filles puissent avoir leurs propres inquiétudes. Et voilà que Claudie n'a qu'à se manifester pour que Cécile tende l'oreille! Peut-être est-ce l'âge? Ou tout simplement le désir de faire de la peine? «Je suis l'emmerdeuse pour Claudie. Cécile est assez brillante pour faire parler la petite, puis la petite est assez brillante pour parler…»

– Tu ne dors pas? bâille Bernard en surgissant derrière elle.

– Je fais juste penser à mon père.

– Tu t'inquiètes pour rien. Je l'ai vu hier, et il était en pleine forme.

– Si c'est le cancer, dit-elle sèchement, c'est un peu normal de s'en faire!

Bernard s'affale sur la chaise voisine:

– Quatre heures moins le quart! La chasse ouvre de bonne heure!

– Qu'est-ce que tu veux dire?

– Rien. Je me comprends.

VIII Attendre que le vent tombe

Trois heures à peine plus tard, Virginie passe voir sa mère avant de se rendre à l'école. Cécile a les yeux bouffis d'avoir trop pleuré, elle ne semble pas avoir dormi, elle non plus. Mais tout en sentant que sa mère s'inquiète sincèrement, Virginie n'arrive pas à s'enlever l'idée qu'elle semble aussi très à l'aise dans le malheur, comme dans une maison qu'elle connaîtrait par cœur, dont elle aurait arrondi les coins. Pourtant, on ne peut pas dire que Cécile ait connu un destin particulièrement cruel...

Même la maladie de son père... Tout en restant très inquiète, Virginie ne peut que se ranger à l'avis de Bernard: la vérité, c'est qu'on ne sait rien. Pierre Boivin, dans son admiration envers les médecins et sa crainte de l'hôpital, n'a pas osé poser une seule question. Pour faire exprès, son urologue n'était pas pressé de poser un diagnostic. Aussi, contrairement à ce que sanglote Cécile, le drame de Pierre, pour l'instant, n'est ni la mort, ni la souffrance, ni même la maladie – simplement l'inconnu. Quand Bernard oppose ainsi la logique des faits aux mélodrames de Cécile, Virginie l'embrasserait jusqu'à la fin des temps. Elle est si impressionnée par sa rationalité qu'elle en oublie toutes ses petites faiblesses précédentes.

La jeune femme observe sa mère en la suivant à la salle à manger. Cécile est un kaléidoscope de contradictions. Mais d'entre toutes, la plus frappante reste bien l'opposition entre la force de caractère qu'elle manifeste pour soutenir les siens, puis la fragilité presque infantile qui la fait s'écrouler par la suite dans l'intimité. Ainsi, si elle semble ce matin aussi frêle sur ses pattes qu'un chaton, c'est parce qu'elle a passé la journée de la veille à soutenir son mari, l'encourageant, le cajolant, sans fléchir une seconde, pleine d'espoir, de tendresse, voire d'enthousiasme, tandis qu'elle lui cuisinait ses plats préférés, le laissait regarder la télévision sans ronchonner, l'enveloppait de couvertures et d'amour comme s'il lui revenait après des siècles… Conséquemment, ce matin, Cécile est complètement vidée de son air. Et, comme toujours, elle a besoin que ses filles la regonflent.

– As-tu rejoint Hélène ? lui demande Virginie en s'asseyant près d'elle.

Cécile secoue la tête en s'essuyant les yeux :

– Elle est certaine que ce n'est pas grave. Elle n'a pas le temps de venir. Mais elle m'a dit de ne pas m'en faire.

Virginie pince les lèvres. Chère Hélène : toujours le cœur sur la main quand vient le temps d'aider.

– Tu devrais peut-être appeler le docteur, non ?

Et devant l'incompréhension de sa mère :

– Papa n'a pas dû lui poser une seule question. Et il n'a peut-être pas compris comme il faut.

Cécile secoue la tête en se tordant les mains :

– Imagine, si je fais ça et qu'il l'apprend : il ne le prendra pas !

Mais regardant Virginie par en dessous, les cils humides :

– Appelle, toi. Tu me diras ce qu'il a dit.

∽ ∽ ∽

Le parapluie de Mireille Langlois laisse derrière elle une piste mouillée tandis qu'elle s'achemine d'un pas pressé jusqu'au bureau de Lise Bombardier, sans prendre le temps de passer par la salle des professeurs pour se déshabiller et déposer sa boîte de muffins.

Ces temps-ci, elle se retrouve si souvent dans l'aile de la direction qu'on en croirait presque qu'elle est « passée du côté obscur ». Elle se demande d'ailleurs si ce n'est pas le but recherché par la Dame de fer : l'attirer par des peccadilles, à défaut de partager avec elle une tasse de thé. Mamelles d'Acier ne se montre même plus surprise de sa venue, ne prenant pas la peine de protester en la voyant déposer son parapluie et son imperméable trempés contre un des fauteuils de la salle d'attente. La vipère garde sans doute son venin pour les recrues. « Le valet ressemble au maître ! »

Dos à la porte et penchée sur le tiroir inférieur de son classeur, la B-52 n'est plus qu'un postérieur large et impressionnant, qui semble attendre qu'on y pose une cible pour jouer aux fléchettes. Ce seul spectacle décoince l'estomac de Mireille. Chaque fois qu'elle sort de chez Lise, elle se sent aussi mince et *sexy* qu'une nymphette.

– Des problèmes, Mireille ? dit la directrice sans se retourner.

La présidente du syndicat hausse les yeux au ciel : comme si autre chose que des problèmes pouvait l'attirer de ce côté-ci du couloir ! Comme si, surtout, Bombardier ignorait le nouveau mode de communication qu'elle est en train de breveter : ne plus s'adresser à elle par mémo, mais plutôt par personnes interposées, la faisant débarquer ici presque quotidiennement à force de tourmenter les enseignants.

– Qu'est-ce que tu as à déranger les petits nouveaux ?

Et Lise Bombardier jouant la carte de l'incompréhension :

– Le petit Lacasse ? Tu peux me dire ce qu'il t'a fait ?

La directrice sourit en relevant la tête : nous y voilà. Mireille a eu vent de la visite de courtoisie qu'elle a livrée la veille au jeune professeur de mathématiques, et elle se demande ce qui se cache derrière leur conversation. Comme si elle ne pouvait plus fraterniser avec son personnel sans aussitôt réveiller les lignes de piquetage !

– Me prends-tu pour une nouille ? explose Mireille. Le jeune n'a rien vu venir, il t'a trouvée « bien bien fine » ! Mais je ne suis pas tombée de la dernière pluie! Tu savais très bien qu'il allait tout me raconter!

Et c'est ce qui inquiète Mireille. Certains nouveaux enseignants (et Hugo Lacasse en est le meilleur exemple) sont de vrais cubes de tofu: à force de chercher à plaire, ils en viennent à adopter la saveur des personnes qu'ils côtoient. Or, les jeunes sont déjà assez démobilisés comme ça, ils se trouvent «si chanceux d'avoir un emploi» qu'ils ne voient pas l'urgence de défendre leurs acquis. S'il faut qu'en plus ils se mettent à frayer avec les patrons!

– Tu fais ça pour me stresser! dit-elle en serrant sa boîte de muffins contre sa poitrine. Pour me tester!

Lise Bombardier prend une grande inspiration, comme si l'entretien venait de lui donner la bouffée d'énergie nécessaire pour entreprendre sa journée:

– Pour les casquettes de Virginie, je ne changerai pas d'idée.

– C'est épais!

– Fais-moi un grief!

– Et même pas subtile!

∼ ∼ ∼

Fallait-il s'en étonner: le seul fait que Virginie se soit dite prête à faire la guerre a suffi pour que Mamelles d'Acier range son artillerie – enfin, façon de parler, considérant qu'une femme ne se départit pas si facilement d'un soutien-gorge «DD». Depuis, entre la jeune enseignante et le caniche de direction, les rapports sont cordiaux et... cordiaux. Comme avec tous les autres membres du personnel, Henriette Deferre ne parviendra jamais à une relation bien approfondie avec Virginie. Mais elle restera toujours surprise de la gentillesse de celle-ci à son égard, même quand ses doigts resteront bien appuyés sur la gâchette. «Une belle petite hypocrite!»

Pourtant, quand Virginie lui remet les feuilles de comportement de ses élèves, en retard, mais tout de même bien remplies, la secrétaire fait une moue pincée qui se veut un sourire :

– Parfait, Virginie. Je vais les remettre à monsieur Bazinet.

La jeune femme la remercie poliment, comme stipulé par leur pacte de non-agression. Elle tourne les talons pour retourner «de l'autre côté du couloir», au bureau des enseignants, quand une petite femme blonde, qui a entendu son prénom, l'arrête doucement :

– Excusez-moi… Vous êtes Virginie Boivin ?

«Tiens, tiens…, sourit Mamelles d'Acier en reconnaissant Johanne Tremblay. La mère et la prof du délinquant : cela promet d'être intéressant.»

Virginie ne remarque pas qu'Henriette se rapproche pour distribuer le courrier dans le pigeonnier : elle est trop impressionnée par sa rencontre. Souriante, même très heureuse d'enfin rencontrer la mère de Guillaume, elle n'arrive pas à croire qu'un garçon aussi bâti ait pu passer par le corps d'une femme aussi menue… Si ce n'est que la timidité du fils n'est rien comparée à celle de la mère. Même si chacun des mots qu'elle utilise pour parler de «son» Guillaume se termine par un sourire plein de tendresse, même si la moindre de ses phrases envers Virginie, dont «Guillaume parle si souvent à la maison» est d'une amabilité irréprochable, Johanne Tremblay vibre d'un émoi intérieur trop intense pour ne pas être perçu. Une biche aux abois, qui exhale l'odeur de la peur à l'arrivée du prédateur. De là à savoir qui est le prédateur…

– Guillaume est un bon garçon, lui dit chaleureusement Virginie. Je l'aime beaucoup. Vous êtes venue voir monsieur Bazinet ?

– On a des rencontres périodiques, acquiesce Johanne Tremblay en souriant. Ça m'aide beaucoup.

Virginie cache mal sa surprise : il y a deux semaines, quand elle a rencontré le directeur adjoint, quand elle a mis toute son énergie à le persuader d'aviser les parents de Guillaume qu'il s'était enivré en classe… Pendant tout ce temps, il rencontrait régulièrement la mère du garçon ?

– Il n'avertit pas les professeurs ? demande la mère devant l'étonnement de l'enseignante.

Virginie affecte un sourire rassurant :

– C'est à lui de juger.

– Guillaume, on va régler son problème. Il ne recommencera plus, pour l'alcool. C'était dans votre classe, je crois…

Virginie opine de la tête, même si elle n'est pas certaine d'apprécier le déterminant : « son » problème. Quand les enfants sont mineurs, ils ne sont pas censés porter seuls leurs fautes.

– Votre mari est avec vous ? demande-t-elle en étirant le cou à sa recherche.

– Non, souffle Johanne Tremblay en pâlissant, mais il est bien d'accord avec nous, par exemple.

Ce n'est qu'alors que Virginie réalise la proximité de Mamelles d'Acier qui, à peine découverte, se dandine jusqu'à son bureau. Quand elle retourne à Johanne Tremblay, celle-ci lui tend la main, soudainement très pressée :

– Ça m'a fait plaisir, madame Boivin…

Virginie la regarde partir, les sourcils froncés : son mari est d'accord avec eux… Mais à propos de quoi ? Sait-il seulement que son fils arrive à l'école avec des bleus ? Et de plus en plus souvent ?

❧ ❧ ❧

À onze heures trente, assise à son bureau, Mireille grignote une barre énergétique en feuilletant un magazine de nutrition. Après vingt-deux ans, ses régimes font partie du folklore de Sainte-Jeanne-d'Arc. Ce n'est pas qu'elle ait tant de poids à perdre : à peine dix livres – quinze, à la

rigueur –, mais qui, dans bien d'autres pays, la feraient passer pour une femme plantureuse. Quand elle se donne la
peine de porter des vêtements la mettant en valeur, comme
ce chandail échancré qui laisse bien deviner la rondeur de
ses épaules, la blonde Mireille reste encore une très jolie
femme… Qui, comme la plupart des jolies femmes, passe
rarement une année sans subir un régime, comme d'autres
attrapent la grippe ou la gastro.

Elle est à lire un article passionnant sur les vertus des
oranges sanguines – qui, tiens, tiens, regorgent d'antioxy-
dants – quand elle voit Virginie rentrer de classe avec son
« air de cheminement particulier », mélange de découragement et de devoir accompli. Mais ce midi, rien qu'à la façon
dont la jeune enseignante pose ses manuels et ses cahiers
sur son bureau, les sourcils froncés et la tête ailleurs, la
présidente du syndicat devine qu'elle doit se hâter d'avaler
sa bouchée immangeable, car sa jeune collègue ne tardera
pas à rapprocher sa chaise, pour croiser les mains sur son
pupitre et soupirer :

– J'ai un problème.

Mireille sourit tout en feignant de poursuivre sa lecture :
depuis que Virginie est arrivée à Sainte-Jeanne-d'Arc, le
quotidien syndical tient du péplum à grand déploiement.
Pourquoi faudra-t-il aller s'engueuler avec la Dame de fer,
cette fois-ci ? Les élèves font trop de points au basket-
ball ? Les filles refusent de porter la jupette pour jouer au
tennis ? Ou les élèves de cheminement se sont mis au trafic
de dictionnaires ?

– Guillaume Tremblay, tu sais, mon grand timide ? Il
n'est pas en classe aujourd'hui.

– La direction va vérifier comme d'habitude, fait Mireille,
presque déçue par la banalité du cas.

S'il fallait sonner le tocsin à chaque élève absent, plus
personne ne s'entendrait penser. Les jeunes en sont rendus à planifier leurs absences comme s'il s'agissait de leurs

vacances dans le sud : que veux-tu faire, vendredi après-midi, pendant le cours de géographie ? Ski ou cinéma ?

Mais selon Virginie, les absences de Guillaume sont différentes de la tendance :

– Hier, il avait un œil au beurre noir en classe.

– Il a dû se bagarrer…

– Je ne pense pas que ce soit son genre.

– Qu'est-ce que tu en sais ?

– Mon intuition.

La présidente du syndicat abandonne sa revue. Dans un monde plein de cohérence comme celui de l'éducation, où l'enseignant doit pouvoir répondre de ses élèves sans chercher à les connaître, l'intuition est un instrument de mesure on ne peut plus nécessaire.

C'est justement ce qui turlupine Virginie : tout en sachant qu'elle travaille intensément avec Guillaume et qu'elle questionne beaucoup ses absences, ses blessures répétées, et tout récemment, son enivrement inexpliqué, Gilles Bazinet n'a pas vu l'utilité de la tenir au courant du suivi qu'il faisait auprès de la mère. Une mère qui, pas plus tard que ce matin, promettait la lune à propos de son fils. Lequel, quelques heures plus tard, manque une fois de plus à l'appel.

De deux choses l'une : ou Johanne Tremblay ignorait que son fils ne s'était pas présenté à l'école (hypothèse la plus plausible, mais qui témoignerait de l'échec de l'encadrement de Guillaume), ou elle savait qu'il s'absenterait et n'a pas cru bon d'en avertir son professeur (ce qui serait alors vraiment très inquiétant).

– Mouais… fait Mireille. Attends avant de faire quoi que ce soit.

La seule présence de Gilles Bazinet dans le tableau suffit en effet à tout brouiller.

– Si je vois des marques sur un jeune, se scandalise Virginie, je ne suis pas supposée faire un signalement à la Protection de la jeunesse ?

Mireille soupire : ah, quand celle-là se met à suivre le Code civil comme du papier à musique !

– Sais-tu ce qui serait arrivé si don Quichotte avait attendu que le vent tombe avant d'attaquer ses moulins à vent ?

– Je suppose que tu vas me dire qu'il ne serait pas tombé de cheval, bougonne Virginie.

– Sois patiente, ma chérie. Écoute le conseil d'une vieille prof.

Mais l'évocation de l'âge vient de faire sursauter sa jeune collègue :

– Citron ! Le docteur Gilbert ! Tu me passes le téléphone ?

≪ Si Pierre meurt, songe Cécile, il ne me restera plus qu'à m'inscrire au cercle des fermières de Rosemont, en espérant crever le plus tôt possible. ≫ Or, si elle en juge à la longévité de sa lignée (sa grand-mère s'est éteinte à quatre-vingt-douze ans, tandis que sa mère Alice, à quatre-vingt-six ans, va encore à la piscine tous les jours), il lui reste encore au moins trois bonnes grosses décennies à s'emmerder, en jouant à la vieille qu'elle n'est pas !

On aura beau dire, un homme, ça change le mal de place.

Cette pensée fait resurgir tant de souvenirs d'un coup que cela lui mouille les yeux. Roulée en boule sur le canapé du salon, les yeux rivés au fauteuil vide de son mari, elle se repasse le film ≪ super 8 ≫ de leur vie amoureuse, de leur première rencontre à leur mariage, du lac Saint-Jean à Montréal, de la naissance des filles à leurs diplômes universitaires... Et à travers tout cela, Sainte-Jeanne-d'Arc, les collègues, mais surtout, toutes les générations d'enfants qui, d'année en année, l'ont forcée à rester jeune, à l'heure du jour. ≪ Ce n'est pas juste ! renifle-t-elle. Ça passe trop vite ! ≫

L'autre jour, à l'épicerie, un homme d'une trentaine d'années l'a abordée: «Cécile? Me reconnaissez-vous? J'étais dans votre classe de français!» Elle ne l'aurait jamais replacé spontanément, mais quand il s'est nommé, elle l'a aussitôt revu: dernière rangée à droite, troisième en partant du fond. Boutonneux comme s'il rentrait d'un voyage de pêche, les bras trop longs et les jambes trop courtes, et surtout, paresseux! paresseux! Qu'est-ce qu'elle s'était échinée, pour qu'il finisse par réussir son cours! Il était maintenant un grand et beau jeune homme, papa de deux garnements qui couraient partout dans les allées. Et il enseignait la philosophie à l'université. «Il pouvait bien passer son temps à regarder par la fenêtre!» Celui avec qui elle avait dû se battre pour qu'il accepte de lire venait juste de publier un ouvrage. «Je vous l'enverrai, si vous voulez.» Elle n'avait pas osé lui avouer qu'elle n'y comprendrait probablement pas grand-chose. Et que c'était très bien ainsi: un enseignant n'a-t-il pas atteint sa mission quand son élève l'a dépassé?

Mais que fait donc Pierre! Cela fait plus de trois heures qu'il est parti! Et allez savoir où! Pendant qu'elle se ronge les sangs, monsieur batifole dans la nature! «Comme si j'avais juste ça à faire, l'attendre!»

Une demi-heure plus tard, quand la voiture de son mari pénètre – enfin! – dans l'entrée, elle se précipite dans la salle de bain pour retoucher son maquillage: il ne doit pas voir qu'elle a pleuré; paraît-il que le moral fait toute la différence, avec le canc…

Ses yeux se mouillent de nouveau. Elle se tamponne furieusement les paupières: allez, un peu de nerf, ma Cécile! Les femmes de la famille savent soutenir leur homme!

Quand elle sort enfin, quelle n'est pas sa surprise de l'entendre siffloter dans la cuisine!

– Où étais-tu? J'étais inquiète! Arrives-tu de l'hôpital?

Pour le détachement, on repassera. Mais on ne s'improvise pas garde-malade du jour au lendemain : elle va finir par prendre le tour.

Curieusement, elle n'a qu'à parler de l'hôpital pour que Pierre devienne embêté, comme s'il avait quelque chose à cacher.

– Pierre : arrives-tu de l'hôpital ?

– Eh bien…

Cécile hausse les épaules : s'il fallait attendre après lui pour qu'il s'occupe de sa santé, cela ferait longtemps qu'il dialoguerait avec les vers de terre !

– Virginie a téléphoné au docteur Gilbert, déclare-t-elle en le suivant au salon.

Pierre fronce les sourcils, vient pour rouspéter, mais la curiosité est trop forte :

– Et puis ?

– Pas de nouvelles. Ils ne diront rien à moins que tu ne le demandes.

Il s'assoit avec un petit rire : au moins, *eux,* ils savent rester à leur place.

Les poings sur les hanches, Cécile regarde son mari allumer le téléviseur, non seulement détendu, mais… jovial, oui ! Il a l'air d'aussi bonne humeur que s'il venait de gagner son tournoi de quilles. Un peu plus et il va se mettre à siffloter !

Elle lui arrache la télécommande et éteint la télévision :

– Non, mais, me prends-tu pour une arriérée mentale, Pierre Boivin ? Tu me caches des affaires !

– Fâche-toi pas de même, entends donc à rire un peu…

Elle en reste la main en l'air. A-t-elle bien entendu ? Il veut qu'elle prenne *ça* en riant ? S'attend-il donc à ce qu'elle danse le flamenco sur son cercueil ?

– Le sais-tu, que je n'ai pas dormi de la nuit ?

– Ça paraît.

L'ingrat !

– Ça fait vingt-quatre heures que je suis morte d'angoisse ! Virginie aussi est inquiète et…

– Je t'avais dit de n'en parler à personne !

Hors d'elle, Cécile quitte la pièce jusqu'à leur chambre, pour se planter devant la fenêtre : finalement, qu'il meure donc, elle en sera bien débarrassée !

Au salon, son mari soupire, le fauteuil gémit, et un pas lourd fait craquer le parquet jusqu'à elle. Quand il lui met les mains sur les épaules, elle garde les yeux fixés sur la cour, battant des cils très rapidement pour s'empêcher de pleurer :

– Tu es joyeux pendant que moi, j'ai peur ! Tu fais comme si je n'existais pas ! Tu ne penses qu'à toi !

La femme forte aura tenu trois minutes et demie.

– Cécile, soupire-t-il en l'étreignant par-derrière, je n'ai pas eu les résultats. Ils m'ont dit que ça prendrait une semaine ou deux.

Et pour la dérider, il l'embrasse derrière l'oreille :

– Finalement, tu tiens un peu à moi… ?

Elle se retourne en lui donnant une claque sur le bras :

– Certain, que je tiens à toi ! Qu'est-ce que tu t'imagines ! J'ai parfois mauvais caractère, mais tu ne pourras jamais m'accuser de ne pas t'aimer !

Pierre observe le visage chamboulé de sa femme, ses traits tirés, ses yeux gonflés… Cette fois-ci, elle ne lui fait pas de théâtre.

Il en a peut-être un peu trop mis.

– La vérité, c'est que le docteur m'a dit de ne pas m'énerver.

– C'est vrai ?

Elle voudrait le battre, le hacher menu, donner ses restes au chien du voisin. Mais elle est trop soulagée. L'heure des souvenirs mouillés n'est pas pour tout de suite.

– Il y a *peut-être* un moyen de te faire pardonner.

Il s'écarte pour mieux l'observer : quand Cécile reprend l'avantage des duels...

– Hier, tu t'es fait servir comme un grand seigneur : invite-moi au restaurant ! Que je me fasse gâter à mon tour !

– Si je n'ai pas le choix..., fait-il mine de soupirer.

– Non, rit-elle en l'embrassant, tu n'as pas le choix !

Ils sont pris l'un avec l'autre. Pour quelques années encore.

IX Les planètes dans le Scorpion

«*L'haaaarmonie !* chuchote Dominique en allumant les chandelles. C'est ce qu'il y a de plus *zes-sen-tiel !* C'est la seule chose qui nous distingue des bêtes : renoncer à l'instinct du chasseur – *lâcher priiiiiise !* – au profit de la simple haaaarmonie. »

Les mains dans l'eau de vaisselle, Claudie regarde sa mère planer dans l'appartement, le pas aérien et l'allumette légère, «déposer le feu», comme elle dit, d'un lampion à l'autre – obéir à la cithare, au violoncelle de Jorane : *J'aimerais que l'on m'évapore, pour qu'il pleuve sur toi des gouttes... des gouttes d'amour.* La jeune fille soupire en frottant le fond de sa casserole à la laine d'acier. Quand il n'y a rien à la télévision, sa mère «vit des rituels» et se met à parler en sanskrit. Les chandelles débordent de la petite tablette de la cuisine où elle les réunit habituellement : la tête de lampion du bouddha n'est plus seule à luire, la photo du yogi Swami-Machin irradie ses auras multicolores jusqu'au salon, où Dominique sème plus de cierges que n'en contient l'Oratoire. «*Chicken !* J'espère qu'on est assurées contre les incendies !»

Une fois le chaudron récuré (car, végétarien ou pas, un cari de pois chiches, ça colle), la jeune fille passe au salon – pardon, «au sanctuaire» –, où sa mère l'attend, assise en Indien sur son pouf marocain, les yeux fermés et la respiration tantrique. Haaaaaarmonie... *J'aimerais que l'on m'évapore…* Claudie s'installe face à elle, habituée à la mascarade, mais tout de même impressionnée : pour une fois, les délires de la prêtresse du « Grand Rien du Tout » lui seront peut-être utiles.

Dominique sert à sa fille un verre de thé du Labrador – oui, un verre : ça brûle les doigts, mais c'est marocain, bon ! –, puis elle ouvre ses bibles d'astrologie :

– En quelle année est-elle née ?

– Aucune idée.

– Quel âge a-t-elle ?

– Tu le sais autant que moi !

Dominique rajuste ses lunettes, contrariée : en effet, comment a-t-elle pu oublier qu'elle s'est fait voler Bernard par une fille de dix ans sa cadette ? « À moins que mon subconscient n'ait amorcé son chemin de guérison ? »

– Elle va avoir trente et un ans la semaine prochaine.

« Ça va, on le sait ! » s'impatiente le moi intérieur de Dominique. Elle inspire profondément : lâcher priiiiiiiise…

– Elle est Scorpion, déclare-t-elle en replongeant dans la carte du ciel. As-tu son heure de naissance ?

– Non…, regrette Claudie. Mais elle porte du huit ans : est-ce que ça peut t'aider ?

Dominique replace de nouveau ses lunettes : « Et mince, en plus ! Car évidemment, son corps, à *elle,* n'a pas donné la vie ! » Reeeeeeeespirer…

Claudie se méprend sur la contrariété de sa mère :

– Est-ce que ça va s'arranger, entre elle et moi ? C'est tout ce que je veux savoir !

Car ces temps-ci, elle « traverse un mauvais karma », comme dirait Dominique. Plus elle tente d'améliorer l'ambiance avec Virginie, plus ça se complique. « Si tu faisais les choses comme il faut, aussi ! lui a reproché son père. Il n'y aurait pas de problème. » Paraît-il que rendre visite à madame Boivin n'était pas une bonne idée. Claudie a même eu droit à un interrogatoire en règle, digne de la

Gestapo : *Tu es allée voir la mère de Virginie ? De quoi avez-vous parlé ? Tu y vas souvent ?* Un peu plus et il lui allumait une lampe en plein visage ! Il fallait donc faire estampiller son passeport pour aller manger le rosbif de Cécile ? « Qu'est-ce qu'ils ont tous, avec madame Boivin ? Elle est tellement gentille ! Ils devraient être contents, que je sois amie avec elle ! » Au lieu de cela, elle a une nouvelle étoile noire à son bulletin !

– Tu es Bélier, grimace Dominique, comme s'il s'agissait d'une mauvaise nouvelle. C'est un signe de feu. La maîtresse de ton père, c'est un signe d'eau.

Et secouant la tête, elle enveloppe sa fille d'un air désolé :

– L'eau éteint le feu…

– Ça veut dire que ce n'est pas fort ! *Chicken !* Que je suis donc mal prise !

Car Bernard veut qu'elle explique à Virginie pourquoi elle est allée voir Cécile. Dire qu'elle allait voir Cécile pour qu'elle lui explique Virginie !

– Il y avait beaucoup de planètes dans le Scorpion quand elle est née…, poursuit Dominique.

Buvant une gorgée de thé, elle murmure pour elle-même :

– Elle est faite forte.

Fusillant sa mère du regard, comme si elle la rendait responsable de son mauvais augure, Claudie lui lance avoir avoué à Bernard d'où provenait l'idée d'aller voir Cécile. Étonnamment, Dominique n'est nullement contrariée : elle connaît la volubilité de sa fille. Quand Claudie lui raconte l'imbroglio dans lequel elle vient encore de s'empêtrer, elle sourit, les lunettes pleines de reflets de lampions :

– Comment est-elle, madame Boivin, avec toi ?

– Adorable !

Dominique hoche la tête, inspire profondément…

– Pourquoi vous priveriez-vous ? expire-t-elle, la main sur son chakra créatif. Ce sera votre secret…

Claudie fronce les sourcils : jusqu'à maintenant, les conseils de sa mère ne l'ont pas particulièrement bien servie.

– Tu dois res-pec-ter ton désir de communiquer avec la belle-mère de ton père, insiste Dominique. Virginie n'est pas obligée de le savoir. Sois discrète, tout simplement.

Sa fille restant sur ses gardes, elle allume une branche de chèvrefeuille : haaaaarmonie…

– Madame Boivin est une femme sensible, perspicace… Confie-lui tes craintes. Dis-lui que Virginie ne veut pas que tu discutes avec elle. Je suis certaine que les choses vont s'arranger d'elles-mêmes.

– Tu… Tu crois ?

– Certaine.

Claudie se lève, peu désireuse de rester dans une pièce qui va intoxiquer ses vêtements au moins jusqu'à sa troisième vie.

Sa mère hoche la tête : ce soir, tout est équilibre.

– Essaie d'avoir son heure de naissance.

❧ ❧ ❧

L'agora ne comporte aucune ligne de couleur, mais, comme la cafétéria et les aires de pique-nique derrière l'école, elle est délimitée aussi strictement que le terrain de football, selon des règles presque aussi complexes. Les footballeurs occupent d'ailleurs la place de choix (même en leur absence) – les vieux fauteuils mous –, personne n'osant jamais s'y asseoir. En face, les meneuses de claques se sont gardé les plus belles chaises. La rumeur veut que les reines faisant le plus grand nombre d'allers-retours entre leur zone et celle des joueurs sont celles qui ont couché avec eux. À l'autre extrémité de la salle, dans le coin gauche, non loin du local du comité étudiant, gravitent différentes bandes satellites, comités des fêtes, des voyages, du développement durable, dont le bourdonnement joyeux s'atténue quand vient la période des examens – car ce sont aussi les élèves les plus studieux de l'école. Ne reste plus que le coin droit pour les Corbeaux qui, à l'instar de Kim Dubé, croassent des commentaires désobligeants sur les élèves qui passent devant eux. S'ils ne sont pas les seuls – les autres bandes de la salle se redorent aussi le blason par l'exercice – ils sont les plus désillusionnés, les plus cyniques… et donc les plus méchants.

Comment font-ils pour sentir la peur qu'ils inspirent aux plus faibles qu'eux? Julie Constantin, par exemple, croyait bien avoir choisi le jeans et le chandail les plus sobres de sa garde-robe – bleu marine et vert forêt : difficile de faire plus discret. Mais quand sa mère lui a acheté des espadrilles neuves, Julie n'a pas osé les abîmer, comme sa sœur le fait toujours pour qu'elles aient l'air «cool». Résultat : elles sont si blanches qu'elles attirent l'attention.

– Heye! lui crie Kim Dubé. Tes pneus sont dégonflés!

Julie se penchant machinalement pour regarder ses espadrilles (qui, évidemment, n'ont rien), Kim et les autres s'esclaffent bruyamment, attirant l'attention des élèves des alentours.

– Ne roule pas trop vite, ricane Kim, tu vas prendre le champ!

– Niaiseuse! bougonne Julie en poursuivant son chemin. Tu te penses bonne? Commence donc par passer ta troisième secondaire!

Il n'en fallait pas plus pour que Kim la rattrape par l'arrière de son chandail, le tirant si bien vers elle qu'elle en dénude la taille de Julie :

– Tu te prends pour qui, la grosse?

– Lâche-moi! fait Julie en tentant de cacher ses bourrelets.

– Même si tu es la fille d'un prof, ça ne me dérange pas, d'avoir ton bonhomme sur le dos!

Le bruit attire l'attention du groupe de meneuses de claque, qui se lèvent et, quelques footballeurs à leur suite, s'approchent lentement.

– Enlève tes pattes sales de ma sœur!

La main toujours au chandail de Julie, Kim se retourne: face à elle, Karine est là, encadrée de toute sa bande – superbe dans le chandail rouge de Sainte-Jeanne-d'Arc.

– Depuis quand changes-tu les couches de ta sœur? ricane Kim en la lui envoyant comme une boule de quilles.

Julie s'empresse de disparaître dans la cohue d'élèves. Karine, nullement impressionnée, fait un pas en avant; les mèches flamboyantes et le menton bien haut, elle contourne Kim en reniflant théâtralement:

– Tu n'es pas allée à l'étable, ce matin?

Et c'est alors que tout bascule: la séduction de Karine est si forte que même les Corbeaux ricanent de sa blague. Déconfite, Kim leur crache une poignée de vulgarités pour les ramener à elle, quand son blouson de jeans se trouve agrippé à son tour – par la main blanche de Karine:

– Niaise encore ma sœur et tu vas avoir affaire à moi.

Kim se dégage violemment:

– Si tu penses que je vais avoir peur de toi!

Karine se remet à renifler:

– Ouf! Ça sent la vache, ici!

La main de Kim fend l'air vers la joue de Karine, mais cette dernière l'arrête juste à la hauteur de ses yeux, lui serrant le poignet si fortement que Kim a du mal à cacher une grimace de douleur.

Quand Karine la lâche enfin, elle redevient frivole, comme si rien ne s'était passé:

– Ciao, les *bollés*!

❦ ❦ ❦

Lucie Chabot gare sa BMW rue Masson, juste derrière celle de son mari. Étirant le cou vers le restaurant où il vient d'entrer, puis vers les trottoirs, elle se demande si *l'Autre*, telle qu'elle l'a appelée, est déjà à l'intérieur ou si elle doit attendre pour la voir arriver. «C'est quoi, ton nouveau genre, Charron?» Fausse blonde intello? Métisse à la guitare? Ou tout simplement le genre de fille qui, sans être vraiment spectaculaire, a le petit quelque chose qui fascine son homme – et qui le retient dans son lit?

Plus tôt, quand elle l'a appelé pour dîner avec lui, il s'est montré si embêté, si évasif… Seule une idiote n'aurait pas vu qu'il avait un secret à l'agenda. Non content d'être un livre ouvert, le grand Charron est un album pour enfant, écrit en gros caractères avec des petits dessins sous chacun de ses silences. Deux minutes plus tard, maître Chabot courait dans le stationnement du bureau jusqu'à sa voiture : pour voir si son mari allait sortir seul de l'école ; pour le suivre jusqu'à son lieu de rendez-vous ; pour connaître enfin *l'Autre* qui rend son mari si pensif et si absent. «À qui penses-tu, quand on fait l'amour?»

Les doigts gantés tapotent nerveusement le volant. C'est fou combien, même après une décennie à ses côtés, Daniel ne la connaît pas réellement : il la croit froide, alors qu'elle est ardente ; il la dit obnubilée par sa carrière – ce qui est vrai : elle veut prendre sa place au cabinet, et elle y arrivera ; mais il ne se doute pas que le carriérisme de Lucie n'est rien à côté de ses ambitions amoureuses. Daniel a toujours été au centre de sa vie, *la* grande préoccupation de son existence : elle ne saurait jamais assez lui cacher combien elle dépend de lui, combien elle n'est rien sans sa sanction, sans son admiration, sans son désir. Et il aura beau prétendre qu'elle le méprise, jamais elle ne l'a tant aimé. Sans lui, tout le reste est secondaire. C'est dire si elle l'aime! *Et si je t'aime… prends garde à toi!*

Une bande de jeunes femmes rigolardes – qui se ressemblent toutes à force de lire le même magazine – suffit à expulser Lucie hors de sa voiture. Avant qu'elle ne l'ait vraiment décidé, son porte-clefs fait gazouiller le système d'alarme, et elle traverse si rapidement la rue qu'elle manque de se faire renverser par une voiture. « Qu'est-ce qu'on ne ferait pas pour toi, Charron ! »

Elle s'attendrait presque à le retrouver avec une femme sur chacun de ses genoux. Mais non. Il est seul au fond de la salle, absorbé par son menu, la tempe sur le poing. Il ne remarque même pas que les femmes sont entrées, qu'elles couinent comme des hyènes à le voir aussi beau – aussi seul.

Il faut que Lucie soit vraiment très près de lui pour qu'il lève enfin la tête – et qu'il s'empourpre d'un coup. Chavirée – elle a donc vu juste ! –, Lucie ne s'en installe pas moins face à lui, tout sourire : surprise !

– Comment savais-tu que je mangeais ici ? s'exclame-t-il en se laissant embrasser.

– Je l'ignorais, minaude-t-elle, déposant sa veste sur la chaise face à lui – non sans lancer un regard de lionne vers les hyènes : eh oui, désolée, c'est *le mien*.

Mais Daniel ne semble pas goûter le « hasard » qui vient d'asseoir sa femme à sa table :

– J'avais envie de manger seul ce midi.

« Seul ! Fais-moi rire ! » songe Lucie en prenant le menu qui l'attend dans l'assiette.

– J'ai une de ces faims !

– Pas moi, grogne Daniel en regardant anxieusement par-dessus l'épaule de sa femme – bien au-delà du cercle des hyènes. Je voulais relaxer un peu. Je pense que je vais retourner à l'école tout de suite.

Lucie doit faire tous les efforts du monde pour cacher sa déception. Daniel pourra l'accuser de mépris tant qu'il voudra, reste qu'elle se piétine férocement l'orgueil en s'imposant ainsi l'attente – l'arrivée – de *l'Autre*.

– Je te dérange ?

Peut-il vraiment l'avouer ?

– Non. Mais après la conversation de ce matin... Lucie, je ne suis plus capable d'entendre parler de Toronto. J'ai besoin d'une pause.

Elle fait comme s'il ne venait pas à nouveau de regarder par-dessus son épaule :

– Toute la grosse gomme va déménager à Toronto. Le marché du corporatif s'est beaucoup développé pour nous en Ontario.

Revenir sur le terrain professionnel lui détend le diaphragme : c'est tout de même sous sa toge qu'elle se sent en pleine possession de ses moyens. Surtout que Daniel patauge complètement entre l'évocation de ses gros dossiers, de son gros salaire... de la quantité d'hommes puissants qui gravitent autour d'elle.

– Ce n'est pas ton cerveau qui l'intéresse, ton riche associé principal ! ne peut-il s'empêcher de grommeler, non sans accorder un regard de connaisseur aux formes harmonieuses que cache mal la sobriété de son tailleur.

– Tu penses que je n'ai pas la compétence pour relever le défi ?

Il secoue la tête, peu désireux de reprendre leur joute oratoire de ce matin :

– Lucie, je ne déménage pas à Toronto. C'est décidé.

Les bras croisés sur la table, elle le considère gravement : il fut un temps où c'était lui qui amorçait les projets, qui inspirait l'aventure. «Tout est possible», ne cessait-il de répéter. Semble-t-il qu'il ait décidé de jeter l'éponge. À moins qu'il ait déporté ses rêves vers une autre rose des vents ? Ce sera donc à elle de lui «ramener la barre» sous leurs latitudes.

– Comme tu veux, fait-elle en haussant les épaules – non sans rajouter pour elle-même : «Tu l'auras voulu.» C'est seulement pour un an. On aménagera quelque chose.

– L'aménagement, lâche-t-il agressivement, ça n'a jamais été mon fort.

«Eh bien, ça va le devenir, se promet-elle. Fais-moi confiance!»

Mais face à elle, les grands yeux verts viennent de se troubler en fixant un point par-dessus son épaule. Lucie se retourne : derrière elle, la porte du restaurant rebondit doucement… Sans qu'il y ait personne dans l'entrée.

– Il faut que j'y aille, lâche Daniel en enfilant précipitamment son blouson.

Lucie se retient à deux mains de le suivre – pour cela, elle doit attendre qu'il soit non seulement sorti, mais qu'il ait démarré. Et puis, surtout, il y a les hyènes qui, suivant la sortie du lion, la questionnent du regard.

«Vas-y, mon amour, cours-lui après. Je saurai bien un jour ou l'autre qui elle est. Tu ne perds rien pour attendre!»

Une seule chose la console : *l'Autre* l'a vue. Et, qu'elle ait dîné ou non, à l'heure qu'il est, elle a certainement du mal à digérer.

∽ ∽ ∽

Karine rejoint sa sœur à son casier, et lui empoigne le bras avec autorité :

– Ne te laisse plus jamais niaiser par la bande des débiles!

– Je suis capable de régler mes problèmes toute seule! proteste Julie en se dégageant. Et je ne veux pas que tu en parles à papa!

Bras croisés, l'aînée étudie sa cadette en souriant : pauvre Julie! Comment pourrait-elle se défendre quand elle est si prompte à indiquer son point faible à son adversaire?

– Si tu te laisses achaler, c'est sûr, que je vais le dire aux parents.

Dans son affolement, Julie replace mal un livre, qui tombe au fond de sa case :

– Tu te plains tout le temps que je te dérange! Pourquoi tu te mêles de mes problèmes?

– Parce que *tes* problèmes deviennent *mes* problèmes, sourit Karine avec hauteur. Quand il t'arrive quelque chose, tout le monde m'en parle.

– Ah ouais? Et quand je te vois en train de te faire embrasser dans les coins de l'école, est-ce que je te dis que ça me fait des problèmes?

Karine lève les yeux au ciel:

– Ce n'est pas pareil, voyons! C'est normal, de sortir avec des gars à notre âge. C'est toi qui es en retard.

∽ ∽ ∽

Marie-Claude ouvre rageusement la porte de l'école. Il fallait s'y attendre: un homme infidèle à sa femme finira tôt ou tard par tromper sa maîtresse. «Mais qu'est-ce que je fais à moisir là-dedans!» grogne-t-elle en fonçant dans le couloir à travers les groupes de jeunes.

Mais déjà, un pas de course résonne derrière elle, et une main robuste l'empoigne par le bras:

– Marie, attends!

Elle se dégage avec agacement, avant de reprendre son chemin. «Pourvu qu'il me suive! s'il vous plaît! qu'il me suive!» À son grand soulagement, Daniel attache son pas au sien. Quand ils marchent ainsi, côte à côte, leurs hanches se touchant presque, dans un rythme parfait, elle le pousserait contre un mur et se jetterait sur lui.

– Tu aurais pu m'attendre, fait-il, pas même essoufflé d'avoir couru.

– Tu étais en bonne compagnie, raille-t-elle sans le regarder, je ne voulais pas te déranger.

– Ah… Tu l'as vue?

Elle a un ricanement amer: comment aurait-elle pu faire autrement? Il l'invite au restaurant, et elle le retrouve avec une autre! Non, vraiment, même en croyant connaître toutes ses faiblesses, jamais elle n'aurait cru qu'il soit assez méchant pour vouloir lui faire aussi mal.

Mais il la retient de nouveau, la forçant à s'arrêter :

– Marie, j'étais avec Lucie !

Elle croise les bras, la mine sceptique – alors qu'elle voudrait hurler de joie. Il n'y en a pas d'autre ! Il n'était qu'avec sa femme !

– Elle avait affaire dans le quartier, poursuit Daniel. Elle m'est tombée dessus sans que je l'aie vue venir.

Il lui raconte alors la nouvelle fuite de Lucie : après Paris, Toronto. Un an à faire l'aller-retour toutes les fins de semaine. Marie-Claude hoche la tête : l'épouse aurait-elle décidé de se faire désirer ?

– Ça te dérange ? demande-t-elle.

– Je pense à Pénélope.

« Ah oui, se dit Marie-Claude, il y a aussi cette femme-là. »

On serait surpris des capacités d'une fillette de huit ans à attacher un homme à son foyer. Dès le début de leur relation, quand Daniel s'est ému à lui raconter comment la petite, âgée d'une heure à peine, lui avait agrippé l'auriculaire pour ne plus le lâcher, elle a compris qu'elle ne pourrait jamais lutter contre cette femme-là. Pénélope, dès sa naissance et jusqu'à la mort de Daniel, serait toujours hors concours.

On aurait tort de sous-estimer les pères d'aujourd'hui. Certains d'entre eux ne font pas qu'aimer leur enfant : ils s'y attachent comme de vraies mamas siciliennes. Daniel, en tout cas… Même dans leurs grands moments amoureux, quand leurs corps épuisés n'en peuvent plus de faire l'amour mais qu'ils recommencent tout de même… Daniel, *après,* est incapable de faire un projet avec Marie-Claude sans y inclure sa fille. Un jour, plus tard, elles se rencontreront. Ils iront à la mer tous les trois.

C'est (entre autres) pour cela qu'elle n'a jamais cessé de mettre un frein aux désirs d'engagement de son amant. Partager n'est vraiment pas dans sa nature. Surtout avec une fillette dont le moindre besoin donne à son père toutes les raisons d'exister.

– Qu'est-ce qu'on fait encore ensemble! soupire-t-elle en reprenant son chemin.

– Comment ça, *encore ensemble*?

Il s'arrête, la laisse aller, mais hausse la voix:

– Qu'est-ce que tu cherches, au juste?

Élèves et enseignants venant de se retourner, elle revient sur ses pas, les yeux méchants:

– C'est quoi, ton problème?

Daniel secoue la tête, passe la main dans ses cheveux avec irritation:

– Quand je te cherche, tu te caches, quand je me fatigue, tu te montres! J'en viens à ne plus savoir qui tu es!

Elle sourit, le pousse dans le petit couloir qui mène aux toilettes, pour l'embrasser passionnément. Puis, le quittant juste au moment où il vient pour la prendre dans ses bras:

– Je suis ta mouche à feu!

๙ ๙ ๙

Haaaaarmonie...

Le soir même, Virginie et Bernard rentrent tout juste du théâtre quand le téléphone sonne. Ils échangent un regard contrarié: à vingt-trois heures, c'est rarement une bonne nouvelle.

De fait, Virginie n'a qu'à répondre pour passer le combiné à Bernard.

– Non, dit Dominique qui l'a entendue grogner, c'est à toi que je veux parler.

X Les mains sales

Virginie pédale. Il n'est encore que quatre heures du matin, mais la bicyclette stationnaire gémit déjà depuis quarante minutes. Tout en sueur, les mains serrant son guidon comme si elle menait un rallye de vélo de montagne, elle fixe une photographie appuyée à des livres de la bibliothèque: pour célébrer ses vingt-huit ans, ses amis du club de vacances l'ont jetée dans la mer. La jeune femme sourit tristement. Ah, retourner à la Guadeloupe, où le soleil était aussi caressant que la lenteur d'exister – la facilité d'être soi-même!

Contempler la photo de son île: sa façon à elle de méditer.

Mais songer à la méditation lui fait serrer les poignées, pédaler plus furieusement encore, à force d'évoquer les charlatanismes spirituo-mystico-patchouliniens de Dominique Latreille.

À l'avenir, je te serais reconnaissante de ne plus perturber notre fille.

Tout cela dit par une voix douce, musicale, presque enfantine. Car c'est le plus beau de l'histoire: la femme qui téléphone à vingt-trois heures un soir de semaine se dit «partisane de la non-agression»! Sa tendance à l'intrusion est homéopathique, trop insidieuse pour qu'on puisse porter plainte pour harcèlement. Et elle manie les euphémismes avec tant de dextérité – *je te serais reconnaissante!* – qu'il est presque impossible de l'accuser d'intimidation sans aussitôt passer pour une hystérique. En fait, la grande prêtresse de l'amour universel est surtout la reine de la *bullshit.*

Ne plus perturber notre fille!

Virginie pourrait se chagriner de voir resurgir en si peu de temps l'image de la belle-mère terrorisante – imprévisible, implacable –, si sa relation avec Claudie ne s'était pas apaisée ces derniers jours, pour réinstaller leur complicité affectueuse de pas-vraiment-mère-fille-mais-quand-même-fille-mère. Surtout, Virginie enseigne le français: pour elle, la langue est une alliée qui ne ment jamais: *notre* fille. Tel est l'enjeu véritable de Dominique: non pas Claudie, dont elle ne s'est jamais souciée, mais le déterminant qui la précède – ce *nous* qu'a brisé Bernard, mais auquel, visiblement, l'ex n'arrive pas à renoncer. Les chiens pissent

pour délimiter leur territoire: Dominique Latreille, elle, téléphone à vingt-trois heures pour dire *nous* – avec douceur
et *reconnaissance*.

La porte de la chambre s'ouvre, pour faire apparaître
Bernard, les draps imprimés sur le visage et les cheveux
hérissés comme un martin-pêcheur. Virginie cesse de pédaler, descend de sa bicyclette et, tout en s'épongeant avec
sa serviette:

– Il faut qu'on se parle.

Bernard hoche la tête, se traînant les pieds jusqu'à la
cuisine, tâtonnant pour saisir la cafetière comme s'il s'agissait d'un commutateur:

– Peux-tu me dire pourquoi c'est toujours le matin, nos
conseils d'administration?

– On a les idées plus claires.

– Parle pour toi.

Les mains agrippées à sa serviette, Virginie le regarde se
servir, puis battre en retraite jusqu'à l'îlot de son bureau,
comme s'il s'agissait de son château fort. Elle attend qu'il
soit bien installé pour attaquer. Si la veille – enfin, il y a
quelques heures –, elle était trop estomaquée pour prononc-
cer la moindre parole, elle doit mettre les choses au clair: la
dernière intervention de Bernard auprès de son ex n'a pas
enlevé à celle-ci le goût de l'intrusion; il devra refaire ses
devoirs – cette fois, plus efficacement.

– Règle ça avant que je prenne les nerfs.

– Ça me semble déjà fait.

Virginie explose: se rend-il seulement compte qu'en ne
voyant que ses flammèches à elle – et non ce qui les allume
toujours –, il joue exactement le jeu de son ex? «Je ne veux
plus jamais avoir affaire à elle! Tu m'as bien comprise?»

Bernard baisse les yeux vers sa table inondée de com-
muniqués de presse: il le concède, le geste de Dominique
n'était pas très subtil. Mais peut-être amorçait-elle une
tentative maladroite de… dialogue?

Un instant, Virginie reste sans réaction. Les bras ballants, elle fixe Bernard de ses grands yeux sombres, sans expression particulière. Quand elle s'avance enfin, très doucement, seule la petite veine à sa tempe trahit sa fureur. Elle prend la plume Montblanc de Bernard, en dévisse lentement le capuchon, avec une délicatesse infinie.

– Écris-lui, dit-elle en écrasant avec application la pointe sur la feuille. Écris-lui, si tu es capable de *dialoguer*, toi!

Elle ne cesse de briser la plume que lorsque celle-ci est complètement vidée de son encre, puis elle la relâche, les mains tachées – défoulée, mais pleine de dégoût envers elle-même.

Tandis qu'elle marche à grands pas vers la salle de bain, elle en a la certitude : la violence naît de l'impuissance, de la révolte à être poussé dans un coin sans pouvoir réagir. Dominique Latreille a gagné.

❧ ❧ ❧

– Claudie, passe-moi ta mère!

À l'autre bout du fil, la voix de sa fille est joyeuse, pleine d'excitation :

– Que vas-tu offrir à Virginie pour sa fête? Moi, j'ai pensé à…

Bernard ouvre la bouche, trop étranglé par la stupeur pour émettre autre chose qu'un feulement. Claudie éclate de rire : ·

– Je le savais, que tu oublierais! Ah, les gars! *Chicken!* Le plus tard possible!

❧ ❧ ❧

La dernière chose dont a besoin Virginie, c'est bien de dîner avec sa sœur Hélène. Mais quand sa cadette lui a téléphoné tout à l'heure – eh oui, un autre appel porteur de sérénité –, elle a tant insisté pour la voir que Virginie n'a pas eu le cœur de se défiler. Aussi rejoint-elle Hélène au petit bistrot de la rue Ontario où ses collègues et elle ont l'habitude de s'évader quand ils en ont assez de la cafétéria.

Les deux sœurs s'embrassent, sans parvenir, une fois encore, à franchir ce malaise qui, dans leur affection, installe toujours une certaine distance. Entre elles, il en a toujours été ainsi – et leur mère, étrangement, n'a pas beaucoup œuvré pour améliorer les choses.

Pourtant, elles sont là, face à face, à faire des projets de ski pour la saison hivernale, Virginie n'arrivant pas à manger la soupe de son menu du jour sans lever la tête vers l'horloge – elle n'a qu'une heure pour dîner –, ni sans arriver à chasser une question insidieuse qui s'infiltre dans son esprit : « Qu'est-ce qu'elle veut ? Qu'est-ce qu'elle veut ? » Car les rares fois où, pour un dîner en tête-à-tête, Hélène prend les devants, c'est qu'elle a une requête à poser sur la nappe.

Pour une fois, il ne s'agit pas d'une demande, mais d'une grande nouvelle. Prenant bien soin d'aménager le silence comme s'il s'agissait d'un roulement de tambour, Hélène annonce avec fierté :

– Je vais devenir prof comme toi !

Et devant l'ébahissement de sa sœur :

– Enfin... Pas tout à fait comme toi. Je vais enseigner à l'université. Ils m'ont offert une charge de cours en aménagement de paysage ! À cause du prix que j'ai gagné récemment !

La fourchette en l'air, Virginie regarde Hélène faire signe au serveur de lui apporter une autre bière. Alors, celle-là, elle ne l'a vraiment pas vue venir : Hélène à l'université ! Elle qui a à peine un bac en architecture de paysage ! Si elle est surprise, ce n'est pas par l'offre du département d'architecture : ces dernières années, les universités ont coutume d'embaucher des « vedettes » de leurs domaines qui, même sans le postdoctorat des professeurs titulaires, auront la place d'honneur sur les affiches publicitaires – et les demandes de subventions. Mais ce dont elle ne revient pas, c'est que sa sœur ait envie d'accepter. Elle qui n'a jamais éprouvé un seul élan vers le métier d'enseignant… Comme envers quiconque autour d'elle, fille, sœur, parents et amis confondus.

– Aimes-tu ça, enseigner ? demande-t-elle, tout en sachant que la dernière fois où sa sœur a approché une craie, c'est au primaire, quand un prof lui a demandé de venir au tableau.

– J'en ai toujours rêvé !

Sceptique, Virginie rappelle toutes les fois où, pendant qu'elle faisait son bac en enseignement, Hélène tentait de la faire changer d'orientation en lui disant qu'elle allait mener une vie de misère.

– Ce n'est pas pareil, rit Hélène. Le secondaire, c'est plate ! Les ados sont déficients, mal élevés… Ils ne savent pas lire, encore moins écrire, ils comptent sur leurs doigts… Les cours n'ont aucun contenu, aucune profondeur. Une vraie garderie ! Je le vois bien, avec Béatrice : les enfants n'apprennent rien !

Toutes ces claques sont venues si vite que Virginie recule, littéralement assommée. Eh bien, au moins, c'est clair : sa sœur la méprise.

– Reconnais quand même que le secondaire et l'université, ça ne participe pas du même esprit ! insiste Hélène devant la moue de son aînée.

– Au contraire ! Il faut travailler dans un esprit de continuité, sinon…

– Charrie pas ! Ça ne se passe pas au même niveau !

L'arrogance de sa sœur donne à Virginie un haut-le-cœur : ce n'est vraiment pas sa journée. Car, comme s'il s'agissait de ses vocalises avant la grande joute oratoire universitaire, Hélène déverse son fiel alcoolique : Virginie n'est pas seulement susceptible, elle est jalouse. Il faut dire qu'on la comprend, vu le fil à retordre que lui donnent ses délinquants.

– Ce ne sont pas des délinquants! se rebiffe Virginie. Ils ont des problèmes de famille, et souvent très peu de moyens pour s'épanouir! Alors, la réussite…

Le regard d'Hélène devient plein de commisération:

– C'est justement ce que je veux dire! Tu as toujours voulu sauver le monde. Tu aurais dû devenir oblate en Afrique! C'est très beau, ce que tu fais! Mais avoue que tu es bien plus une travailleuse sociale qu'une enseignante!

Les compliments d'Hélène goûteront toujours la condescendance.

Virginie se lève, jette vingt dollars sur la table et, tout en enfilant son manteau:

– Tu m'excuseras: mes mésadaptés m'attendent.

❦ ❦ ❦

Bernard s'approche de la bibliothèque pour prendre sa photo préférée de Virginie – celle où elle se fait jeter à la mer, bras ouverts, jambes écarquillées et bouche grande ouverte, prête à boire une grande tasse d'eau salée. Il sourit, ayant l'impression de la revoir telle qu'elle l'a ébloui, hilare et affamée de vivre, à se jeter dans les vagues comme un chien fou: *Amenez-en, de la vie! J'en veux plus!* C'était il n'y a même pas un an. Tout en sachant que les couples connaissent leurs périodes d'adaptation – à quoi s'ajoute l'acclimatation de Virginie à son nouvel emploi –, Bernard ne peut s'empêcher de souhaiter bientôt retrouver sa petite étoile de mer, pour qui l'improvisation était un art de vivre.

Ce matin, quand Claudie lui a rappelé l'anniversaire de Virginie – «Elle a *trente et un ans,* papa! Trompe-toi pas comme l'an passé!» –, il s'est senti soulevé par une grande vague d'amour, propice aux plus belles excentricités. «Je l'enlève, je l'emmène à la mer. Non, mieux que ça: on va en

Italie, voir Venise avant qu'elle ne coule! Tant pis si on n'a pas les moyens, on va emprunter!» Mais le calendrier scolaire l'a vite ramené sur terre. «Tant pis. C'est sa première année d'enseignement: j'invite ses collègues à la maison.» Ses amis Daniel et Lucie, bien sûr, mais aussi Mireille, Marie-Claude, Constantin – peut-être même madame Bombardier, dont Virginie truffe la moindre de ses phrases.

Mais Hélène a débarqué – comme sa mère, sans s'annoncer. Et la seule mention du projet l'a fait rigoler: *primo,* les anniversaires sont *toujours* célébrés chez Cécile; *deuzio,* chaque fois que Cécile a reçu des collègues de Sainte-Jeanne-d'Arc, la fête a tourné comme une mauvaise vinaigrette; car *tertio,* «Maman est incapable de fêter relaxe.» Oui, ça, Bernard a cru le remarquer. C'est d'ailleurs pour cela que, pour préserver la fête, il pensait ne pas inviter la famille.

– Rien que toi, peut-être… Si ça te tente.

Hélène a alors ouvert de grands yeux catastrophés, regardant derrière lui comme si un tsunami venait de s'élever dans le salon:

– Ah, mon Dieu! Tu pensais *ne pas inviter ma mère*!

– Voyons donc! s'est écrié Bernard. C'est du vrai terrorisme! Pas moyen de rien faire sans passer par Cécile!

– Sans ma mère, a confirmé Hélène, penses-y même pas!

Et c'est ce qui a fâché Bernard: «penses-y même pas», ce n'est pas seulement contre sa nature, mais contre celle de Virginie. C'est sur cette base qu'ils se sont séduits: l'amour de la liberté et le refus des dogmes. N'en déplaise à tous les esclaves qui prétendent le contraire, dans la vie, on a toujours le choix.

Tout en considérant sa petite étoile de mer qui se fait jeter dans l'océan par ses camarades, Bernard comprend soudain la révolte qu'elle lui a manifestée ce matin: rien de pire que de se sentir entravé par un contexte absolument contraire à notre nature, et qui ne nous appartient que par alliance. Aussi se promet-il de trouver quelque chose. Pour le jour de son anniversaire, ainsi que pour tous les autres qui suivront.

✎ ✎ ✎

Dans la classe de cheminement, garçons et filles gardent la tête basse : dès l'apparition de Virginie, les talons décidés et le chignon bien serré, ils ont compris que leur enseignante n'était pas d'humeur à rire.

Ce qu'il y a d'embêtant, avec la Boivin, c'est qu'il n'y a pas moyen de lui dire quoi que ce soit sans qu'elle s'en souvienne – et qu'elle en fasse une activité pédagogique. Idée lumineuse, que Kim a eue, de se plaindre que tous les autres professeurs leur donnaient des cours pour arriérés mentaux ! Il n'en fallait pas moins pour que Virginie arrive avec des piles de grammaires et un cours sur les subordonnées relatives :

– Vous vouliez faire un cours comme au régulier, eh bien, grouillez-vous ! Ils se forcent, eux !

Une autre chose embêtante, avec la Boivin : plus elle connaît ses élèves, moins ils arrivent à avoir le dernier mot dans les discussions.

– Alors, la définition de la subordonnée ?

Comme toujours, Marilyn regarde ailleurs, Guillaume fixe son livre, Sylvestre fait le pitre et les autres ont des mines de poissons morts. Quant à Kim...

– Bien... Ça dépend de l'autre phrase qu'il y a avant ?

Quant à Kim, semble-t-il que la corde de l'orgueil sera celle qu'il ne faudra jamais cesser de tirer.

– C'est très bien. Prenez vos livres à la page cent soixante-quatre. Je vous donne dix minutes. Et je n'ai pas dit de parler !

Au fond de la classe, Guillaume la guette par en dessous ; croisant son regard, il retourne si prestement à son exercice qu'elle s'approche, intriguée par son malaise. Lui prenant doucement le menton pour mieux inspecter son visage :

– Ça guérit, tes égratignures ?

Devant son hochement de tête embarrassé :

– Tu as dû prendre toute une débarque ! Comment as-tu fait ton compte ?

– En b-bi-c-cycle à gaz, avec un ami.

– Tes parents ? Qu'est-ce qu'ils ont dit ?

Et le voyant s'absorber à son travail :

– Ton père est dans la police, non ? Je ne suis pas sûre qu'il ait été d'accord.

Les yeux du garçon se mettent alors à luire, de crainte, mais aussi de fierté :

– Mon père travaille en bicycle. Il m'emmène souvent avec lui.

« Qu'est-ce que tu caches, Guillaume ? » songe Virginie en le scrutant, bras croisés.

– J'aimerais ça, qu'on reparle de ton accident. Ça m'intéresse.

Le grand gaillard secoue alors vivement la tête :

– Pourquoi en reparler ? Il n'y a pas eu de suite.

Virginie hoche la tête, puis s'éloigne dans l'allée : « Fais-moi confiance, des suites, il va y en avoir. »

❧ ❧ ❧

La main au rideau, Cécile regarde la voiture d'Hélène s'éloigner dans la rue. Sa fille, prof d'université ! Quand elle dira ça à Pierre ! à sa mère, Alice ! à ses sœurs ! à toute la parentèle du lac ! Elle en a pour toute une soirée au téléphone ! Qui appellera-t-elle en premier ?

Elle se renverse sur le canapé, les mains jointes sous la nuque et les pieds sur l'accoudoir, aussi fière que si elle venait de gagner la palme de la meilleure mère – catégorie « réussite du rejeton ». Hélène à l'université ! Son bébé à la tête d'un amphithéâtre, plein d'étudiants curieux et motivés! La Cadillac du métier, tellement plus valorisante qu'au secondaire!

Elle n'a aucune difficulté à imaginer le dépit de Virginie, que lui a rapporté Hélène. Elle ne s'est pas arrêtée outre mesure sur la question, peu désireuse de gâcher le plaisir de sa cadette, mais au fond, elle comprend son aînée. Même si Virginie garde la tête haute, Cécile sait bien lire sur son visage la fatigue de la négociation quotidienne, face à des jeunes en pleine période de contestation, et de plus en plus difficiles. « Dans mon temps, au moins, on n'avait pas à élever les enfants en plus de les instruire! »

Cécile soupire. Si l'enseignement, au primaire, au secondaire ou au collégial, n'était qu'un métier épuisant, déjà, le problème serait moins lourd. Mais à la fatigue s'ajoute le poids d'exercer une tâche dévalorisante. « La société a toujours eu des comptes à régler avec les profs. » Il en était déjà ainsi à l'époque de sa mère Alice, la maîtresse d'école de rang, qui se faisait remettre à sa place par les commissaires – « tous des hommes! » –, sous prétexte qu'elle n'avait qu'un brevet B. Puis, du temps de Cécile, le mépris avait changé de thème : « Vous êtes bien, les profs, avec vos trois mois de vacances! »

Contrairement aux médecins, aux infirmières, aux administrateurs ou aux autres corps de métier, quand l'enseignant est épuisé, il n'a pas le droit de se plaindre – comme si son travail, bien plus qu'un devoir, était un dû envers la société. Quand son salaire est gelé, personne ne s'en émeut. Quand sonne l'heure des lignes de piquetage, l'opinion publique lui reproche de se plaindre encore – et le ventre plein! « Belle ironie, ricane Cécile, que Virginie ait été G.O. à la Guadeloupe! Car c'est ça, qu'ils pensent tous : que notre métier est un club de vacances. »

La seule chose qui encourage Cécile – on se console avec ce qu'on peut –, c'est que, contrairement aux collègues de son époque, les jeunes quittent l'enseignement après quatre ans à peine, au bout du rouleau. «Quand il ne restera plus personne pour enseigner aux enfants, peut-être réalisera-t-on alors qu'on ne passait pas nos journées à nous tourner les pouces!»

Mais Virginie, elle, quittera-t-elle Sainte-Jeanne-d'Arc avant de se ruiner la santé? Tout en s'enorgueillissant de l'idée que sa fille vient d'une lignée de combattantes, Cécile ne peut s'empêcher de hocher la tête avec désolation: «Pauvre petite fille… Ma pauvre petite fille.»

Elle vient encore de gagner la palme de la meilleure mère – dans la catégorie «rejeton qui en arrache».

ॐ ॐ ॐ

– Marilyn, je te parle.

Virginie claque des doigts devant le nez de la blondinette, qui cligne des yeux comme si elle émergeait d'un long voyage hypnotique.

– Qu'est-ce que tu attends pour commencer l'exercice?

Mais la sonnerie de la cloche, en entraînant la bousculade des élèves, force Virginie à les rappeler à l'ordre: ils devront finir l'exercice pour le prochain cours.

– Quoi? s'exclame Sylvestre.

– Tu es malade! renchérit Kim.

Virginie balaie leurs protestations du revers de la main:

– Vous avez voulu un cours régulier? Eh bien, eux autres, ils finissent leur travail à la maison. Et n'oubliez pas vos textes pour le journal!

Marilyn se coule discrètement vers la sortie, mais son museau de petite souris n'a pas le temps d'atteindre la porte que Virginie la retient déjà par le coude:

– Tu veux qu'on en parle?

– De quoi? fait l'autre innocemment.

– Marilyn, depuis une semaine, tu n'es plus seulement dans la lune, mais carrément dans une autre galaxie!

La jeune fille arrive mal à cacher ses larmes:

– Ma grand-mère est rentrée à l'hôpital.

Désarçonnée, Virginie change de ton:

– Et tu es proche de ta grand-mère?

– Je n'ai pas de mère. C'est elle qui s'occupe de moi.

– Est-elle très malade?

– Elle est vieille, fait Marilyn, la voix tremblotante. Le docteur dit que c'est normal à son âge. Le cœur est usé.

Virginie lui met une main sur l'épaule:

– Et tes parents… Où sont-ils?

Mais la petite détournant les yeux:

– Marilyn, je n'aime pas te voir avec la tête entre les deux jambes!

– Est-ce que je peux manquer les deux prochains cours? Je voudrais aller la voir à l'hôpital.

Virginie rappelle les règles: les billets d'absence, Gilles Bazinet…

– Tu ne pourrais pas m'en écrire un, billet? Ça ne me tente pas de parler de ça avec Bazinet.

Et au froncement de sourcils de son enseignante, elle arrondit deux grands yeux purs:

– S'il te plaît…

❧ ❧ ❧

Appuyé au casier de Sylvestre, Guillaume attend son ami en réfléchissant. Si la bande d'Haïtiens acceptaient de l'accueillir dans leur «planque» du boulevard Saint-Michel, son problème d'hébergement ne se poserait plus: les soirs où son père rentrerait avec des éclairs dans les yeux, il n'aurait qu'à s'éclipser discrètement pour aller voir ailleurs s'il y est, le temps que l'ambiance s'améliore chez lui. À la longue, il a fini par le comprendre: si son père lui-même n'arrive pas à se contenir, ce n'est certainement pas lui qui y arrivera. Plutôt que de le subir ou de le confronter, aussi bien «laisser faire le temps», comme dirait sa mère. Si, pour elle, il s'agit de serrer les dents en comptant les minutes ou les heures de délire, rien n'oblige Guillaume à l'imiter. Et Sylvestre lui a tant vanté ses soirs avec sa bande, où les tam-tam sont nombreux et les filles, interdites, que Guillaume se prend à rêver d'un endroit où les coups ne font que de la musique.

Sylvestre apparaît enfin au détour d'un casier, l'air presque aussi frondeur que son t-shirt de Che Guevara. Depuis que la Boivin a décidé qu'ils étaient des élèves comme les autres, il passe ses soirées à conjuguer des verbes plutôt qu'à gratter sa guitare. Il ne peut même pas aller se plaindre : des plans pour que la B-52 donne une médaille à son enseignante !

Quand Guillaume lui demande s'il a parlé à sa bande, Sylvestre prend un air de conspirateur, regardant partout autour de lui avant de chuchoter :

– Ils ont accepté de te rencontrer. Tu devrais être fier, *man,* parce qu'ils n'acceptent pas n'importe qui, laisse-moi te le dire !

Le grand gaillard est soudain pris de vertige : il ne s'attendait pas à devoir passer une évaluation rien que pour passer une nuit dans un hangar. En demandant asile à Sylvestre, il ne souhaitait que se mettre au frais en terrain neutre – et non intégrer une bande de gars plus âgés que lui qui roulent sur l'or sans jamais travailler.

– Je ne suis pas sûr, finalement, d'avoir envie de crécher là…

Sylvestre lève les bras avec emportement :

– Tu ne peux pas me faire ça ! Je vais avoir l'air d'un cave devant mes *chums* !

Pour se faire pardonner, Guillaume sort de son casier une fiasque de brandy, qu'il propose à son ami d'aller boire derrière l'école. Sylvestre l'observe en fronçant les sourcils : ces temps-ci, celui-là est vraiment difficile à suivre. Tantôt pressé de jouer au délinquant, tantôt dans une soutane d'enfant de chœur… « On dirait qu'il ne sait pas ce qu'il veut ! »

Pourtant, les idées de Guillaume ne sauraient être plus claires. Tout ce qu'il veut, c'est avoir la paix. Mais semble-t-il que, peu importe l'endroit vers lequel il pointe son nez, tout se met à s'embrumer.

Ne lui reste plus qu'une bille dans son sac. Mais Guillaume n'est pas certain de vouloir s'en servir.

≪ ≪ ≪

Virginie appréhendait son retour à la maison, trop vidée de son énergie pour vivre un second affrontement. Mais dans l'appartement, tout est calme. Bernard travaille à son article.

Quand elle approche, il se retourne, à la fois heureux de la voir et plein d'appréhension. Comme elle, il a les mains tachées d'encre. Il semble avoir tenté de réparer sa plume. Cette seule pensée la fait fondre de culpabilité – l'étreindre tendrement :

– Je m'excuse pour ce matin.

– Pas grave, dit-il en se retournant pour l'embrasser. Ça faisait longtemps que j'en voulais une neuve. La pointe n'allait pas bien.

Ils échangent un regard, se sourient, puis rient de bon cœur en unissant leurs mains salies.

– Je t'aime, murmure-t-elle.

– C'est juste une plume. Les gens ne se changent pas, par contre...

Elle préfère passer outre l'allusion, se traînant jusqu'au salon pour s'affaler dans un fauteuil :

– Bernard, je ne suis pas certaine d'être faite pour l'enseignement.

Derrière l'îlot, elle l'entend presque penser : « La soirée va être longue. »

– Je crois surtout que tu en as plein ton casque, ces temps-ci, dit-il en se levant pour s'approcher d'elle. Ton travail te ruine. Et tu n'as pas encore appris à t'en protéger.

Elle hoche la tête, le regarde s'asseoir près d'elle. Incroyable, tout de même, que la seule personne capable de nous consoler soit la seule, précisément, qui nous a mis hors de nous…

– Première leçon de détente accélérée, murmure-t-il en l'enlaçant. Toujours avoir sa ration quotidienne de gros becs mouillés.

XI Partenariat public-privé

Ce ne sont vraiment pas toutes les mères qui font la vaisselle en bottes Prada.

Assise à la table de la cuisine, Karine peine à terminer son devoir de mathématiques : le crayon en l'air, elle reste captivée par les gestes de sa mère qui, debout devant l'évier, finit de laver les casseroles du souper. Qu'elle pèle des carottes ou qu'elle sorte les poubelles, Andrée Lacombe est biologiquement incapable de banalité. Pas seulement à cause de ses talons aiguilles ou de sa tunique new-yorkaise : les vêtements griffés de la propriétaire de Beauty sont la conséquence de son élégance – et non son origine. Sa seule façon de récurer une poêle, dans une torsion de poignet, lente, presque langoureuse, sa seule façon d'envoyer sa chevelure blonde vers l'arrière, dans un mouvement élastique, en chantonnant pour elle-même… Quand Andrée Lacombe consent au quotidien avec tant de grâce et de détachement, à la fois lointaine, omniprésente, indifférente et en spectacle, elle hisse l'heure de la vaisselle au rang des activités aristocratiques. Dans ces moments-là, Karine regretterait presque de ne pas s'être proposée à la remplacer. Tout en sachant qu'une Andrée Lacombe, cela ne se remplace pas. Et que même la plus belle fille de l'école n'arrivera jamais à la cheville de « la belle dame de l'avenue Bernard ». Un jour, peut-être, quand elle aura amorcé son déclin… Mais rien qu'à voir le visage lisse

d'Andrée, on imagine que la fin de son règne (et le couron-
nement de sa fille) n'est pas pour demain.

Ce soir, Karine est préoccupée, par «une question
ontologique» (comme dirait son père) on ne peut plus
chatouilleuse chez les Constantin : est-elle prête ou non à
être amoureuse ? L'adolescente soupire : dans sa famille,
l'intimité est une discipline olympique, exposée à toute
la famille, qui chahute dans les gradins. Tout est public,
collectif, mon problème, ton malheur, mon rêve, ta réussite
– tout est renversé, transféré, intensifié.

– J'ai quelque chose à te demander, ose-t-elle finalement, mais je ne sais pas si tu vas vouloir.

Et voyant sa mère s'activer sans broncher :

– Mais j'aimerais ça, si tu étais d'accord.

– Demande-le, rit Andrée, on verra.

Karine essuie ses mains moites sur son jeans :

– Tu sais, Charles Anctil ? Celui qui a un frère jumeau ?

– Le fils de l'orthopédiste ? Oui, je le replace...

– Eh bien, lui et moi... On s'aime.

La lavette fait ploc ! dans l'eau moussante.

Andrée Lacombe se tourne lentement, le visage trans-
formé par... par quoi, au juste ? Par de l'exaltation ou par
autre chose ? En tout cas, elle sourit, et en deux pas saisit
les mains de sa fille pour les serrer très fort :

– Tu es en amour !

Karine grimace avec gêne : l'amour, l'amour, il faut le
dire vite ! Elle n'a aucune idée des sentiments de Charles à
son égard – sinon son besoin incessant de l'embrasser et de
lui caresser les seins, surtout quand ils ne sont pas seuls.
Quant à elle... Tout ce qu'elle sait, c'est qu'elle pense à lui
tout le temps. De là à conclure à de l'amour...

Sa mère s'assoit près d'elle, émue, comme si elle la
voyait pour la première fois. Karine se crispe. Exactement
le même scénario qu'à ses premières règles : sa mère la

bichonne – «Ma petite fille est devenue une femme!» –,
aussi bouleversée que si elle la voyait à l'article de la mort.

– Ne me regarde pas comme ça, proteste Karine. Je ne
suis pas malade!

– Qu'est-ce que tu ressens exactement pour lui?

La voix d'Andrée est aussi rêveuse que si elle voulait
connaître la suite d'un bon roman d'amour. Karine plisse
le nez:

– Maman, je ne veux pas parler de ça.

– Pourquoi tu m'en as parlé, si tu ne veux pas? demande
Andrée plus sèchement.

Karine ose alors faire sa grande demande – celle qui
montera jusqu'à Monsieur son Père, au risque peut-être de
déclencher son sermon sur la vertu des jeunes filles.

– Voudrais-tu qu'il vienne souper en fin de semaine?

– Souper? fait Andrée, surprise.

La jeune fille hausse les yeux au ciel: comme s'ils ne
recevaient jamais personne à la maison! Ce qui, à bien y
penser, n'est pas loin de la vérité.

– Je vais en parler à ton père, finit par dire Andrée. Moi,
je n'ai rien contre.

Karine saute au cou de sa mère, et la serre avec
excitation:

– Je t'adore!

C'est alors que Julie pénètre à son tour dans la cuisine.
Du salon, elle a tout entendu. Tout en fouillant dans le
garde-manger, elle note encore une fois que ses parents
ont autant d'approches éducatives que de filles.

Ce matin, quand un garçon l'a abordée dans les casiers, il
a à peine eu le temps de lui parler parce qu'il a dû décamper
à l'apparition du père Constantin. Du coup, dans le discours
paternel, «mon bébé» est devenu «Julie Constantin», et
la rencontre du garçon, une inconduite hautement
condamnable. *Je te défends de fréquenter les voyous du
cheminement, m'entends-tu? Ce n'est pas ton monde!*

Ça commence par des gentillesses, ça continue avec les cigarettes, après c'est le sexe, la drogue! Je t'aime. Je veux te protéger. Si je dois me montrer sévère pour que tu le comprennes, je vais le faire. Julie soupire en fouillant dans la boîte de biscuits au chocolat: contrairement à sa sœur, dont les amours sont encensées, elle ne peut approcher un garçon sans que tout devienne sale.

– Prends donc un fruit, plutôt que des biscuits, lui dit sa mère d'une voix nerveuse.

– Ça ne me tente pas.

❦ ❦ ❦

Daniel attend Marie-Claude dans le fauteuil de Lucie, finissant de regarder une partie de hockey qu'il pensait à peine avoir le temps de commencer – comme la bouteille de champagne, qu'il n'osait d'abord pas ouvrir seul, et qu'il renverse maintenant dans son seau, complètement vide. Pourquoi faut-il toujours que le Canadien se fasse humilier par Pittsburgh – comme lui par Marie-Claude?

En trois heures d'attente, il a traversé tout le spectre des émotions: gaieté, fébrilité, étonnement, questionnement, inquiétude, doute, colère, repentir, anxiété. Qu'est-ce qui a bien pu la retarder autant? Un caprice ou un accident? Avec Marie-Claude, tout est possible. C'est souvent excitant, mais de plus en plus irritant.

C'est elle qui tenait à venir à la maison en l'absence de Lucie et de Pénélope. Une véritable prise de territoire, qui l'avait flatté au point de lui enlever toute prudence. Et si sa famille rentrait plus tôt que prévu? Il avait opté pour la légèreté, se disant que si la fatalité s'en mêlait, cela crèverait enfin l'abcès, avec sa femme autant qu'avec sa maîtresse. Tôt ou tard, il faudrait bien choisir – régulariser une situation qui n'était plus amusante du tout.

Mais quand Daniel se lève pour aller une énième fois à la fenêtre – quand, écartant le rideau, il voit la silhouette féline de Marie-Claude remonter la rue, il ne peut retenir un coup de poing dans le mur : il n'avait pas à s'inquiéter, elle est en un seul morceau – une belle escalope de fille, pimpante et enjouée, qui sifflote en s'approchant. Il lui avait dit *dix-huit heures trente* ! Passé vingt et une heures, Lucie et Pénélope peuvent rentrer d'une minute à l'autre ! À moins que ce ne soit justement le but de Marie-Claude ? détruire toute ambiguïté par un face-à-face avec sa rivale ? Si au moins elle agissait ainsi dans le but de vivre avec lui ! Mais non ! « Bousiller ma vie, n'importe quand, mais la sienne, par contre… »

Le pas lent de la motarde fait à peine vibrer l'escalier, mais son doigt reste bien enfoncé sur la sonnette, qui n'en finit plus d'ameuter l'immeuble. Même quand Daniel ouvre la porte, et que Marie-Claude lâche enfin le bouton dans un petit rire, l'écho du timbre persiste un moment dans l'appartement. Marie-Claude pouffe en se mordant le bout de la langue. Ses yeux sont luisants, ses joues très rouges… Et son pas mal assuré, comme son haleine, est fort éloquent.

– Tu as pris de l'alcool, fait Daniel en repoussant son étreinte.

– Est-ce que je dois te demander la permission ? Je ne suis pas ta fille.

« C'est ça, envahis-moi, mais défends ton indépendance ! » se dit-il en retournant s'asseoir au salon.

– J'ai ramené Hugo chez lui, soupire-t-elle en le rejoignant d'un pas hésitant. Il m'a offert un verre de vin. C'est grave ?

L'évocation de son collègue lui fait hausser un sourcil : « Tiens, après le sport, madame passe aux mathématiques ? » Il n'aurait jamais cru que Lacasse, avec ses cravates Tintin et ses chaussettes dépareillées, ait pu séduire ce cœur de rockeuse.

Mais pour le moment, ce n'est pas Hugo qui intéresse la panthère noire, s'il en juge à sa façon de grimper sur lui pour l'embrasser dans le cou.

Daniel la repoussant sans ménagement, elle lève les yeux au ciel :

– Je m'excuse ! On a commencé à parler et on a perdu le fil du temps.

– Veux-tu rire de moi ?

Il l'a repoussée si brutalement qu'elle reste un moment interdite à ses côtés, avant de se lever avec ennui, comme s'il faisait – encore ! – des histoires pour rien. Tant pis pour elle : ce soir, il entend bien vider la question.

– Qu'est-ce que je suis pour toi, Marie ?

– Tu es le meilleur ! rit-elle en faisant mine de gonfler un biceps.

Il secoue la tête avec incrédulité, blessé de la voir s'amuser là où il ressent tant de chagrin. Au fond, elle ne l'aime pas. Un verre de vin et une conversation suffisent à lui faire oublier son existence.

– Et tout ça à cause d'un flanc mou comme Lacasse !

– Hugo, c'est loin d'être mou…, fait-elle avec un sourire ambigu.

– Qu'est-ce que ça veut dire, au juste ?

Mais il le sait très bien. Elle lui joue le même jeu que maître Chabot avec son gros Rochon : faire planer le doute pour le garder à sa merci. Bien mauvais calcul : les marivaudages de Lucie commencent à le lasser, et il n'est pas loin de descendre du manège. Et puis, il y a des choses qu'un homme acceptera plus longtemps de sa femme que de sa maîtresse – alors Marie-Claude ne devrait pas trop jouer avec les allumettes.

– Bébé, soupire-t-elle en regardant sa montre, c'est bien beau, tout ça, mais il va falloir que je rentre : Gerry arrive à dix heures et demie.

Daniel hoche la tête. Telles sont les amours clandes-
tines : mon horaire, ton horaire, celui de ma femme, de ton
garagiste. Des gouttes arrachées à un citron sans pulpe,
qui tiennent plus du miracle que du rendez-vous. Plutôt
que de vivre la chance qui leur était offerte, Marie-Claude
a préféré tout miser sur le zéro noir de la roulette. Tant pis
pour elle.

Elle tente une dernière fois de l'embrasser, lui accordant
enfin les gestes qu'il anticipait depuis des heures, des jours
– des semaines… Mais la dernière chose dont il ait envie,
c'est bien d'offrir à sa femme et à sa fille le spectacle de son
infidélité.

– Moi non plus, je n'avais pas toute la nuit ! Mais ça, tu
n'y as pas pensé, hein ?

❧ ❧ ❧

À dix heures, le lendemain matin, Mireille Langlois a épuisé
toutes les excuses pour retarder sa visite à Lise Bombardier :
elle a donné son premier cours, a préparé le café même si ce
n'était pas sa semaine, a lavé les tasses des collègues même
si elle n'avait pas à le faire et a expurgé toute la paperasse
syndicale qui pouvait attendre.

Assise à sa table de travail impeccablement rangée, au
fond de la salle déserte, la présidente du syndicat joue
avec son stylo, le menton dans la main, fixant le pupitre de
Julien Constantin, qui vient une fois de plus de la mettre
dans l'embarras.

École secondaire Sainte-Jeanne-d'Arc
Mathématiques 212 – Groupe D

Test de calcul

Résoudre le problème suivant:

Sachant qu'une journée pédagogique (A) est d'une durée de huit heures de présence en classe, et qu'une rencontre avec un conseiller pédagogique (B) dure en moyenne deux heures (en étirant extrêmement la sauce);

sachant qu'un professeur d'histoire au secondaire est payé en moyenne X $ par heure de travail; sachant qu'il a préféré passer la différence entre A et B dans la boutique, sous la jupe de sa femme;

= » déterminez le montant que la B-52 retiendra sur son salaire, et qu'il faudra contester (tout en étant, pour une fois, d'accord avec elle).

Temps alloué: dix minutes (si Bombardier est patiente).

_____ / 15 points

Mireille se lève en soupirant. Certaines gens, détestant leur carrière, démissionnent pour s'orienter vers une voie où leur passion servira mieux les intérêts communs. Constantin, lui, a choisi de rester, d'attendre la retraite – il y a de cela un quart de siècle. C'est à peine s'il donne ses cours – parce que Mireille le talonne de près, autant par amitié que par conscience professionnelle. Cela fait belle lurette qu'il ne renouvelle plus sa matière, ennuyant ses élèves avec les causes de la guerre de Sept Ans même si ce n'est plus au programme, se contentant d'y joindre le jargon ministériel pour plaire à l'administration. Avant

Lise Bombardier, quatre directeurs différents ont tenté de le coincer : ses fautes professionnelles occupent presque un tiroir complet du classeur de Mamelles d'Acier. Mais Julien est aussi coulant qu'incompétent. Il continue de sévir, au détriment des élèves, de l'école et de toute la profession.

« C'est à cause de types comme lui que nous passons tous pour des paresseux et des profiteurs de système ! » bougonne Mireille en traversant le couloir jusqu'à l'administration. Et même si elle adore son ami, elle se demande si elle pourra jamais lui pardonner le tort qu'il fait à la réputation des enseignants. On aura beau dire que les élèves se souviennent aussi de leurs professeurs préférés, il suffit souvent d'une coquerelle dans une armoire pour déclarer l'insalubrité de tout un immeuble.

À son arrivée, Lise Bombardier est au téléphone, mais lui fait signe de s'asseoir en souriant. Mireille ne sait ce qu'elle donnerait pour lobotomiser la directrice, pour lui enlever la partie de son cerveau appartenant désormais aux patrons, rien que pour cinq minutes, question de retrouver son ancienne amie, et de se scandaliser avec elle face à la dernière de Constantin, comme elles le faisaient si souvent, « avant ».

– Bonjour, Mireille, ironise Bombardier devant sa figure d'enterrement. Ça va, Mireille ?

– Si je n'avais pas toujours à venir régler des niaiseries, je pourrais passer plus de temps avec mes élèves.

Lise Bombardier sourit : quand la présidente du syndicat ne débarque pas chez elle à la première heure, c'est qu'elle n'est pas pressée à se battre. Autrement dit…

– Tu viens me voir pour me parler d'un deux de pique.

Mireille voudrait acquiescer, mais son poste exige au contraire l'attaque – ou plutôt, la défensive.

– Je vois que tu le tiens en haute estime.

– Son attitude ne date pas d'hier. Ne perds pas ton temps : qu'il m'apporte une preuve de présence, et ça va me faire plaisir de ne pas couper son salaire.

Mireille laisse tomber ses épaules en soupirant, et Lise étouffe un petit gloussement. Leurs regards sont si suspendus l'un à l'autre qu'elles s'entendent presque penser :

– *Tu sais bien qu'il n'en a pas, une preuve de présence !*

– *C'est sûr, qu'il n'en a pas ! Il n'était pas là !*

– *Et puis après ? Ce ne serait pas la première fois, hein ?*

– *Je ne paierai pas Julien à faire la vendeuse dans la boutique de sa femme !*

– *Tout à fait d'accord avec le principe. Mais je n'ai pas le choix de le défendre.*

– *Je le sais bien, ma pauvre vieille ! Je l'ai fait avant toi, et ce n'est vraiment pas du gâteau ! Mais tu as choisi ta chaise, et moi la mienne, alors jouons notre rôle jusqu'au bout. À la retraite, on en rira ensemble.*

Mais la télépathie ayant ses limites, les deux amies reprennent leurs positions d'adversaires : Mireille reproche à Lise de s'acharner sur les enseignants, d'imposer une liste de présences comme s'ils étaient tous des irresponsables ; Lise ricane à imaginer le taux de participation à ses journées pédagogiques, si les professeurs n'avaient pas à signer à la sortie. Mireille l'accuse d'avoir changé de camp (rien de nouveau sous le soleil), Lise, d'oublier que leur salaire vient de la même poche (autre primeur argumentative)…

– Lise, Julien était là, dit finalement Mireille. À côté de moi, dans la salle.

– Apporte-moi la preuve.

– Tu l'as devant toi : je suis là à te le dire.

Et la directrice la dévisageant, sourcils froncés, elle rougit comme une fillette :

– Je ne dis pas ça pour le couvrir.

– Bien sûr que non.

– *Lise, aide-moi donc un peu, là !*

– *Tu vas donc descendre aussi bas pour défendre un de tes membres ?*

– *Tu ne l'aurais pas fait, toi ?*

ᥬ   ᥬ   ᥬ

Ce qui déprime le plus Daniel, c'est qu'il n'est jamais arrivé à être aimé – par Lucie, par Marie-Claude, par toutes les autres – avec bienveillance. Que fait-il donc pour recréer le même scénario, pour toujours inspirer aux femmes qu'il aime le jeu de la séduction, ce « je t'aime moi non plus » qui transforme l'amour en lutte d'egos ?

Il est à ressasser ces pensées en finissant son sandwich, les pieds sur son pupitre et le regard tourné vers la fenêtre, quand Marie-Claude et Hugo Lacasse débarquent dans la salle, aussi hilares que s'ils étaient ivres.

– C'est vrai que les gars ne m'oublient pas, se vante la rockeuse. Mais je t'avertis, il faut être fait fort !

– Penses-tu que tu me fais peur ?

Daniel finit son jus de légumes en se balançant sur sa chaise : s'imagine-t-elle qu'il croit à sa scénette ? Pour le rendre jaloux, elle aurait dû mieux choisir. Aujourd'hui, le professeur de mathématiques a troqué la cravate pour le nœud papillon. « Un nœud papillon à motifs de nœuds papillon. Il fallait y penser. »

D'ailleurs, comme s'il avait le col trop serré, Hugo se tourne vers lui, souriant, mais écarlate :

– Elle n'a pas arrêté de me parler de sexe dans le corridor. Je ne savais plus où me mettre !

– C'est ça, les agace-picettes, fait Daniel en haussant les épaules. Il faut faire attention.

Mais Marie-Claude ne se laisse pas démonter :

– Vous pensez que je ne suis pas capable de passer à l'acte, les gars ?

Laissant son collègue répondre – «Je n'ai pas de doute!» –, Daniel lance avec détachement sa cannette dans le bac de recyclage:

– La vraie passion, ce n'est pas ça.

– Attends, se moque Marie-Claude, on va appeler les autres pour que tu nous donnes un cours!

– Je pourrais t'en parler longtemps. Je pourrais même t'écrire une thèse.

– Pourtant, tu as l'air d'un gars fidèle.

– La passion, ça n'exclut pas ma blonde.

Bien sûr, Hugo ne tarde pas à réaliser que la pièce se joue sans lui:

– C'est une drôle de conversation pour une salle de profs.

– Si tu te couchais moins de bonne heure, persifle Daniel en se levant, tu en apprendrais des bien meilleures!

Mais Marie-Claude recommençant à faire du charme au roi du nœud papillon, allant même jusqu'à lui caresser la joue – «Tu es pas laid, toi...» –, Daniel gagne la porte, écœuré. Lucie, au moins, a un minimum de subtilité.

– Fais attention, dit-il à son collègue. C'est une bête.

En deux pas, Marie-Claude est sur lui:

– Traite-moi donc de vache, tant qu'à y être!

– Ce n'est pas moi qui l'ai dit.

ঙ ঙ ঙ

Fouillant dans son classeur, Lise Bombardier retourne à son bureau... pour voir apparaître devant elle Julien Constantin, raide et digne dans son complet trois pièces. «Qu'est-ce qu'il vient faire ici, celui-là?» songe-t-elle avec irritation, tout en prenant bien soin de lui demander des nouvelles d'Andrée, des enfants, de la boutique... Mais heureusement pour elle, Constantin semble peu désireux d'étirer l'entretien, allant droit au but – c'est-à-dire, aussi franchement qu'il le peut:

– Mireille m'a dit qu'elle t'avait parlé au sujet du… *petit problème*?

– Il n'y a plus de problème, bougonne Lise en remuant ses papiers. Oublie ça. Et je peux t'assurer que Mireille t'a fort bien défendu.

Chacun sait aussi bien que l'autre que la présidente du syndicat s'est parjurée. Devant la mine sévère de Lise, Julien remue sur sa chaise avec embarras:

– Je ne voulais pas qu'elle vienne te déranger avec ça.

Et avec un petit sourire entendu:

– Mireille, ce n'est pas toujours le gros savoir-vivre.

Le visage avenant de Lise Bombardier devient alors d'une blancheur inquiétante tandis qu'elle se lève lentement.

– C'est un cœur gros comme ça, par exemple, lâche-t-elle en ouvrant largement les bras.

Et marchant d'un pas furieux vers la porte, qu'elle ouvre toute grande:

– Tu m'excuseras, j'ai du travail!

∾ ∾ ∾

Je vais en parler à ton père. Moi, je n'ai rien contre.

La veille, Julien étant rentré tard d'une rencontre de pastorale, Andrée n'était pas arrivée à discuter avec lui. Ce n'est que ce soir, tandis qu'ils se déshabillent, qu'elle trouve l'occasion de le faire. Quand Andrée Lacombe doit s'entretenir avec son jésuite à propos de leurs filles, cela se passe toujours dans la chambre à coucher – au cas où il se montrerait particulièrement buté, et qu'elle doive sortir son ultime argument.

Et il faut avouer que sa façon de demander l'avis de son mari est assez particulière:

– Karine a un amoureux. Il vient souper dimanche.

Peu surprise de l'entendre rouspéter, elle se brosse les cheveux en haussant les épaules:

– Je pensais que je pouvais prendre seule certaines décisions...

Comme toujours, Julien ne sait trop que répondre à sa femme : peu importe le sujet, elle l'aborde toujours selon un angle inusité, qui le surprend au point de lui faire perdre ses moyens. Or, cela tombe d'autant plus mal qu'il avait justement envie de lui raconter la mauvaise influence de leur aînée sur leur cadette. Hier matin, quand il a vu sa Julie badiner avec ce voyou de la classe de Virginie, il a senti son sang ne faire qu'un tour.

– Je n'aime pas mélanger ma vie privée et l'école, bougonne-t-il pour se donner le temps de trouver un argument.

C'est alors que Julie débarque en catastrophe dans la chambre, pliée en deux et les poings dans le ventre :

– Papa ! J'ai mal ! Ça fait trop mal, papa !

Elle s'écroule sur le lit, recroquevillée sur elle-même, en se tordant de douleur. De son côté, Andrée est si affolée qu'elle n'arrive qu'à répéter : « mon bébé ! mon bébé ! », au bord des larmes.

– Habille-la, lui crie Julien en quittant son pyjama pour son pantalon. On s'en va à l'hôpital !

XII Révolution pas tranquille

La Dame de fer adore jouer au poker.

Le premier samedi soir de chaque mois, dans son cottage anglais de Rosemère, son mari et elle reçoivent leur club de Texas Hold'em. C'est leur passion commune, qui, au fil des décennies, a su garantir leur couple de l'usure sexuelle. Ils ont aménagé une partie du sous-sol en conséquence, se ruinant pour un système d'aération contre la fumée de cigare, pour une vraie table de casino, pour des jetons de collection, du cognac à trente dollars l'once... Une soirée par mois, Rosemère devient Vegas. Et au bras de son homme en smoking, Lise Bombardier joue les Bond Girl en robe du soir – avec toute la réussite qu'on imagine.

Or, dans le tiroir verrouillé de son bureau, la directrice de Sainte-Jeanne-d'Arc garde sous enveloppe toute une paire d'as : un montage photo la représentant en top-modèle, avec des fesses de déesse. Depuis qu'elle a « confisqué » la photo à la petite Paré, dix jours auparavant, il ne se passe pas un matin sans qu'elle n'inaugure sa journée en déverrouillant son tiroir de bureau, pour se contempler telle qu'elle aurait voulu être : parfaite.

Disparue, sa silhouette de Poire Williams, que les élèves s'amusent à caricaturer dans les marges de leurs cahiers. Envolés, ses cuisses molles, ses gros jarrets craquelés par les varices, que ses jupes longues arrivent mal à cacher. Pour une fois dans sa vie, la directrice de Sainte-Jeanne-d'Arc a le corps d'une annonce de crème à épiler : des jambes infiniment longues, fermes et luisantes, qu'une brise légère vient pudiquement enrober d'un voile de satin nacré. Elle est belle. Séduisante. Désirable. Comme cela ne lui est jamais arrivé. Et cela l'éblouit.

Elle s'est toujours méfiée des journaux étudiants, et ce, bien avant de prendre la direction de l'école. Les élèves y rencontrent pour la première fois le pouvoir des mots – ce qui est une excellente chose. Mais très souvent, comme dans toutes leurs premières expériences, ils se laissent prendre à l'ivresse de la liberté, au-delà de toute prudence. Tout en admirant l'imagination et l'audace de l'équipe actuelle (enfin, de Claudie Paré, qui vaut vingt élèves à elle seule), la directrice ne saurait assez se féliciter d'avoir obéi à son instinct, d'avoir visité le local du journal, un soir où il ne restait plus qu'elle dans les couloirs. Un journal, c'est l'image d'une école. Ça se promène partout dans les autres institutions, les parents le lisent… S'il avait fallu que cette photo fasse la page couverture, Lise Bombardier n'aurait plus eu aucune autorité au conseil de l'école. Et encore moins à la commission scolaire.

«N'empêche, se dit-elle en souriant rêveusement à sa photo, si j'avais pu avoir ce corps-là… Cela aurait peut-être changé ma vie!»

Ce matin encore, elle ne résiste pas au désir de s'admirer, goûtant non seulement sa métamorphose, mais surtout le pouvoir que celle-ci lui donnera. Car ce qu'il y a de bien, avec les gens qui ont mauvaise conscience, c'est que nous pouvons jouer sur leur culpabilité et en faire ce que l'on veut.

All in!

🙟 🙟 🙟

Guillaume Tremblay marche lentement vers sa classe quand il avise Gilles Bazinet au pied de l'escalier. Grand, gris et austère, le directeur adjoint se gratte pensivement la barbichette, passant aux rayons X les élèves qui, soudainement, sont aussi calmes et silencieux que dans une église. «Pourvu qu'il ne me voie pas!» se dit Guillaume en baissant les yeux. Car depuis que sa mère rencontre régulièrement le directeur, celui-ci ne cesse plus de le tourmenter. À croire que tout ce qu'il vivait à la maison était sa faute, sa honte et son destin.

Malheureusement, même si le garçon fait tout pour disparaître, sa carrure le fait dépasser d'une bonne tête la foule des élèves – et Gilles Bazinet a tôt fait de l'accrocher par le bras:

– Tu ne dis pas bonjour?

– S-salut…

Le directeur adjoint l'entraîne un peu à l'écart pour l'observer davantage:

– Prends-tu encore un coup?

Guillaume pâlit: Bazinet aurait-il ouvert son casier?

– N-non…

Il n'aurait jamais dû apporter une flasque de brandy à l'école! Dès la fin de son cours, il faudra la jeter à la poubelle – ou la boire…

– Tes profs ne m'ont pas envoyé de feuille de comportement. *Pas encore…* Ça va mieux?

Et devant le hochement de tête timide de Guillaume:

– Ta mère m'a dit que tu étais un bon gars dans le fond. Je lui ai répondu que j'avais hâte de trouver le fond. Te tiens-tu encore avec Sylvestre Paul?

Guillaume réprime un sursaut:

– P-pourquoi?

– Ce n'est pas un gars pour toi, fait Bazinet en continuant de guetter les autres élèves. C'est sa troisième école en trois ans. Tu ne feras rien de bien avec lui.

– Ce n'était pas de sa faute! ne peut s'empêcher de rétorquer Guillaume, même si Sylvestre n'a jamais voulu s'étendre sur les causes de ses renvois successifs.

– Les délinquants, ce n'est jamais de leur faute.

– Sylvestre n'est pas un délinquant. Il m'aide.

– Il… *t'aide*? s'amuse Bazinet, bras croisés. Je suppose qu'il t'a offert de rentrer dans sa bande?

Décontenancé, Guillaume ne sait trop que répondre: en fait, c'est lui qui a demandé asile à Sylvestre, mais il n'a pas encore rencontré les autres.

– Ne viens pas me dire que tu ne sais pas de quoi je parle! s'impatiente Bazinet. Tout le monde est au courant à l'école. En fait, tu en sais plus que tu dis. Ça veut dire que tu fais déjà partie du groupe.

– Non!

La dernière chose que souhaite Guillaume, c'est bien que d'autres problèmes viennent s'ajouter aux siens. Et puis, si jamais Bazinet vient à parler de la bande à sa mère… Si jamais sa mère vient à raconter cela à son père…

La main du directeur adjoint se pose alors sur son épaule – presque affectueusement:

– Tiens-moi au courant.

– Je ne sais rien !

– Je ne te demande pas de les vendre. C'est toi, qui m'intéresses. Je veux savoir qui tu fréquentes.

Et devant le silence de Guillaume, ses petits yeux prennent une lueur redoutable :

– À moins que tu ne sois tanné de venir à Sainte-Jeanne-d'Arc ?

❧ ❧ ❧

Au même moment, à l'autre extrémité de l'agora, Claudie marche vers un autre escalier, songeuse. Ces temps-ci, elle a l'impression d'habiter un château de cartes : il suffit que ça se calme entre Virginie et elle pour que la tour nord s'ébranle et que Dominique fasse des siennes. La grande prêtresse de l'amour universel s'est en effet inscrite à une agence de rencontres : depuis quelques jours, l'homme idéal ne cesse de s'asseoir dans la cuisine, tantôt chauve, tantôt barbu, avec ou sans lunettes, changeant d'apparence aussi facilement que Monsieur Patate.

Elle est à ressasser ces idées quand elle aperçoit, en haut de l'escalier, la grosse B-52 qui descend, le pas royal, en saluant les élèves qui s'écartent sur son passage. « Ah non, *chicken !* Je suis donc malchanceuse ! » La jeune fille veut rebrousser chemin, mais derrière elle, Gilles Bazinet traverse la salle en sa direction. Elle est cernée.

– Tiens ! sourit Lise Bombardier en s'arrêtant devant elle. Claudie Paré !

– Bonjour, madame…

Intimidée, l'adolescente jette un coup d'œil par-dessus son épaule : derrière, le directeur adjoint houspille d'autres élèves qui se bousculent. Il est passé à autre chose, aussi facilement qu'un chasseur CF-18 voyant que la marine contrôle la situation.

La directrice interroge Claudie sur ses cours, l'encourageant avec chaleur lorsque celle-ci mentionne quelques difficultés en chimie. Mais quand Lise Bombardier demande des nouvelles du journal, la jeune fille sent ses joues devenir toutes brûlantes.

– Je pense qu'on a de bonnes idées…

Est-ce une fausse impression ? Elle jurerait que l'expression « bonnes idées » a allumé les prunelles de la B-52.

– J'ai bien hâte de voir ça. Tu sais, dans nos rencontres entre directeurs d'école, on présente toujours notre premier journal pour donner une idée de ce qui se passe chez nous. L'an passé, monsieur Rivest, du collège Marivaux, a eu l'air pas mal fou. Ses élèves avaient ri de lui dans le journal.

Claudie presse ses livres sur sa poitrine : dans son estomac, sa rôtie de pain intégral vient de se coincer.

– J'étais vraiment soulagée quand j'ai su que c'était toi qui prenais en charge le journal, poursuit Lise Bombardier avec chaleur. Avec *toi*, je suis certaine que ce genre d'incident ne risque pas de m'arriver.

– C'est sûr…, souffle Claudie dans un filet de voix.

– Pauvre Rivest…, fait la directrice avec compassion. Je ne sais pas comment il a fait. Moi, je ne pourrais jamais pardonner une telle atteinte à ma réputation.

Sur ce, le bombardier met le cap vers l'est, attiré vers d'autres missions humanitaires. Il laisse derrière lui tant de vagues que Claudie met un bon moment avant de retrouver l'équilibre. Ce n'est qu'à la seconde cloche qu'elle reprend ses esprits :

– Eh, maudit *chicken !* Je suis donc mal prise !

᪥ ᪥ ᪥

Dans la salle des enseignants, quelques minutes après son cours, Virginie lit les articles qu'elle a fait rédiger à ses

élèves de cheminement pour la première édition du journal. Claudie va être contente. Mieux : elle va être joliment
surprise. Car même s'il faudra passer la varlope dans la syn-
taxe – «et dans les fautes, citron! les *fôtes*!» –, les textes
sont non seulement pertinents, mais ils ont du style. Faites
confiance aux grandes gueules de cheminement pour criti-
quer les failles du système... de façon assez colorée. Bref,
une réussite, tant au plan pédagogique que personnel. Rien
de mieux, pour remonter l'estime de soi, que de voir son
nom imprimé au sommet d'un travail réussi.

Un peu plus loin, dans le coin cuisine, Mireille sert à
Julien une tasse de café pour le réconforter. Il a passé la
nuit à l'hôpital à cause de Julie, qui s'est irrité les intestins
à force d'abuser des laxatifs. Virginie lève les yeux, rencon-
trant aussitôt le regard de sa collègue : le père de famille
est sans doute le seul à tomber des nues devant le délire
diététique de sa cadette. «Mais on a eu plus de peur que
de mal, soupire Julien. Maintenant, tout est rentré dans
l'ordre.» Nouvelle œillade entre Mireille et Virginie : les
Constantin ont le don de confondre ordre et silence. Tant
qu'il n'y a pas de turbulence, tout est pour le mieux dans le
meilleur des mondes possible.

La porte s'ouvre, plutôt brutalement, et Lise Bombardier
apparaît dans son costume noir, imposante, souriante, mais
préoccupée comme Winston Churchill. Il ne lui manque
que le cigare.

– Virginie, il faut que je te parle.
– Ici? demande la jeune enseignante en se levant.
– Non. À mon bureau.

Il n'en fallait pas plus pour que la présidente du syndicat
contourne le comptoir de la cuisinette, marchant à grands
pas pour se ranger près de sa recrue :

– Encore en guerre! Lâche-la un peu, tu es toujours sur
son dos!

– Qui t'a dit que j'avais des reproches à lui faire?

– Avec ton air de bœuf, ça ne doit certainement pas être pour lui remettre les palmes académiques !

Et se tournant vers Virginie, Mireille lui pose la main sur le bras :

– Laisse-toi pas abuser, ma chérie.

Lise Bombardier hausse les épaules devant le maniérisme de la présidente du syndicat. Elle sourit à Virginie, s'efface pour la faire passer dans le couloir, mais juste avant de sortir, elle s'arrête sur le seuil de la porte :

– Ah oui, Mireille…, Julien est venu s'assurer auprès de moi que tu n'avais pas outrepassé les règles du savoir-vivre. Bonne journée.

Pour toute réponse, la présidente du syndicat lui fait une grimace en règle. Mais la porte est à peine refermée qu'elle retrouve le sourire : « Merci, Lise. »

Et se tournant vers Julien, qui est soudainement très occupé à son bureau :

– Toi, là ! Si je ne te connaissais pas depuis vingt-trois ans… Je me ferais des colliers avec tes molaires !

ॐ ॐ ॐ

Tout en regardant Virginie prendre place dans un fauteuil face à elle, Lise Bombardier ne peut que reconnaître que la jeune femme a toutes les qualités de la bonne joueuse de poker : elle est patiente, pondérée – futée, surtout –, mais débutante.

Et rien qu'à voir sa raideur au bout de son siège pour deviner que la partie ne sera pas bien longue.

« Distribuons les cartes. »

– Je pense qu'après deux mois, dit la directrice en faisant gémir son fauteuil, c'est un bon temps pour se réaligner toutes les deux.

– Vous faites toujours ça ? demande Virginie, suspicieuse.

– Ça dépend des professeurs.

– Je fais partie des profs qui s'en vont croche, c'est ça ?

– Ne le prends pas mal…

– Comment faut-il que je le prenne?

«Elle suit, sourit Bombardier. Regardons ce que vont nous donner les trois prochaines cartes. On va voir ce qu'elle a dans le ventre: *check!*»

– J'ai su que tu avais finalement interdit les casquettes au gymnase. C'est bien. J'ai su aussi que cela n'avait pas été facile.

Et devant l'étonnement de Virginie face à son omniscience, elle joint les mains en souriant:

– Tu m'as obéi, mais j'ai bien vu que tu n'étais pas d'accord. C'est impossible d'obtenir quoi que ce soit des élèves dans ce temps-là.

Agacée, Virginie détourne son regard vers la fenêtre, comme par défi.

«Tu l'auras voulu, songe la B-52. Je relance!»

– Il y a aussi Marilyn, poursuit Lise Bombardier bien patiemment.

– Qu'est-ce qu'elle a fait?

– Tu lui as écrit un billet?

Virginie se penche vers la directrice:

– C'est un problème, d'avoir du cœur?

«Elle suit.»

– Du cœur, non. De la naïveté, oui. Sa grand-mère n'est pas plus malade que toi et moi. Marilyn a simplement passé deux périodes à l'arcade sur le bras du cheminement.

– Ah, la petite citron!

– Ce n'est pas fini.

– Quoi d'autre?

«Ah, tu veux la dernière carte? D'accord, rendons-nous à la rivière.»

– Es-tu bien certaine d'avoir le contrôle sur le journal étudiant?

Elle cache sa satisfaction à voir sa jeune enseignante changer de couleur: Virginie pâlit aussi radicalement que

Claudie s'est empourprée tout à l'heure. Tout en regrettant devoir réprimander une de ses meilleures recrues, la directrice se dit qu'il s'agit là d'un mal nécessaire. Certes, Virginie est un bon élément, elle a du cœur, une énergie sans pareille ; mais, n'en déplaise à Mireille qui la surprotège, elle contourne trop les règles pour que ce ne soit pas dangereux.

– Tu dois démontrer plus de fermeté, assène-t-elle, tant dans tes classes que dans les activités parascolaires. Sinon, un jour, quelqu'un paiera pour ton laxisme. Il ne faut jamais oublier qu'une école de huit cents élèves est une vraie bombe à retardement. Le moindre détail doit être justifié aux parents, à la commission scolaire, au syndicat… On n'allume pas de feu près d'une poudrière.

– Écoutez, je vois tout ce qui passe au journal…

« Comme elle bluffe mal, sourit intérieurement Bombardier. C'est le temps de tout miser : *all in !* »

– C'est ça qui m'inquiète. La fille de ton copain peut jouer sur ta corde sensible pour faire des conneries. Qu'est-ce que tu vas faire, si ça nous saute au visage ?

– Pensez-vous à quelque chose en particulier ? demande Virginie d'une voix mal assurée.

La directrice laisse un moment planer le doute, question que son adversaire ressente bien le vertige du danger.

– On en reparlera. Tu peux t'en aller.

Elle peut être fière : sa paire d'as est devenue une quinte *flush* : Virginie a compris qu'elle s'est mise en fâcheuse position. Elle ne devrait plus contourner les règles sans y repenser à deux fois.

❧ ❧ ❧

En entrant dans sa classe, dix minutes plus tard, Virginie ne sait trop si elle est davantage inquiète ou en colère. Elle déteste se faire prendre en faute par Lise Bombardier – surtout quand, en prime, elle ramasse la médaille d'or de la naïveté. Même si la directrice l'a quittée après une poignée de main chaleureuse, elle a bien compris la scène qui s'est jouée devant elle. La directrice de Sainte-Jeanne-d'Arc n'aurait su lui reprocher plus efficacement ses manquements aux règles.

À côté de cela, la crise de Mamelles d'Acier sur le respect des procédures était du petit lait.

Le message de la B-52 est clair : tiens-toi tranquille, je t'ai à l'œil. Malheureusement pour elle, Virginie enseigne en cheminement particulier, et ce type de classe n'offre pas spécialement une ambiance monastique.

Tout en prenant les présences, la jeune femme regarde ses élèves s'agiter d'un bureau à un autre en attendant le début du cours. Il ne reste que cinquante minutes avant la fin de la journée – aussi bien dire qu'ils ont déjà la tête ailleurs. Seule Marilyn se tient tranquille, sagement assise, les mains l'une sur l'autre, les prunelles presque aussi angéliques que ses tresses. Virginie sent son cœur bouillonner : lequel de ces enfants sera celui qui l'empêchera d'être une enseignante irréprochable ? Certainement pas Guillaume, puisqu'il est – eh oui, encore – absent.

Semble-t-il que ce sera Kim. Remarquant que Virginie n'a pas inscrit l'absence de Guillaume, elle s'empresse de crier à l'injustice.

– De quoi je me mêle ? fait Virginie en fermant la porte.

– Si c'était un de nous autres, on l'aurait, notre absence !

L'enseignante s'avance vers ses élèves : pour ce qui est de les couvrir, elle a déjà donné. Et se tournant vers Marilyn :

– Qu'est-ce que tu en penses, toi ?

Les yeux baissés, la blondinette rougit jusqu'à la racine des cheveux, sans pourtant renoncer à la candeur :

– Qu'est-ce que tu veux dire ?

Sans prendre la peine de lui répondre, Virginie s'approche de Kim. Ah, ils veulent que tout soit clair ? Elle ne demande pas mieux ! Mais encore faudrait-il qu'ils arrêtent de lui mentir! Car ils ont beau jeu de réclamer la sincérité : ils se sont tous moqués d'elle, les uns après les autres! Sylvestre, à copier les devoirs du voisin ; Kim, à demander les toilettes pour aller fumer ; et maintenant, Marilyn, qui se fait signer un billet pour aller « veiller sa grand-mère » à l'arcade.

Dans la classe, rarement le silence a-t-il été si pesant. Garçons et filles fixent leurs mains, leurs cahiers, leurs camarades – n'importe qui, sauf le regard courroucé de leur enseignante.

– Je signe un billet à Marilyn, parce que Marilyn, sa grand-mère est entrée à l'hôpital. Elle a de la peine, Marilyn, c'est normal, elle aime sa mamie et elle vit chez elle.

– Tu n'es pas obligée de raconter ma vie! s'emporte la jeune fille, les yeux toujours baissés.

– Je signe un billet au Petit Chaperon rouge, poursuit Virginie, pour qu'elle puisse passer deux jours au chevet de sa grand-mère. Sauf que, pendant ce temps-là, le Petit Chaperon rouge va porter sa galette au loup de l'arcade plutôt qu'à sa mère-grand!

Sylvestre éclate de rire, mais la classe se montre si impressionnée qu'il se tait aussitôt.

– C'est madame Bombardier qui m'a appris l'heureuse nouvelle, termine Virginie.

Et se tournant vers son élève :

– Je te remercie, Marilyn. J'ai eu l'air d'une conne, mais ça ne m'arrivera plus jamais.

N'en pouvant supporter davantage, la petite se lève brusquement, puis quitte la salle, au bord des larmes.

Virginie se tourne alors vers sa classe :

– Cela ne m'arrivera plus avec Marilyn. Mais le prochain à me mener en bateau, ce sera qui?

Son visage est si plein de déception que même Sylvestre arrive à se sentir coupable. Ça y est, elle vient encore de leur mettre le nez dans leur pipi.

– Sortez une feuille mobile, soupire Virginie, inscrivez votre nom à droite. Le titre de la dictée : « Les feuilles mortes ».

᷎ ᷎ ᷎

– Qu'est-ce que tu dirais, si on décampait ?

Il n'est pas loin de vingt heures, ils sont allongés en pyjama l'un contre l'autre sur le canapé quand Bernard suggère de retourner à la Guadeloupe, là où ils se sont connus. Au bord de la mer, sous les palmiers, il écrirait enfin le roman qu'il a toujours eu en tête, tandis qu'elle recommencerait à animer des groupes de touristes sur la plage.

– Tente-moi pas, Bernard…, murmure Virginie, les yeux fixés sur ses photos du sud déposées dans la bibliothèque. Ces temps-ci, je suis aussi vulnérable qu'une mouche devant un bol de sucre.

– Imagine, murmure-t-il en l'embrassant derrière l'oreille : une île déserte, juste toi et moi. Pas de journal, pas d'école… Pas de Cécile !

Elle éclate de rire :

– Tu rêves ! Elle s'arrangerait pour m'envoyer des messages dans des bouteilles !

Bernard fait la moue : en effet, la belle-mère en serait bien capable, et cette seule pensée réussit à le ramener à la réalité. Il n'a toujours pas décidé s'il accepterait ou non le poste de direction qu'on lui a offert, l'affaire traîne en longueur, et au bureau, les patrons s'impatientent. Pourtant, si Bernard déteste quelque chose, c'est bien d'être assis entre deux chaises. Au fond, peut-être a-t-il pris sa décision ? Peut-être est-ce pour cette raison qu'il cherche tant à fuir loin de celle-ci ?

Si encore il sacrifiait sa plume à la gestion pour passer de douces soirées avec Virginie ! Il n'est pas tout à fait vingt heures, et elle a toutes les peines du monde à garder les yeux ouverts. Des semaines, qu'il la voit rentrer à la maison, le dos voûté, les épaules creuses, si assommée par la fatigue qu'elle ne tient pas debout – si tenaillée par le stress qu'elle est réveillée avant quatre heures. Ses yeux sont cernés, son front, plissé, et tout cela pourquoi?

– Tu prends des rides à te démener pour un salaire de misère, soupire-t-il, pour ensuite te faire engueuler par la directrice!

Étonnamment, le constat ne parvient pas à déprimer Virginie:

– Tous les matins, quand je rentre à l'école, je me sens utile. J'aime Sainte-Jeanne-d'Arc. Et j'aime mes élèves. Même si je les passerais au robot culinaire plus souvent qu'autrement… Maintenant que je les connais, je ne pourrais plus me passer d'eux.

Touché, Bernard l'embrasse du regard:

– Sais-tu pourquoi je t'aime?

– Parce que je suis la plus belle! minaude-t-elle, la plus intelligente! la plus agréable de caractère…

– Et surtout la plus humble! rit-il.

Mais redevenant sérieux, il la serre contre lui et lui chuchote à l'oreille:

– Je t'aime parce que tu as le don de me surprendre. Ce n'est pas tout le monde qui peut trouver de la satisfaction à côtoyer une bande de vieux syndiqués grognons, entourés de huit cents petits monstres enragés par leurs montées d'hormones.

– Tu trouves… vraiment?

– Si tout le Québec était comme toi, Virginie Boivin, le pays serait embrasé dans une révolution pas du tout tranquille… Mais on ne s'ennuierait jamais. Et surtout, la société avancerait.

Il lui caresse amoureusement la joue:

– Ma blonde, c'est une perle.

– C'est vrai que je suis généreuse, sourit-elle.

Et lui donnant une claque sur la cuisse:

– Allez, chéri, va me faire à souper! Je meurs de faim!

XIII Bombes de familles nucléaires

Dimanche, dix heures quarante. Les volets et les rideaux sont fermés, plongeant la chambre dans une obscurité capiteuse. À la lisière de la douillette blanche et des oreillers, une tignasse sombre, sans visage, effleure le silence d'une respiration lente et profonde. Virginie dort. Douze heures et demie que cela dure. Et à en juger par son immobilité, la jeune femme se prépare à entreprendre un second tour de l'horloge.

Assommée par un sommeil sans rêve, elle ignore non seulement qu'elle est endormie depuis si longtemps, mais qu'il s'agit là de son premier cadeau d'anniversaire. Une surprise imaginée par Bernard : d'accord, pour le traditionnel brunch de fête chez les Boivin, mais pas question de réveiller Virginie. On déjeunera à seize heures s'il le faut, mais pour une fois, la maîtresse d'école va dormir tout son soûl.

L'obstination de Bernard aurait été suffisante, bien sûr, pour créer un incident diplomatique chez les Boivin. Mais si Cécile a protesté – « Choisir l'heure à laquelle il sera reçu chez moi ! Non, mais, pour qui se prend-il, le journaliste ! » –, ce n'a été que pour la forme. La mère la plus égocentrique du monde ne saurait être insensible à un tel épuisement. Et puis, cette fatigue-là, Cécile la connaît. Elle l'a portée assez longtemps pour se souvenir qu'on ne s'en remet pas si facilement. Depuis trois semaines, Virginie promène une telle figure de déterrée que Cécile passe ses journées dans les pharmacies, à lui acheter de la spiruline, du ginseng, des oméga-3, des complexes vitaminés… En espérant que Noël arrive vite – et surtout, que Virginie apprenne à se ménager un peu.

À onze heures et quart, la porte de la chambre s'ouvre enfin. La marmotte sort de son trou, sans se soucier de voir son ombre ou non. Ses cheveux frisés partent dans tous les sens, elle a le lit imprimé sur le visage, ses yeux sont enflés par l'excès de sommeil ; elle est encore si amortie qu'elle se traîne les pieds, désorientée, sans trop savoir que choisir entre la salle de bain ou la cuisine. Entendant un froissement de journaux au salon, elle rejoint Bernard qui, à son arrivée, replie le cahier qu'il était en train de lire.

Quand Virginie vient se lover sur ses genoux, il repose le combiné du téléphone, qu'il avait décroché :

– Joyeux anniversaire, chaton.

⋙ ⋙ ⋙

« Ce qu'il y a de bien, avec les brunches, c'est qu'il est possible d'étirer le temps jusqu'à l'après-midi, pour le simple plaisir d'être ensemble ! »

Debout aux fourneaux, vêtu du tablier à frisons de sa femme, Pierre Boivin remue ses fèves au lard en levant les yeux au ciel : *le simple plaisir d'être ensemble* ! Cécile a vraiment le don de confondre ses désirs avec la réalité. La dernière fois où une réunion familiale s'est terminée dans la rigolade, c'était… C'était quand, au juste ? Est-ce jamais arrivé ? Il devrait tenir des paris comme à l'hippodrome : qui, de Cécile, de Virginie ou d'Hélène, gagnera la Coupe Boivin du grand drame inutile ?

Mais il ne devrait pas penser comme cela. Rien qu'à voir Cécile retourner la maison à l'envers en quête de la nappe de sa mère pour réaliser qu'elle ne cherche qu'à plaire à son aînée : « Ce sont les petits gestes qui font les beaux souvenirs. Virginie aime tellement sa grand-mère ! » C'est vrai que leur fille prise les petites attentions discrètes : c'est pour cela qu'il lui prépare toujours des fèves au lard à son anniversaire – même s'il s'agit du seul plat au monde qu'elle abhorre. Depuis l'enfance, c'est leur petit jeu : elle s'éloigne de la marmite comme s'il s'agissait d'un ragoût de moufette, il fait semblant de s'en étonner, elle, de le prendre au sérieux, question de trouver un prétexte à une longue, chaude étreinte.

Non, pour une fois, Pierre veut bien se ranger à l'optimisme de Cécile : il sera possible de célébrer un anniversaire sans s'étriper, ils réussiront à atteindre l'heure du gâteau sans que quelqu'un ait claqué la porte. Et puis, Bernard sera là : si l'orage vient à éclater, Pierre pourra compter sur lui pour détendre l'atmosphère.

– Tu sais, pour mon voyage de golf en Floride, dit-il à sa femme qui sort les fromages du réfrigérateur, j'ai eu une idée...

Cécile dépose brutalement les paquets sur le comptoir :

– Je pensais qu'on avait réglé ça !

Pierre veut s'essuyer les mains sur son tablier, mais son petit caporal l'en empêche en lui donnant un torchon.

Ils n'ont rien réglé du tout. *Elle* a simplement décrété qu'*il* n'aurait pas les moyens cette année d'aller en Floride – à cause d'Hélène, qui ne finit plus de leur rendre l'argent qu'elle leur a emprunté, et que Cécile refuse de lui réclamer, non sans le traiter au passage de père indigne. Elle a beau prétendre se résigner au sacrifice, ce n'en est pas vraiment un pour elle : elle fuit le soleil comme un vampire et nage comme une enclume. Non, le véritable sacrifice, c'est pour lui, Pierre Boivin : manquer son tournoi de golf annuel, être le seul *snowbird* qui restera collé à Rosemont, et ce, pour un prêt auquel il n'a jamais consenti.

Mais la nuit dernière, l'idée a été si lumineuse qu'elle l'a réveillé :

– Tu sais, Bernard... Par son journal, il pourrait peut-être m'avoir des billets d'avion gratuits...

Cécile referme brutalement la porte du four :

– Pierre Boivin ! Tu n'as vraiment pas de fierté ! Je te défends de faire ça ! On va passer pour des profiteurs !

– Je ne suis pas fou ! bougonne-t-il, agacé d'être infantilisé. Je m'arrangerais pour me les faire offrir...

Les poings sur les hanches, sa femme le dévisage comme si elle ne le reconnaissait plus. Penaud, il détourne le regard, préférant se pencher sur ses fèves au lard, qui semblent plus enclines à l'indulgence :

– Virginie répète tout le temps que Bernard ne sait jamais comment me faire plaisir. Je lui ferais seulement une petite suggestion.

Cécile s'approche alors tout contre lui, et plantant ses yeux de louve dans les siens, elle lui dit, résolue :

– Fais ça, Pierre Boivin, et tu auras affaire à moi.

❧ ❧ ❧

Pendant ce temps-là, dans Outremont, « le simple plaisir d'être ensemble » tourne au soir de première pour les Constantin. Tout doit être impeccable pour l'arrivée du prince Charles Anctil à la maison. Il n'est pas encore dix heures, mais cela fait déjà deux heures qu'Andrée est chez l'esthéticienne, pendant que Julien, l'aspirateur en mains, renverse tous les meubles sur son passage dans un vacarme wagnérien.

Indisposée par tout le bastringue qui règne au château, la Belle au bois dormant s'est repliée dans son donjon, où l'a rejointe la princesse Grenouille, désespérée de n'avoir rien à se mettre. S'asseyant au coin du lit de son aînée, elle caresse avec envie la toilette de celle-ci, un jeans brodé de calligraphies chinoises, chiquement négligé.

Tout en finissant d'installer ses bigoudis, Karine lève les yeux au ciel :

– Julie, on a un problème. Arrête de marcher dans mon dos !

Comme si elle n'avait pas entendu, Julie s'approche de la coiffeuse de sa sœur, fascinée par l'imposant coffret de maquillage, ainsi que par toutes ces brosses, fers à friser ou à aplatir, élastiques, papillons, rubans, foulards, qu'elle touche du bout des doigts, avec la gourmandise de quelqu'un qui n'y a pas droit.

– Tu ne pourrais pas te trouver des affaires à toi ? s'exas-père Karine. Fais-toi des amis, tombe en amour, je ne sais pas, moi ! Mais vis ta vie, pas la mienne !

– Tu peux bien parler ! soupire Julie. Tu ne sais pas ce que c'est, d'avoir des grosses fesses, mais pas de seins !

– Tes histoires de graisse, ça écœure tout le monde ! Et ne pense pas que je ne vois pas ton manège : tes régimes, c'est juste une façon de contrôler le monde !

Julie baisse la tête et se met à pleurer :

– J'aimerais ça, changer de place avec toi pour une jour-née ! Tu verrais, si c'est amusant, de contrôler le monde !

– Tu n'as pas besoin de brailler, ça ne me touche pas. Au contraire, quand tu fais ta victime, j'ai juste le goût de t'étriper.

– Fais-le donc ! Ça réglerait mon problème !

– Eh bien, reste dans ta déprime, d'abord ! Ça va te don-ner une autre raison de bouffer !

⚜ ⚜ ⚜

Pierre pose le pot de fèves au lard au centre de la table, juste devant Virginie :

– Regarde, ma belle fille, comme je les ai bien réussies !

– Ah, que je suis chanceuse ! grimace Virginie en caressant le dos de son père.

– Moi, je les aime, vos *bines,* fait Bernard en tendant son assiette.

– C'est pour ça que tu es mon gendre préféré ! rit Pierre en le servant, non sans éviter le regard de Cécile qui, au compliment, a soudainement levé la tête.

Fais ça, Pierre Boivin, et tu auras affaire à moi !

La dernière fois où Cécile a sorti l'argenterie, la soirée a éclaté en morceaux. Aussi, par superstition, elle a mis les couverts de tous les jours. Si Virginie ne remarque pas la nappe de sa grand-mère, ce n'est pas le cas d'Hélène,

VIRGINIE • **157** •

qui fait remarquer qu'on ne s'est jamais mis autant en frais pour son propre anniversaire.

Silence autour de la table.

Pour une fois, c'est Cécile qui s'empresse de dissiper le malaise en présentant les plats, poussant même la gentillesse jusqu'à servir deux fois son gendre.

– Tu sais, sourit-elle, on te considère comme notre fils.

– C'est toujours comme ça, ricane Bernard, la bouche pleine. Jusqu'au divorce. Du jour au lendemain, les «fils» deviennent alors des bandits.

Nouveau silence. Le père, la mère et la fille fixent Virginie, qui dévisage Bernard.

Pierre Boivin se racle la gorge :

– Dis donc, des journalistes, ça voyage beaucoup, non ?

– Ça dépend, fait Bernard, sans trop comprendre pourquoi sa belle-mère vient de jeter aussi violemment sa serviette sur la table.

– Ça doit vous coûter cher en voyages… Ils déduisent ça de vos payes ?

– Jamais de la vie ! C'est payé par le journal.

Cécile se lève pour servir de l'eau à tout le monde et, serrant l'épaule de son mari, demande à Virginie des nouvelles de l'école. La jeune femme penche la tête en souriant, peu encline à aborder ce sujet :

– J'ai eu une mauvaise passe, mais ça va mieux.

Et se tournant vers sa sœur :

– Quand commences-tu à donner tes cours à l'université ?

– La session débute le 7 janvier, lâche Hélène en faisant la moue. Mais je ne suis plus sûre que ça me tente.

Troisième silence en moins de deux minutes.

Virginie se dit que, au fond, le désintérêt de sa sœur envers l'enseignement n'est qu'un juste retour à la réalité. Bernard s'amuse à la pensée que, en un an, il a vu sa belle-sœur changer de vie plus souvent que Dominique de religion. Cécile fait la liste de toutes les personnes qu'il faudra rappeler pour infirmer la nouvelle qu'elle a dispersée aux quatre coins du Saguenay–Lac-Saint-Jean. Mais d'entre tous, c'est Pierre le plus consterné : si Hélène retourne à ses petits contrats aléatoires, il ne reverra pas son argent de sitôt.

– Tu apprendrais tout plein de langues, ironise Bernard en reprenant des fèves au lard. Le créole, le wolof, le swahili…

– Qu'est-ce que tu veux dire ? lui demande Hélène, sur la défensive.

Malgré le coup de pied qu'envoie Virginie à Bernard, celui-ci semble bien décidé à aller jusqu'au bout de son analyse du système universitaire québécois, où 60 % des étudiants sont des boursiers étrangers.

– Tu enseignerais à des princes africains, à des grands seigneurs terriens du Mozambique. Tu ferais partie de l'effort colonisateur du Commonwealth !

– Eh, que tu es donc drôle ! grince Hélène.

Pierre Boivin s'essuie la bouche à sa serviette :

– Est-ce qu'il y en a qui viennent de Floride, dans ces cours-là ?

– M'as t'en faire, une Floride, si tu n'arrêtes pas ! lâche Cécile entre ses dents.

Quatrième silence. Virginie regarde sa mère, qui fusille son mari du regard, qui sourit à Bernard, qui lance un sourire moqueur à Hélène… Qui ne s'amuse plus du tout.

– Bon, bien, je n'ai plus faim, déclare l'artiste en se levant. Salut, la compagnie !

Virginie regarde sa sœur enfiler son manteau. Et voilà, un autre anniversaire sans gâteau. Elle lève sa coupe de mimosa, en se disant que, dans ces cas-là, on n'est jamais mieux servi que par soi-même :

– Bonne fête, Virginie !

Mais sa mère s'empresse de l'imiter, les larmes aux yeux, suivie de Bernard, de Pierre – et finalement d'Hélène, qui ne peut tout de même faire l'affront à sa sœur de ne pas trinquer à sa santé.

Chère Virginie, c'est à ton tour, de te laisser parler d'amour!

Leur chanson est une telle cacophonie qu'elle s'achève péniblement – dans un fou rire général. Non seulement la catastrophe a-t-elle été évitée, mais elle vient de se transformer en beau souvenir de famille.

◆ ◆ ◆

La connaissance de Charles Anctil sur Karine se limite à la beauté de celle-ci et au fait qu'elle provient de la cuisse du professeur d'histoire. Outre cela, il ne connaît presque rien d'elle : difficile de se parler quand nos bouches sont constamment soudées l'une à l'autre. Les baisers de Charles sont si goulus qu'ils ferment les lèvres de Karine hermétiquement, l'enfermant en elle-même comme dans un tombeau.

Elle n'a donc pas pu le mettre en garde contre la famille qui l'attend ce soir dans Outremont.

Au moment où il sonne à la porte, Charles ignore que, toute la journée, la perspective de sa venue a renversé la demeure Constantin. Il ne sait pas qu'Andrée et la princesse Grenouille ont passé l'après-midi dans les magasins du centre-ville en quête d'un jeans à la taille de Julie. Il n'a pas eu vent de la crise que Julie a faite quand elles sont rentrées bredouilles, ni de la dispute qui a suivi entre les parents.

– *Voyons donc ! Trouver un jeans pour une fille de quinze ans, ce n'est pas sorcier !*

– *Tu iras avec elle, la prochaine fois !*

Charles n'est pas non plus au courant de la tentative de Julie à s'inventer une tenue de soirée en déchirant son vieux jeans et en le barbouillant à la gouache (comme le font les stars à Hollywood) ; il n'a pas entendu crier Julien quand le bébé joufflu est sorti de sa chambre déguisé en prostituée, avec chandail de résille, faux cils et escarpins de sa mère.

– *Non, mais, est-ce que tu t'es vue ? Va te changer tout de suite avant que quelqu'un te voie !*

– *Vous ne m'aimez pas ! Karine, elle, peut s'habiller comme elle veut ! Je suis tannée ! Je veux mourir !*

– *Julie ! Ouvre cette porte tout de suite ! Andrée ! Viens parler à ta fille !*

Quand il sonne chez les Constantin, Charles ignore donc que les portes ont claqué une bonne partie de la journée, et que sa simple venue a suffi à transformer la maison de la rue Durocher en bande de Gaza. Pour le grand brun de Westmount, toutes les familles bourgeoises se ressemblent : chez Karine, il découvrira sans doute une mère guindée et un père sans conversation, copies conformes de ce qui l'ennuie à la maison. On lui offrira de l'alcool même s'il n'en a pas l'âge, question de se montrer ouvert d'esprit ; tout en tranchant le gigot d'agneau, on lui posera des questions sur le métier de son père, sur la passion de sa mère, sur ce qu'il entend lui-même faire de sa vie… Et après le dessert, on se retirera au salon, question de le laisser seul avec Karine ; ils pourront alors aller dans sa chambre, à condition que la porte reste entrebâillée.

Mais il ne s'attendait certainement pas à tous les découvrir, à l'ouverture de la porte, alignés en ordre de grandeur, à la manière de la famille Trapp de *La mélodie du bonheur*.

Karine, endimanchée et coiffée comme s'ils fêtaient tous deux leurs noces d'or, est si nerveuse qu'elle lui plaque un baiser rapide sur la joue, comme s'il fallait en finir au plus vite avec ce qui est visiblement une épreuve.

– Maman… c'est Charles.

La mère de Karine : une beauté à la suédoise, grande et blonde et mince, à côté de laquelle une Bond Girl passe pour une reine-mère. Sans rides ni véritable sourire, Andrée le salue avec une familiarité d'adolescente, comme si son chandail et son jeans trop jeunes pour son âge avaient déteint sur toute son attitude. D'ailleurs, il ne faut pas l'appeler madame, mais Andrée. Et bien sûr, la tutoyer.

Ce qui n'est absolument pas le cas de son mari, dont la coupe de cheveux «famille Kennedy» rend le vouvoiement presque trop intime. En fait, le patriarche de la famille a l'air d'être le grand-père de sa femme, sorti tout droit de la galerie d'ancêtres qui repose sur le manteau de la cheminée.

– Bonsoir, monsieur Constantin, dit Charles timidement, se rappelant la stupeur du professeur d'histoire à le voir fouiller sous les jupes de sa fille.

– Laisse faire le «monsieur» pour ce soir, dit l'ancêtre en lui tendant une main molle. Appelle-moi seulement «beau-papa».

Karine tourne un regard désespéré vers sa mère, qui s'interpose avec un rire mondain:

– Ne fais pas attention: Julien est comme ça quand il n'a pas son costume de prof!

Pour détendre l'atmosphère, Charles tend alors à Andrée un sac-cadeau, «petit rien du tout» qui, au dire de l'hôtesse, «n'était vraiment pas nécessaire» – ce qui ne l'empêche pas de le déballer fébrilement.

– Il met d'emblée la belle-mère de son côté, ricane Julien pour être drôle. Tu es moins nono que tu en as l'air!

Karine fusille son père du regard quand Andrée sort enfin son cadeau du paquet. Celle-ci doit faire appel à toute sa bonne éducation lavalloise pour masquer le dépit que lui inspire la racine qu'elle tient entre ses mains.

– C'est… c'est beau! fait-elle comme s'il s'agissait d'un Riopelle qu'elle arrivait mal à s'expliquer.

– C'est du ginseng cultivé dans ma serre, annonce Charles en bombant le torse.

– Tu cultives *ça* toi-même? demande Julien, cette fois sincèrement intéressé.

– Oui, avec Karl, mon frère jumeau. Ça prend du temps. Ce que vous... je veux dire, ce que *tu* as là, Andrée, c'est la première pousse de notre serre.

– Wow! s'exclame Karine pour pallier la déconfiture de sa mère. Tu as donné ta *première pousse* à ma mère! Tu es vraiment gentil! Merci, Charles!

C'est alors qu'une porte s'ouvre, pour faire apparaître Julie, la petite sœur pas si petite que ça. Vêtue de son éternelle salopette, qui lui arrondit le ventre tout en cachant son peu de poitrine, l'ogresse de la famille traverse le vestibule sans saluer, marchant vers la salle à manger comme si elle était téléguidée. Et tout en pigeant dans le plat de biscottes qui trône au centre de la table, elle demande d'une voix ennuyée:

– Est-ce qu'on va finir par manger?

✎ ✎ ✎

De retour à la maison, Bernard fait un crochet par la chambre avant de rejoindre Virginie au salon.

Intriguée par la lutte silencieuse de ses parents, qui n'ont cessé de se parler par sous-entendus tout l'après-midi, celle-ci ne remarque même pas qu'un petit paquet vient d'être déposé sur la table à café.

– Tu ne trouves pas que c'est dur, nous deux, depuis quelque temps? lui demande Bernard en s'asseyant près d'elle pour la prendre dans ses bras. Toi et moi, ce n'est plus comme au début... On dirait que tu as moins de plaisir. Peut-être que tu m'aimes moins?

«Voyons, qu'est-ce qu'il me chante là?»

Devant la surprise de Virginie, Bernard a un sourire timide:

– On finit par s'habituer à tout...

– *M'habituer?* dit Virginie en emmêlant ses doigts aux siens. Bernard, ça fait à peine un an qu'on est ensemble!

– Peut-être, mais le quotidien, ça tue l'amour.

«Essaie-t-il de me dire que c'est lui qui ne m'aime plus?»

– Il y a des quotidiens extraordinaires, Bernard. Si je ne t'avais pas…

– … tu n'aurais plus à endurer mon ex et ma fille. Tu pourrais vivre en vrai couple, avec un autre gars, sans souci, sans chicane…

– Ouais! ricane-t-elle pour cacher son inquiétude. Une maudite vie plate!

Bernard retourne Virginie pour la regarder bien en face:

– Cette phrase-là, ma chère, tu vas la regretter le restant de tes jours! Je vais m'en servir dans les moments stratégiques!

– Ne t'inquiète pas pour moi, rit-elle, je trouverai bien une façon de m'en sortir!

Elle grimpe sur lui, commence à l'embrasser dans le cou, mais il se dégage pour se pencher vers la table.

– Tu as reçu du courrier…

Le paquet est trop petit pour ne pas en laisser deviner le contenu. Virginie tourne la tête vers Bernard qui, plutôt que de la regarder, reprend sa place derrière elle. Émue, elle déballe fébrilement le paquet: à l'intérieur du coffret de velours bleu, un minuscule diamant, serti dans une délicate bague en or blanc. Virginie plaque une main sur sa bouche pour s'empêcher de crier.

– Tu es fou!

– Depuis notre première rencontre. Et c'est incurable.

Virginie baisse la tête pour qu'il ne la voie pas pleurer:

– Tu m'aimes tant que ça?

– Plus que tu ne peux imaginer.

– Qu'est-ce que Claudie va dire quand elle va la voir?

Bernard lui prend le coffret des mains, en extrait délicatement la bague:

– Ça fait partie des choses qui ne la regardent pas.

Et prenant la main de Virginie, il lui fait glisser l'anneau le long de l'annulaire.

ಶೆ ಶೆ ಶೆ

Quelques heures plus tard, il lui offre une journée à la
Guadeloupe, toutes dépenses payées. Celle qui vit dans la
hantise de l'avion n'aura rien à craindre : ce soir, les Antilles
s'égrainent un peu partout dans l'appartement. La chambre
pue le fauve qui a obéi une fois de trop à ses hormones, la
baignoire de la salle de bain est encore pleine d'huile de
coco (comme l'évier de la cuisine de coupes à cocktail),
tandis qu'au salon, enrobés dans leurs robes de chambre,
Virginie et Bernard sont à inaugurer un énième daiquiri...
ivres, hilares de l'être, et surtout très émoustillés. Tant
pis pour la chambre, se disent-ils en roulant sur le sol, la
troisième manche se jouera sur le tapis.

Coup de gong.

Chez Virginie et Bernard, passé vingt heures, la sonnette
n'est jamais de bon augure. Leurs amis étant tous assez bien
élevés pour téléphoner avant de venir, il ne reste qu'une
seule personne au monde susceptible de faire comme si
l'intimité d'autrui lui appartenait...

– Ta mère.

– Non, non, tu te trompes, pouffe Virginie, tout en par-
tageant son avis.

«On» sonne à nouveau – et deux fois plutôt qu'une. Les
deux amants se regardent d'un air entendu. Bernard se
lève, rajuste sa robe de chambre, disparaît dans le vestibule... pour aussitôt reparaître en sens inverse avec une
mine de mi-carême :

– Je commence à être tanné, de gagner à ce jeu-là, moi !

Quand Cécile paraît dans le salon – «Je n'ai jamais été
aussi humiliée de toute ma vie !» – l'imperméable tout de
travers, enfilé si vite qu'elle porte toujours son tablier de
cuisine, Virginie, trop ivre pour se lever du canapé, lève sa
coupe de champagne :

– Bravo, maman ! Félicitations pour ton beau programme !

Mais Cécile ne saisit pas l'ironie. Pour cela, il faudrait d'abord qu'elle remarque que sa fille lui parle. Or, elle est trop obnubilée par son monologue : « En tout cas, dans *ma* famille, on a toujours été honnêtes ! Sais-tu ce qui se passe dans la tête de ton père ? Sa maladie est en train de le rendre fou ! »

Virginie échange un regard ennuyé avec Bernard qui, appuyé au cadre de porte, boit cul sec son champagne en attendant que l'inconfort s'atténue – et qu'il retourne dans Rosemont.

Les drames de Cécile : Pierre est malade, même s'il n'a jamais reçu les résultats de ses tests. (À se demander s'il n'a pas inventé toute cette histoire pour attirer l'attention de sa femme.) Pierre est infidèle, même s'il a toujours laissé entre les femmes et lui la longueur d'un bâton de golf. Et cela, sans parler de son alcoolisme (une bière tous les midis !), de son jeu compulsif (le casino tous les ans !) et de ses tendances dépressives (il passe ses journées devant la maudite télé !). Comme si cela ne suffisait pas, il impose à Cécile un autre de ses mauvais penchants :

– Pierre est malhonnête !

Malade, infidèle, alcoolique, joueur compulsif, dépressif, et maintenant malhonnête. Virginie est trop soûle pour se fâcher. En fait, elle trouve la blague très, très amusante. Se levant du canapé en titubant, elle fait la révérence en tenant sa robe de chambre par les pointes :

– Aimes-tu ma nouvelle robe, maman ?

Cécile dévisage sa fille avec agacement :

– Es-tu en train de devenir folle, ma pauvre fille ? Tu es en robe de chambre !

– En plus, elle va bien avec celle de Bernard, non ? demande Virginie en tanguant vers lui, jusqu'à ce qu'il la rattrape par la taille pour l'empêcher de tomber.

– Je ne te trouve pas drôle ! s'exclame Cécile.

Virginie lève sa coupe vers le plafond :

– Et ça, c'est la flamme olympiiiiiiiiiii-queuuuuu !

Cécile amorce sa sortie en renouant son foulard Hermès :

– Puisque c'est comme ça, tu ne sauras rien !

Mais plutôt que de quitter la scène, elle s'effondre dans un fauteuil, les poings entre les genoux : elle n'a certainement pas fait tout ce chemin pour rentrer chez elle le sac plein !

– Maman, c'est ma fête, gémit Virginie, qui a fini de rire. On fêtait, là.

– Il s'est ouvert un compte à lui ! Juste au moment où je me morfonds d'inquiétude pour sa santé, *monsieur* se ramasse de l'argent pour partir tout seul en Floride !

Au voleur ! Au voleur ! À l'assassin ! Au meurtrier ! Justice, juste ciel ! Je suis perdu, je suis assassiné ! On m'a coupé la gorge, on m'a dérobé mon argent !

– Et puis après ?

– C'est tout ce que ça te fait ?

– Qu'est-ce que tu veux que je te dise ? La communauté de biens, ça fait longtemps que ça n'existe plus.

Bouleversée, la mère regarde sa fille comme si celle-ci venait de lui apprendre une grande leçon de vie : alors, quoi, c'est donc ça, l'amour ? Vivre trente-cinq ans avec un homme, gagner deux fois son salaire, mais tout déposer dans un compte conjoint, pour finalement se retrouver le bec dans l'eau ?

– Bien oui, soupire Virginie. Ce n'est pas parce que vous pensiez tous comme ça, dans ton temps... Tu n'aurais pas dû, maman.

Mais Cécile a l'air trop bouleversée (et surtout, Virginie se sent trop soûle) pour qu'elles arrivent à régler le problème ce soir. La jeune femme prend sa mère par les épaules, lui propose d'aller dormir : demain, tout sera beaucoup plus...

– Tu ne prends vraiment rien sérieusement ce soir ! lui reproche Cécile en se dégageant, assez violemment pour que Bernard doive se précipiter pour rattraper Virginie, qui a perdu l'équilibre.

Cette fois, c'est vrai, les talons de Cécile claquent furieusement vers la sortie :

– Je m'en vais ! Je ne viendrai plus te déranger pour *des peccadilles* !

– Des promesses…, grogne Bernard en vidant ce qui reste du champagne dans leurs flûtes.

Avec Cécile, on passe toujours en période supplémentaire.

❧ ❧ ❧

– Ton père est gentil, finalement, dit Charles à Karine. Mais je préfère ta mère.

Étendue contre lui sur son lit, la jeune fille l'embrasse fougueusement. Évidemment, qu'il apprécie sa mère ! Elle n'a cessé de tout le repas de s'intéresser à lui, le menton dans les poings, comme si ses histoires d'horticulture biologique étaient aussi palpitantes qu'un film de Clint Eastwood ! Il fallait lui voir l'air, quand Karine a demandé la permission de se retirer avec Charles dans sa chambre ! Andrée souriait, mais en même temps, sans trop savoir pourquoi, Karine avait l'impression de la trahir.

Leurs baisers, de plus en plus enfiévrés, décuplent l'ardeur de leurs caresses. Charles vient pour s'étendre sur Karine, mais elle le prend par surprise, le renverse, se couche sur lui, passant les mains sous sa chemise.

La porte s'ouvre – ils s'écartent brutalement.

Julie entre, mi-boudeuse, mi-amusée, se traînant nonchalamment vers la bibliothèque pour en tirer une bande dessinée.

– Heye, à quoi tu joues ? s'exclame Karine en s'asseyant.

Et devant le silence amusé de sa sœur, soi-disant absorbée par la lecture de son Astérix :

– Julie Constantin, je te parle ! Qu'est-ce que tu viens faire dans ma chambre ?

– Je lis.

– Débarrasse! crie Karine en lui empoignant le bras pour la pousser vers la porte. Va donc te faire un gros sundae au chocolat!

Mais Charles a déjà pris son manteau sur la chaise du bureau:

– Laisse faire. Il faut que je m'en aille, de toute façon.

Désappointée, Karine tente à la fois de le retenir et de jeter sa sœur dehors, mais Charles semble bien décidé à partir: il a un examen de maths demain, il doit étudier, et comme il est déjà tard…

– On ne s'est même pas vus! proteste Karine.

– On se verra demain, sourit-il en l'embrassant sur le nez.

Et sans autre témoignage d'affection, il la plante là comme s'il était déjà ailleurs, salue rapidement les Julien et Andrée qui dodelinent de la tête devant le journal télévisé, et sort sans demander son reste.

Tout ce temps-là, Julie n'a cessé de lire son album. La Gauloise Falbala, séparée de Tragicomix, pleure toutes les larmes de son corps. Pour une fois, c'est Obélix qui a toute la place.

∽ ∽ ∽

Dans la chambre aux lumières tamisées, Virginie se laisse tomber sur le lit en riant, protestant mollement quand Bernard entreprend de lui dénouer sa robe de chambre.

Du bruit dans l'appartement la fait alors s'immobiliser:

– Tu n'as rien entendu?

– Bien non, murmure-t-il en couvrant son corps nu de baisers, viens…

Mais Virginie se dégage en se redressant:

– C'est peut-être un voleur… Fais quelque chose!

Une porte claque, puis des pas lourds se dirigent vers la chambre. Virginie referme son peignoir et se blottit contre

Bernard, qui se lève aussitôt vers le placard pour tirer un fer de son sac de golf.

La porte s'ouvre brutalement, et Claudie apparaît en larmes – «Papa! Papa!» - avant de se jeter dans les bras de Bernard.

«Non, non, non, se fâche intérieurement Virginie. C'est une blague!»

Mais Bernard, peu habitué de voir sa fille aussi désespérée, tente de la consoler en la pressant de questions.

– Maman m'a mise dehors! pleure la petite. Elle est avec un gars, et elle ne veut plus que je reste chez elle!

Virginie se lève, scandalisée:

– Ah, bien, j'ai mon voyage!

– C'est quoi, ces niaiseries-là? se fâche Bernard.

Et, commençant à s'habiller furieusement:

– Ça ne se passera pas comme ça!

Virginie n'a pas le temps de le retenir qu'il se rue hors de leur chambre, dans un vacarme de parquets, de clefs et de portes qui claquent.

Regardant Claudie qui, le visage ravagé par le chagrin, pleure debout sans trop savoir où se poser, elle soupire, ouvre les bras… et la petite s'y effondre. Pendant de longues minutes, elle la serre contre elle, lui frottant le dos de grosses caresses rondes, tandis que Claudie s'épuise à sangloter, soumise à sa panique, comme une bête blessée. Le chagrin met longtemps à se calmer. Mais soudain, Claudie se redresse, mue par un souvenir. Étirant le bras vers l'arrière, elle empoigne son sac, y fouille un moment, et en sort un magnifique agenda de cuir rouge.

Virginie sent les larmes lui piquer les yeux:

– Oh, Claudie!

– Je pensais te le donner seulement la semaine prochaine, en revenant ici…

– Ça me touche beaucoup, ma belle, vraiment beaucoup.

Elle prend Claudie dans ses bras, mais celle-ci s'enfuit à nouveau.

– J'ai autre chose aussi…, dit-elle en sortant dans le couloir.

Quand Virginie la voit revenir avec une potiche chinoise entre les mains, elle sent son cœur se ramollir, puis se gonfler d'amour. « Ah, Claudie… »

– Je sais que ça ne remplacera jamais le cadeau de ta tante Jacqueline, mais…

Virginie la serre contre elle, puis lui plaque un gros bec sonore sur la tempe :

– Toi, ma petite citron ! Tu me surprendras toujours.

Et tout en lui caressant tendrement les cheveux, elle ne peut s'empêcher de maudire intérieurement Dominique Latreille : « Jeter dehors une fille pareille ! »

XIV Les valises

– J'ai droit à *mon* intimité, j'ai droit à *mon* bonheur !

Assis chez Lirette face à Dominique, Bernard écoute celle-ci réécrire la Déclaration universelle des droits de la femme. « J'ai fait un enfant avec *ça* ! » se désespère-t-il, dégoûté de lui-même.

Jadis, faut-il qu'il en ait pris, du LSD, pour trouver séduisante une fille vêtue comme un cache-pot en macramé ! Tandis qu'il défilait à ses côtés dans la foule pour contester tout et n'importe quoi, comment a-t-il pu ne pas voir ce qui lui saute aux yeux aujourd'hui : quand la mère de Claudie emploie le « nous », c'est à la manière des monarques – une première personne si passionnée d'elle-même qu'elle prend la marque du pluriel. « *Nous,* Dominique, déclarons… » Du socialisme au féminisme, tous les « ismes » des années soixante-dix n'ont été revendiqués que pour servir ses propres intérêts. « Du reste, se dit Bernard, elle n'est pas la seule. Belle hypocrisie que ce temps-là ! Si nous avions vraiment œuvré au bonheur collectif, le monde ne serait pas en si mauvais état aujourd'hui!»

– Je dois penser à *moi*! poursuit-elle de sa voix juvénile. Je dois voir à mes besoins! J'ai droit à *mon* espace, à *mes* moments de tendresse avec l'homme que j'ai choisi. J'ai droit à l'amour, moi aussi!

Bernard croise le regard du gros Lirette qui, ramassant les assiettes de la table voisine, bougonne un «sainte misère!» dans ses moustaches.

– Dominique, tout le monde a droit à tout dans la vie. Mais il y a aussi les droits des autres.

– Tu n'as pas à te lamenter. Quand tu as connu Virginie, tu m'as demandé de garder Claudie le temps que tu te revires de bord. Je te demande la même chose.

Bernard baisse la tête en soupirant. Théoriquement, la proposition se tient. Seule ombre au tableau…

– Tu as peur de ta blonde! assène Dominique, les lunettes luisantes de moquerie.

– Ce n'est pas ça. Il faut juste que je lui en parle.

Mais au fond, il est loin d'être certain de la réaction de Virginie. Même s'il refuse de considérer Claudie comme un «poids», reste que Dominique n'aurait pu choisir un pire moment pour la leur confier: déjà assommée par sa tâche d'enseignement, Virginie a beaucoup de mal à se protéger du métier, se laissant de plus en plus aspirer par ses élèves de Sainte-Jeanne-d'Arc. Déjà qu'elle trouve pesante la garde partagée… Elle ne sautera certainement pas de joie à la proposition d'une pleine cohabitation.

La tasse de Dominique a un tintement sec dans la soucoupe:

– Bernard, ce n'est pas moi qui ai choisi le divorce. J'ai le droit de refaire ma vie, j'ai quarante ans.

– Et si c'est non?

Mais ce n'est pas lui qui a le gros bout du bâton. Rien qu'à voir le sourire de Dominique pour le comprendre:

– Si c'est non, je fais les valises de Claudie et l'envoie au pensionnat.

❧ ❧ ❧

Les valises sont alignées près de la porte, et le manteau de Cécile repose sur la plus grande, comme s'il ne lui restait plus que quelques minutes avant son départ. Mais quand Pierre rentre du dépanneur, les revues à potins de sa femme sous le bras, il trouve celle-ci au salon, à vider les étagères des albums de photos pour les ranger dans des boîtes.

– Qu'est-ce qui se passe? demande-t-il en la rejoignant. On déménage ou c'est encore le grand ménage?

Pour toute réponse, elle inscrit au crayon feutre sur une des boîtes: «Photos: filles». Seul l'album de leur mariage persiste sur la tablette, aussi pitoyable que la dernière feuille d'automne à un arbre.

– Qu'est-ce qui se passe? demande-t-il.

Car même le dernier des imbéciles arriverait à décoder le message de sa femme. Depuis la veille qu'elle le boude: elle met maintenant en pratique l'action qu'elle a mis des heures à ruminer.

– Ça fait longtemps que tu veux que je te fiche la paix: tu vas être content! Je pars! je sacre mon camp!

– C'est une farce?

– Essaie de me retenir, pour voir!

Les mains dans les poches, il étouffe un petit rire: quelle enfant, tout de même!

– Fais ton brave, dit-elle en portant une boîte dans le couloir. Tu riras moins tantôt.

– Et je peux savoir où tu vas?

– Ce n'est pas de tes affaires. Ou plutôt, ce n'est *plus* de tes affaires.

Pierre s'assoit en soupirant sur le pouf de son fauteuil, les coudes sur les genoux et les mains jointes. Les yeux fixés sur la télévision éteinte, il attend que Cécile revienne au salon. Depuis le temps, il sait qu'il n'a eu droit qu'à un prélude. De fait, elle ne tarde pas à claquer des talons jusqu'à lui, l'enjambant sans vergogne pour atteindre l'étagère qui est derrière lui, et qu'elle entend bien vider aussi.

– Bon, arrête, Cécile, dit-il en posant la main sur son bras, on va discuter.

Elle se dégage violemment :

– J'ai assez discuté ! Ça fait trente-cinq ans que je parle toute seule !

Pierre soupire. Il regarde sa femme remplir ses boîtes. Elle s'active à un tel point qu'il en aura pour l'après-midi à tout ranger – car évidemment, après les scènes de sa femme, c'est toujours lui qui doit balayer le théâtre.

– Quand je pense que ça fait *douze ans* que tu as un compte personnel ! s'exclame celle qui ne veut plus discuter. Pendant ce temps-là, je me faisais mourir à l'école ! je payais les comptes ! je surveillais le budget !

Il la regarde jeter à la poubelle la photo de leur vingt-cinquième anniversaire : ne pas oublier de la récupérer, après, car elle y tient beaucoup.

– Je n'ose même pas imaginer tout ce que tu as pu comploter dans mon dos !

– Ce n'était rien, Cécile… Quelques centaines de piastres, que je ramassais par-ci, par-là, en faisant des petits travaux de peinture, de plâtre ou de plomberie…

– Et tu m'as caché ça pendant douze ans ! Te rends-tu compte ?

Non, et c'est bien son drame : il n'aurait jamais pensé que quelque chose d'aussi insignifiant puisse faire l'objet d'une enquête publique. Pierre a toujours donné l'intégralité de ses paies à Cécile pour qu'elle les administre. Contrairement à ses copains, qui avaient de l'argent de poche, il n'a jamais osé demander le moindre denier à sa femme – un homme a sa fierté –, préférant se débrouiller seul, d'un petit contrat à l'autre. Une idée de génie, dont il n'a jamais cessé de se féliciter – jusqu'à ce matin.

– Cécile, je n'aurais pas dû…

– Il fallait y penser avant !

Elle claque des talons jusqu'à la porte, enfile son manteau à grands gestes nerveux. Pierre veut l'étreindre par les épaules, mais elle se dégage, presque hystérique :

– Ne me touche pas ou j'appelle la police !

– Tu ne peux pas partir, fait-il, soudainement bouleversé par la pensée qu'elle pourrait cette fois être sérieuse. Comment veux-tu que je vive, si tu n'es pas là ?

Elle baisse la tête vers ses clefs :

– Je te manquerais ? Vraiment ?

❧ ❧ ❧

– Pas question d'envoyer Claudie au pensionnat !

Le cri de Virginie est sorti du ventre – avec tant de révolte que des élèves se sont tournés vers eux. La jeune enseignante fait la moue en se frayant un chemin parmi la cohue de la cafétéria : elle n'a jamais aimé mêler sa vie intime avec sa vie professionnelle. Mais il a suffi que Bernard lui rende visite à l'école – ce qu'il ne fait jamais – pour qu'elle devine un problème d'importance. Il faut dire que, depuis la veille, elle s'attend à tout.

Elle pose son plateau à une table, regarde Bernard s'asseoir à ses côtés, le front barré de deux grandes rides. Pour une fois, elle partage son souci : cette proposition de pensionnat est absolument scandaleuse.

– Ça n'a pas d'allure ! bougonne-t-elle en se débattant contre le sachet de craquelins. Comment Claudie se sentirait-elle ? Rejetée ? Mal aimée ? Ce n'est déjà pas facile !

Bernard lui prend le sachet des mains, l'ouvre pour elle :

– Elle n'habiterait à temps plein chez nous que quelques mois…

Mais la précision est inutile. Tout en égrenant ses biscuits dans sa crème de tomates, Virginie se parle à elle-même :

– C'est certain qu'il va y avoir des conditions. Il va falloir établir un calendrier de tâches ménagères. Et plus question que Claudie rentre à n'importe quelle heure – surtout quand il y a de l'école le lendemain. Elle sortira la fin de semaine, quand ses travaux seront faits. La quatrième secondaire, c'est sérieux !

Bernard met un temps à réaliser ce qu'elle est en train de lui dire. Mais quand il comprend enfin, il saisit le visage de Virginie à deux mains, l'embrasse si furieusement que les élèves qui les entourent se mettent à siffler.

Elle finit par le repousser en riant, sans pourtant arriver à se dégager complètement de son étreinte ; un bras autour de sa taille, il veut la garder contre lui.

– Tu es incroyable ! fait-il en collant son front au sien. Ça ne me surprend pas que Claudie t'aime autant !

– C'est pour toi que je le fais, ronchonne-t-elle. C'est toi que j'aime.

– Et Claudie...?

– Je l'aime aussi, grand niaiseux !

❧ ❧ ❧

Vers quinze heures, Virginie sort du bureau de Lise Bombardier, qui lui a – encore ! – reproché un manquement à la procédure. Paraît-il qu'il ne faut pas laisser les filles traîner trop longtemps après leur cours d'éducation physique : à force de se pomponner, elles arrivent en retard au cours suivant. « Si elle cherche un policier, elle se trompe de personne ! » tempête intérieurement Virginie.

Parlant de la police, elle découvre justement la descendance de celle-ci dans la salle d'attente de l'orthophoniste. Assis dans son coin, ses longues jambes encombrant le passage, Guillaume lit *Le chien des Baskerville* que Virginie lui a prêté.

– Tu es surpris que ce soit moi, hein? dit-elle en le voyant sursauter.

Comme toujours, la réponse de Guillaume se limite à un sourire timide.

– Comment ça se passe, tes rencontres avec l'orthophoniste?

Le garçon hausse les épaules devant ce qui, imposé pour son bien, n'arrive selon lui qu'à le rendre ridicule.

Virginie jette un bref regard autour d'elle: personne. S'asseyant près de son élève, elle fait comme si elle n'avait pas remarqué qu'il s'est replongé dans sa lecture.

– Guillaume, chuchote-t-elle, tes bleus, tes égratignures… Tu peux me le dire, tu sais…

– Ce n'est pas de tes affaires, lâche-t-il sans lever les yeux de son livre.

– Pas besoin d'être si raide, se fâche Virginie en lui prenant le roman des mains. Je voudrais juste comprendre.

Le garçon se renverse sur sa chaise, appuie sa tête au mur en regardant dans le vide avec résignation: quand la Boivin a quelque chose dans la tête…

– J'haïs ça, parler.

– Je suis sûre que tu n'es pas né comme ça. Il y a des raisons qui font qu'on ait peur de parler. La plupart du temps, ce sont de bonnes raisons.

Et devant la méfiance de son élève, elle lui pose la main sur le bras – sourit en voyant qu'il ne l'enlève pas:

– Je ne sais pas trop quoi te dire. Je n'ai jamais vécu ce que tu vis. Ça doit être l'enfer en dedans de toi. Mais tu n'es pas seul, Guillaume. Écoute le monde autour. On veut ce qu'il y a de mieux pour toi.

L'adolescent a un sourire amer. Ce qu'il y a de mieux! C'est certainement ce que souhaite pour lui le rat à Bazinet! *Je ne te demande pas de les vendre. C'est toi, qui m'intéresses. À moins que tu ne sois tanné de venir à Sainte-Jeanne-d'Arc?*

– Moi en tout cas, insiste Virginie, touchée par son silence, je t'aime bien gros, Guillaume. Tu le sais, ça, hein ?

Il hoche lentement la tête, puis se tourne vers son
enseignante :

– J'aime ton cours… Mais c'est dur !

– Ça va venir, fait-elle chaleureusement. Il ne faut pas
que tu lâches.

Et, attendrie par tout le désespoir qui lui embrume les
yeux, elle lui pose une main sur l'épaule :

– Moi, en tout cas, je ne te lâcherai pas.

ର ର ର

En rentrant de l'école, Claudie se rend tristement à sa
chambre… pour y découvrir Dominique, les mains dans
ses tiroirs.

– Tu fouilles dans mes affaires !

Non, elle se trompe, c'est pire que cela : sa mère *vide*
ses affaires ! Elle jette le contenu des armoires sur le lit,
à pleines brassées fébriles, comme s'il ne restait plus que
deux minutes avant l'arrivée de la police. Les pantalons
s'écrasent sur les chemisiers, les chaussettes sales se
mêlent aux propres… Stupéfaite, la jeune fille ne réagit
vraiment qu'en voyant les mains de sa mère dans ses sous-
vêtements – une image qu'elle s'empresse de détruire en
les lui arrachant :

– Ne touche pas à ça ! Ça ne t'appartient pas !

Dominique s'immobilise, mais son sourire embarrassé
exprime trop de bonheur au goût de sa fille, qui ramasse
ses vêtements, les mains tremblantes.

– Ton père ne t'a pas parlé ?

– Comment aurait-il pu me parler ? J'ai été à l'école toute
la journée !

En fait, Claudie est si secouée qu'elle ne réalise pas vraiment ce qui se passe : persuadée qu'il s'agit d'une autre
lubie ésotérique de sa mère, elle range rageusement ses

petites culottes dans leur tiroir. Dominique la laisse faire, s'asseyant sur le coin du lit, avec la patience de celle qui a obtenu ce qu'elle veut.

– Claudie, j'ai le *droit* de me trouver un homme avec qui je vais être heureuse. Bientôt, cela va t'arriver, à toi aussi.

– *Chicken!* Je ne miserais pas trop là-dessus!

La jeune fille veut saisir les cintres de ses chemisiers, mais la main de Dominique lui prend doucement le poignet:

– Je pensais que ton père te parlerait aujourd'hui. Comme d'habitude, il n'y a pas pensé!

– Pourquoi c'était si important, qu'il me parle? demande Claudie, sentant soudain le sang battre très fort dans ses oreilles.

Comme dans un mauvais rêve, elle entend sa mère lui expliquer des choses qu'une mère ne dit pas habituelle-ment: *accepté de prendre soin de toi… besoin d'un peu plus d'espace… vivre ma vie…* Le ton est si détaché – si serein! – que les larmes lui montent aux yeux:

– Mais maman… Qu'est-ce que je fais là-dedans, moi?

– Pour quelque temps, assène Dominique, il serait mieux que tu ailles vivre chez ton père.

L'épaule de Claudie s'écrase contre le cadre de la porte:

– Tu me mets dehors!

Dominique se lève, agacée:

– Ne dramatise donc pas! Je ne te jette pas à la rue! Tu t'en vas chez ton père!

– Et s'il était mort, qu'est-ce que je ferais?

C'est au tour de Dominique de perdre ses couleurs: «Ah, mon Dieu! Pourvu que cela n'arrive jamais avant qu'elle n'ait dix-huit ans!»

– J'ai droit à ma vie, dit-elle pour se rassurer.

– C'est dégueulasse, comment tu penses! crache Claudie en sortant de sa chambre.

Et se précipitant vers la porte de l'appartement:

– Tu n'as pas le droit de me mettre à la porte! Je vais aller parler avec papa et Virginie! Tu vas voir! Je vais revenir!

– Comme tu veux, ma chouette.

Incapable de soutenir plus longtemps la joie de sa mère à se séparer d'elle, Claudie s'enfuit hors de l'appartement. Elle dévale l'escalier, sort de l'immeuble en trombe, court d'un bout à l'autre de la rue, à perdre haleine, comme si elle était poursuivie par une meute de chiens fous.

Arrivée à la station de métro Jarry, elle pousse si violemment la porte qu'elle renverse une vieille dame asiatique, qui en échappe ses sacs d'épicerie. «Oh! *Chicken!* Excusez-moi, madame!» Elle s'agenouille pour ramasser les oranges qui roulent dans tous les sens, s'empresse de les déposer dans le sac, trop bouleversée pour réaliser que les fruits s'échappent encore par un trou, et qu'elle ne cesse plus de les ramasser. «Excusez-moi, pleure-t-elle en s'essuyant les yeux. Excusez-moi!»

XV La rue des enfants tristes

Mais, pendant que les oranges roulent au métro Jarry, pendant que la vieille Vietnamienne console Claudie dans une langue incompréhensible, un autre enfant perdu se traîne les semelles dans les couloirs de Sainte-Jeanne-d'Arc. Il s'appelle Guillaume Tremblay, il s'est engueulé avec son père ce matin, et comme celui-ci lui a promis de «régler ça ce soir», il n'est pas trop pressé de rentrer chez lui.

Assis par terre dans un couloir, Guillaume fixe le mur nu face à lui. Il aurait dû accepter l'offre de Sylvestre et aller dormir à «l'appartement». Mais depuis que le rat à Bazinet l'a menacé, il a moins envie de fréquenter la bande de son ami. Tout ce que veut Guillaume, c'est se faire oublier. Malheureusement, est-ce à cause de sa haute taille? de son bégaiement? de ses piètres résultats scolaires? tout

le monde, à l'école comme à la maison, s'entête à le transformer en problème.

Le grand gaillard jette un œil à sa montre: dix-sept
heures quinze. Il devrait aller voir si le gymnase est fermé.
Même si passer la nuit sur un banc des vestiaires n'est pas
l'idéal, c'est quand même plus paisible qu'au carré Viger…
ou qu'à la maison.

Des pas dans le couloir le font vivement se lever. Avant
qu'il n'ait eu le temps de disparaître, Virginie Boivin est là,
devant lui, son imperméable sur le dos et son sac d'école en
bandoulière, les cheveux tout ébouriffés de sa journée, ses
grands yeux sombres un peu fatigués – mais toujours aussi
souriante. Toujours aussi belle.

– Qu'est-ce que tu fais là, Guillaume? Tu ne t'en vas pas?

– J-j'ai ou-oublié ma c-clef. J'essaie d-d'ap-peler ch-chez
nous, mais ç-ça rép-pond pas.

La jeune enseignante fronce les sourcils: qu'est-ce qu'il
a, à recommencer à bégayer?

– Tu n'as pas de famille chez qui aller en attendant le
retour de tes parents?

– À R-rimouski… À Qu-québec…

Et devant le scepticisme de son enseignante, il fait un
pas en arrière:

– Je vais aller manger en ville.

Virginie le retient par le coin de son blouson:

– Tu n'es pas pour aller niaiser en ville! Viens-t'en avec
moi. On va réessayer plus tard d'appeler ta mère.

❦ ❦ ❦

Claudie s'est endormie dans le métro, qui a eu le temps
de se rendre à la station Berri-UQAM avant qu'elle ne
s'éveille. Elle tourne en rond sur le quai, sans trop savoir
que faire… Jusqu'à ce que des relents de pizza lui fassent
monter les escaliers roulants, marcher jusqu'au comptoir
d'un casse-croûte. Sous la lampe chauffante, la dernière

pointe est là depuis un bon moment, le fromage est tout figé sur le pepperoni, mais tant pis, toutes ces émotions l'ont affamée.

Quand elle sort sur la place Émilie-Gamelin, il fait déjà nuit. Les boutiques lumineuses sont fermées, les phares des voitures la font cligner des yeux, tandis que panique au loin la sirène d'une ambulance. Claudie hésite à traverser le parc, où des ombres solitaires se réunissent en groupe, s'écartent, se rassemblent de nouveau… Mais le rythme d'un tam-tam, entre deux cabines téléphoniques, lui redonne de l'assurance. Là où il y a de la musique, il ne peut y avoir de méchanceté.

৵ ৵ ৵

Bernard est à ajouter des merguez dans sa sauce à spaghetti quand il entend claquer la porte. Il se retourne, le sourire amoureux… pour se heurter à une sorte de gorille adolescent, qui semble aussi stupéfait que lui de le trouver là. « Si je vais m'enfermer dans la chambre, se dit Bernard, j'aurai peut-être le temps d'appeler le 9-1-1. »

Mais la tête bouclée de Virginie paraît derrière le grand singe :

– Salut ! Je te présente Guillaume.

Et se tournant vers son animal sauvage :

– Va te laver les mains, on va souper. Deuxième porte à droite dans le couloir.

Bernard regarde le singe hocher la tête et s'éloigner – d'une façon étonnamment discrète, pour un primate.

– C'est *quoi, ça* ?

– Franchement ! chuchote-t-elle en rangeant son manteau dans le placard. Ce n'est pas un repris de justice, c'est un de mes élèves ! Guillaume Tremblay !

Il la prend dans ses bras en secouant la tête : tôt ou tard, il fallait s'y attendre, et pourtant, cela le surprend tout de même.

– Virginie, on n'est pas un refuge pour jeunes en difficulté !

Elle hausse les épaules en lui expliquant la situation : il ne s'agit que d'une mesure exceptionnelle. Elle n'était tout de même pas pour le laisser dehors en plein mois de novembre !

Bernard soupire : cela tombe mal, il voulait justement profiter de la soirée pour parler de Claudie, de la meilleure façon de l'accueillir, pour qu'elle se sente bien avec eux. Tout en reconnaissant qu'il est essentiel de placer des règles pour bien organiser leur vie quotidienne, il ne voudrait pas que sa fille se sente mal accueillie. Il voudrait qu'elle se sente bien ici – chez elle.

Virginie le rassure en l'embrassant dans le cou :

– Ne t'en fais pas. Elle va finir sa semaine chez sa mère, et après, on prendra le temps de parler tous les trois ensemble, pour que tout soit clair et pas trop déstabilisant pour elle. D'accord ?

Bernard hoche la tête. Mais, allez savoir pourquoi, il n'arrive pas à se sentir rassuré.

∽ ∽ ∽

Claudie descend la rue Sainte-Catherine vers l'est, les mains dans les poches, le col relevé et le nez dans le foulard. La solitude est vraiment un état terrifiant. « Je ne suis pas seule, se répète-t-elle pour s'encourager, je suis *libre* ! » En effet, le miroir se renverse, pour n'imposer qu'une grande fascination : soudain, tout est tellement possible que c'en est vertigineux.

« Marcher en ville la nuit, lui a dit Véronique, ce n'est pas dangereux, du moment que tu ne regardes personne dans les yeux. » Contrairement à la Rouquine Atomique, qui a fugué plusieurs fois, Claudie ne cherche pas à s'enfuir de chez son père. « Je suis déjà chanceuse qu'il accepte de m'héberger ! » Seulement, à marcher ainsi rue Sainte-Catherine, elle a l'impression de flotter hors de sa vie : tant qu'elle se promène ainsi, de vitrine en vitrine, sa mère n'a pas vidé ses tiroirs, elle n'a pas mis sa valise près de la porte ; tant qu'elle n'est pas rentrée chez son père, elle n'a pas à l'entendre lui confirmer qu'elle n'ira plus qu'en visite chez Dominique. « Ah, maudit *chicken !* » s'exclame-t-elle en sentant les larmes lui brûler de nouveau les yeux. Comme tout serait plus facile, si elle pouvait cesser d'aimer sa mère !

En passant devant une pâtisserie, elle n'arrive pas à résister au paris-brest qui lui fait des clins d'œil avec ses débordements de crème aux amandes. Il lui reste juste assez d'argent pour la pâtisserie et un grand verre de lait. Deux minutes plus tard, elle est assise près de la fenêtre, les pieds chauffés par le calorifère, à fendre la pâte à choux à grands coups de fourchette.

C'est quand même une belle invention que le sucre. Quant au lait, on n'en parle même pas.

᭡ ᭡ ᭡

Guillaume est assis au salon dans le fauteuil de Virginie, s'il en juge au châle espagnol qu'elle y a oublié. Même s'il s'est lavé les mains après le souper, il n'ose pas les poser sur les accoudoirs blancs, de peur de les salir. La télévision est allumée, mais le garçon n'y prête guère d'attention, intrigué par son environnement. Avec ses boiseries chaudes et ses couleurs sobres, cette pièce ressemble à son enseignante : une beauté simple et sans chichi, vaguement indiscrète par ses aires ouvertes.

– As-tu essayé de rappeler ta mère ? lui demande Virginie de la cuisine.

Il grimace à l'idée de lui mentir encore :

– Ça ne répond toujours pas.

– Au pis aller, tu dormiras ici.

Derrière l'îlot de travail de Bernard, le cliquetis du clavier s'est interrompu.

– Merci, dit Guillaume, mais ce ne sera pas nécessaire.

Il regarde Virginie venir à lui, en caressant au passage les cheveux du journaliste :

– Si ça peut te donner un répit, tant mieux. Et on pourra parler…

– Je n'ai rien à dire, déclare-t-il en accordant soudain une attention extrême à la télévision.

– Comme tu veux.

၆ ၆ ၆

Vers minuit moins le quart, Claudie commence à se lasser de son errance d'orpheline. Cela tombe bien : la rue Rachel est en vue, comme, bientôt, la maison de son père.

Pour une fois, elle arrive à entrer sans catastrophe. Elle n'échappe pas ses clefs, ne s'enfarge pas dans le tapis, n'accroche pas le vase qu'elle a acheté pour remplacer l'horreur de la tante Jacqueline. « C'est au moins ça d'économisé ! » Elle arrive même à traverser l'appartement sans faire craquer les parquets de bois franc.

Elle ne saurait dire le soulagement ressenti à pousser la porte de sa chambre, bien plus confortable, en vérité, que « le coin » que lui a ménagé sa mère. Finie, l'odeur de patchouli, songe-t-elle en se déshabillant dans l'obscurité. Il y a quand même des avantages à vivre chez une obsédée du ménage : la maison de Virginie sent le bois, le lin et la pomme verte.

La jeune fille enfile un t-shirt, puis s'étire, encore plus voluptueusement que d'habitude : sa longue escapade en ville se terminera sous une couette en duvet. Elle soulève l'édredon, se glisse dans son lit… Mais sa jambe, en effleurant une cuisse d'homme, la fait bondir, pousser un grand hurlement.

Elle se précipite vers la porte, allume le plafonnier de sa chambre : dans ses draps à moutons bleus, un grand Cookie

Monster en chandail de Metallica, qui a l'air encore plus surpris qu'elle.

– Qu'est-ce que tu fais là ! crie Claudie. C'est *ma* chambre !

Sans attendre sa réponse, elle court jusqu'à la chambre de son père et tambourine à sa porte. Virginie paraît, la tignasse en bataille et les lunettes de travers.

– Vas-tu emmener tout le monde de l'école à la maison ? lui crie Claudie.

Et se tournant vers son père, qui sort en nouant sa robe de chambre :

– Où est-ce que je vais aller, moi, maintenant ?!

Virginie et Bernard la regardent éclater en sanglots, puis échangent un regard navré : pour l'acclimatation en douceur, on repassera.

∾ ∾ ∾

Quelques minutes plus tard, Virginie est allée reconduire Guillaume, mais Claudie ne veut rien savoir de dormir dans ses draps. Bernard lui fait un lit sur le divan du salon :

– Tu vas pouvoir t'endormir en regardant un film, tu sais, comme quand tu étais petite ?

Face à lui, l'adolescente de seize ans qui triture sa jaquette Marsupilami lui chamboule le cœur. Claudie n'est pas bien différente du petit bouddha qui l'attendait à la pouponnière, il y a quelques années de cela. Elle dort encore avec sa colonie de nounours (même si elle a mis la nouvelle sous embargo de non-publication, avec menaces de mort). Mais tout en n'ayant rien perdu de son flegme – « Maman m'a dit que c'était toi qui aurais dû m'apprendre qu'elle me mettait dehors ! » –, il y a au fond de ses yeux une tristesse qui n'y était pas auparavant. Et il ne saurait trouver de sévice assez fort pour punir Dominique d'avoir infligé à leur fille un si profond chagrin.

– J'ai parlé à Virginie, dit-il en la couvrant de l'édredon usé qui l'accompagne depuis un temps immémorial, et dont elle refuse de se séparer. On va s'asseoir, tous les trois, et tu vas voir, tout va bien all…

– Vous voulez vraiment être sûrs que je ne dérangerai pas! se rebiffe-t-elle en s'asseyant dans son lit. Je fais un peu de bruit, quand je mange: penses-tu que ça va faire vomir ta blonde?

«Eh, *batinse!* se dit Bernard en s'asseyant près de sa fille. Ça commence bien!»

Visiblement encore sur l'adrénaline, Claudie dresse en trois coups de crayon son portrait de famille: son père est amoureux d'une femme de dix ans sa cadette, qu'il faut veiller à ne pas contrarier; sa mère courtise un Monsieur Patate qui fume de la pelouse biologique – «Non, je te jure, papa: il hallucine, ce gars-là!» – qu'il ne faut surtout pas perturber; et le jour même où la grande prêtresse de l'amour universel la met à la porte, Virginie invite «un de ses débiles» à dormir dans son propre lit!

– Ma mère me met dehors, et il faut faire un conseil de famille avant de m'accepter! J'avoue que c'est bien moins grave que d'avoir perdu sa clef!

Bernard n'ose pas lui essuyer les yeux: si Claudie ne se rend pas compte qu'elle pleure, peut-être arrivera-t-elle à se calmer? Mais elle se chiffonne rageusement le visage, avant de se tourner vers le mur:

– Pas besoin de laisser la télé allumée, je ne suis plus un bébé! Et tu as oublié? J'ai de l'école demain. Il faut que je dorme!

Il va éteindre l'appareil, puis, revenant s'asseoir auprès d'elle, lui caresse doucement les cheveux, en posant toute sa main sur les fontanelles, comme il le faisait jadis pour l'endormir.

– Claudie, murmure-t-il, tu ne peux pas savoir comme je voudrais que tu te sentes la bienvenue ici. Le plus tôt possible, on va s'asseoir avec Virginie et tu seras enfin chez toi.

Elle se tourne vers lui, la mine inquiète:

– Papa, tu penses qu'elle est *un peu* contente de me voir?

– Il le faut, soupire Bernard sans interrompre sa caresse. Sinon, je vais devoir penser à autre chose.

Et remontant sa couverture juste au ras du menton, il pose l'index sur son front et suit la courbe de son nez retroussé:

– Je ne te laisserai pas tomber, mon petit bouddha.

XVI L'homme descend du singe

Le lendemain matin, à neuf heures quarante, un enfant géant au blouson trop petit pour lui traverse à grandes enjambées la cour déserte de Sainte-Jeanne-d'Arc, poursuivi par une femme blonde et fluette.

– Guillaume! fait Johanne Tremblay en l'accrochant enfin par la manche.

– Touche-moi pas! crie-t-il en se dégageant.

– Qu'est-ce que je t'ai fait?

– Rien, mais je ne veux pas que tu me touches!

Le regard affolé de Johanne Tremblay va de la cour à la porte de l'école, puis des fenêtres à la rue: personne ne semble les voir. Et contrairement à ses appréhensions, *il* ne les a pas suivis.

Ils sont seuls.

– On va la traverser ensemble, cette épreuve-là, mon grand!

Guillaume racle nerveusement du pied les mégots du perron. Il n'est pas certain d'avoir envie d'être solidaire de sa mère: jusqu'à maintenant, chaque fois qu'il a pris sa défense, cela s'est mal terminé pour lui. Quant à Johanne, rien qu'à voir son ossature de cage d'oiseau pour comprendre qu'elle ne pourra jamais lui être d'un bien grand secours.

– Même si ton père a des problèmes, insiste-t-elle, toi et moi, on ne se lâche pas, d'accord?

Incapable de soutenir le regard implorant de sa mère
– comme si, dans leur situation, il était le seul à pouvoir
changer les choses! –, Guillaume détourne les yeux vers les
érables nus qui bordent le terrain. C'est de sa faute, si sa
mère a épousé son père. Elle ne le lui a jamais dit clairement,
mais il aurait fallu être stupide pour ne pas le comprendre:
au sortir de l'adolescence (et d'une des premières cohortes
de Sainte-Jeanne-d'Arc), si Johanne Cloutier n'était pas tombée enceinte, jamais elle n'aurait épousé Roger Tremblay.
Sans la venue au monde de Guillaume, cela ferait belle lurette qu'elle n'aurait plus rien à voir avec ce type-là.

Comme si elle avait lu dans ses pensées, sa mère esquisse
un pauvre sourire:

– Guillaume… Je l'aime, ton père.

Et devant le regard horrifié de son fils:

– Au fond, c'est une bonne personne. Tu sais, la vie… Ce
n'est pas toujours simple.

– Ouais…, reconnaît-il en envoyant un coup de botte
dans un caillou, songeant soudain à un lit aux draps à moutons, où une fille inconnue s'est glissée la veille avant de
l'accuser d'intrusion.

– Et je ne suis pas parfaite, moi non plus. Je ne lui donne
pas toujours ce qu'il voudrait.

Dégoûté de voir sa mère reprendre son rôle de coupable,
qui lui rappelle des scènes de famille qu'il souhaiterait
oublier, Guillaume amorce un mouvement pour rentrer.
Mais sa mère le retient:

– Je veux savoir, Guillaume: où as-tu passé une partie
de la nuit?

– Je suis allé chez Sylvestre.

C'est à ce moment qu'une voiture pénètre dans la cour,
pour se garer non loin d'eux. Le cœur de Guillaume s'arrête
quand Virginie sort du véhicule.

– Bonjour, madame, sourit-elle en verrouillant sa
portière.

Johanne Tremblay la salue à peine, pressée de retourner à son fils :

– Et où est-ce qu'il habite, ce garçon ?

– Vous êtes rentrée pas mal tard hier, dit Virginie en s'approchant. Mais Guillaume s'est comporté comme un grand.

Rien qu'à la façon dont Johanne Tremblay se tourne vers elle, rien que par la fuite et les jurons de Guillaume, la jeune enseignante réalise soudain qu'elle inaugure bien mal sa journée. Et que celle-ci sera longue.

❧ ❧ ❧

– Gros problème, ma chérie. *Très gros* problème.

Virginie s'effondre sur une chaise face au pupitre de Mireille. Elle aurait pensé que la présidente du syndicat se serait rangée spontanément de son côté, comme elle le fait toujours pour ses membres. L'entendre déclarer son erreur en renforce la portée.

Elle n'arrive pas à croire que Guillaume ait pu lui mentir ainsi – ni qu'elle ait pu se montrer si naïve : finalement, dans sa classe, les élèves font-ils autre chose que la manipuler ?

– Qu'est-ce qu'elle a dit, la mère ? demande Mireille.

– Rien de particulier, souffle-t-elle avec découragement. Mais si tu lui avais vu la face ! À l'heure qu'il est, elle est certainement en train de se plaindre à Bazinet !

La présidente du syndicat se lève en soupirant pour s'approcher de sa recrue :

– C'est souvent ceux qui nous vendraient leurs enfants qui grimpent le plus vite dans les rideaux. En as-tu eu des échos de la B-52 ?

L'évocation de la directrice – et des règles qu'elle lui reproche toujours d'enfreindre – redonne du nerf à Virginie, qui relève le menton avec irritation :

– J'ai agi comme n'importe qui le ferait pour n'importe quel enfant dans le besoin !

Mireille lève les yeux au plafond: «Celle-là, avec ses grands élans de mère Teresa! Si je la laisse faire, elle va marcher sur les genoux jusqu'au Vatican pour reprocher au pape toute la misère du monde!»

– Guillaume n'est pas *n'importe quel enfant*, professe Mireille, et surtout, *tu n'es pas n'importe qui*! Tu es son prof. Tu es censée savoir comment agir dans ces cas-là. Désolée de te décevoir, ma belle, mais l'improvisation n'est pas vraiment une vertu dans notre métier.

Humiliée par la sévérité nouvelle de sa protectrice, Virginie baisse la tête:

– Citron! C'est donc bien rigide, dans l'enseignement!

Chicken! C'est pas une maison, ici, c'est une base militaire!

Mireille soupire: dans les cours de pédagogie, personne n'a donc trouvé le moyen d'accorder ne serait-ce qu'une demi-heure au respect des procédures élémentaires?

– C'est très grand, une école, ma chérie. Sans les règles…

– Je n'aurai pas besoin d'aller voir la Bombardier! Tu parles comme elle!

Tu parles comme ma mère, chicken! Elle, c'est les droits, toi, les devoirs! Dans les deux cas, je me fais avoir!

– Est-ce que je dois démissionner? demande finalement Virginie en levant ses grands yeux mouillés vers sa bonne fée marraine. Ils vont me suspendre?

Attendrie, Mireille pose une main potelée sur l'épaule de sa jeune collègue:

– Le problème, avec ces histoires-là, c'est que l'excès de zèle n'entraîne pas toujours la récompense…

La porte s'ouvre, faisant apparaître Daniel Charron, son sac de sport à l'épaule et les lunettes fumées sur le bout du nez:

– Ouf! Belle ambiance! Qui est-ce qui est mort?

Virginie se lève d'un bond, s'enfuyant de la salle en s'essuyant les yeux :

– Je m'en retourne à la Guadeloupe !

❧ ❧ ❧

« Non, je ne suis pas d'accord avec toi, ma fille. Cela ne fait pas partie de ton travail. » Tu n'as même pas terminé un trimestre que tu es déjà épuisée. Tu te ruines. Penses-tu que j'aurais pu faire trente-cinq ans comme ça ? Il va falloir que tu apprennes à mettre tes limites, sans ça, tu vas mourir.

» Tu ne devrais jamais mélanger ton travail et ta vie privée. Du monde, c'est du monde : tes élèves vont en prendre tant que tu vas leur en donner.

» Bernard, qu'est-ce qu'il a dit de ça ? Et Claudie ?

» Pauvre petite, mets-toi à sa place ! Elle se fait mettre dehors par sa mère, et quand elle rentre chez elle, tu as donné son lit à un inconnu ! Laisse-toi siphonner si tu veux, mais n'oublie jamais ta famille !

» Et puis, on ne sait jamais où ça peut mener, ces affaires-là… Le père du petit gars est peut-être fou… Contente-toi donc de donner tes cours, c'est déjà une tâche énorme.

» Écoute, tu voulais savoir ce que ta mère en pensais : là, tu le sais. Reste prudente, ma fille. N'oublie jamais que tu travailles avec des êtres humains… Et que l'homme descend du singe. »

❧ ❧ ❧

Claudie sillonne la cohue des élèves, le nez en l'air, tournant la tête de tout côté. Elle a emprunté le t-shirt des Stones de son père, qu'elle a noué très haut à la taille ; avec le jeans taille basse de Virginie et ses bottes de cow-boy, il ne lui manque qu'une ceinture de revolvers pour avoir l'air de Calamity Jane.

Mais ce midi, c'est plutôt la patronne du *Sainte-Jeanne-d'Arc Herald* qui parcourt les couloirs de l'école en quête de Guillaume Tremblay. Quand elle le déniche enfin, assis en solitaire dans un coin de la bibliothèque, elle s'approche doucement, comme un coyote à l'affût de sa proie.

– J'ai quelque chose à te dire, chuchote-t-elle en s'asseyant près de lui sans attendre d'invitation.

Le garçon détourne les yeux de cette brunette agaçante qui, avec sa queue de cheval et surtout son petit air baveux, ressemble à un paquet de problèmes déguisé en sourire.

– Je n'ai pas le temps, grogne-t-il en tournant la page de son Sherlock Holmes.

La jeune fille tergiverse, remue sur sa chaise, comme si elle ne savait trop dans quelle direction lancer sa ligne.

– Accouche, soupire Guillaume, on n'y passera pas la journée!

Claudie prend une grande inspiration, puis lâche d'un seul souffle:

– Je sais tout de ton mensonge à Virginie: pourquoi tu es venu dormir *chez moi,* pourquoi tu ne veux plus retourner chez toi… Tu pourrais en aider d'autres, si tu parlais. Un gars qui part en expédition incognito chez son prof: c'est bon, ça! Et ça nous ferait une maudite bonne histoire pour la une du journal. Qu'est-ce que tu en penses?

Guillaume referme son livre d'un claquement sec, puis se lève brutalement. Il se penche vers elle, les yeux si près des siens qu'elle n'arrive pas à retenir un mouvement de recul:

– Toi, Claudie Paré, tu es mieux de fermer ta grande gueule! Si jamais tu fais ça…

Mais que pourrait-il faire, exactement? Il ne se voit vraiment pas envoyer à Claudie la bande de Sylvestre. Exaspéré, il tourne les talons, non sans la bousculer au passage.

– *Chicken!* lui crie-t-elle. Tu n'es vraiment pas reposant!

– C'est toi qui capotes! crache Guillaume avant de sortir.

Quinze secondes plus tard, Claudie passe la porte à son tour – sous la poussée autoritaire de la bibliothécaire.

∾ ∾ ∾

Seule dans la salle des enseignants, Virginie corrige la dernière copie qui lui reste avant son cours. «*Apprivoiser,* songe-t-elle en fouillant dans le dictionnaire : un *p* ou deux ? À force de corriger leurs fautes, je ne sais plus écrire ! »

L'ouverture fracassante de la porte la fait sursauter : en trois enjambées, Guillaume est devant elle, immense et le visage convulsé :

– Heye ! Parles-y, à ta fille !

Interloquée, Virginie observe son élève sans comprendre : sa *fille* ?

– Claudie Paré ! Elle veut écrire un article de journal sur notre histoire !

La jeune femme lance son crayon rouge sur sa pile de copies : bon, c'est tout ce qui lui manquait ! Une nouvelle pulsion créatrice de Docteure Catastrophe !

– Commence par te calmer les nerfs, ordonne-t-elle en se levant, et change de ton ! Ce serait plutôt à moi de t'engueuler, non ?

Guillaume s'excuse aussitôt, tout piteux. L'autorité de Virginie est la seule qu'il arrive à supporter. Avec elle, chaque colère a une raison, et surtout, une solution.

– J'aime mieux ça, sourit-elle. Alors, raconte.

Tout au long du récit de son élève, elle a bien du mal à garder son calme. Si Claudie mettait le millième de son énergie à réfléchir aux conséquences de ses «idées de génie», celles-ci connaîtraient un meilleur succès.

– Je ne veux pas qu'elle dise à tout le monde que je suis allé dormir chez toi ! s'exclame Guillaume. Je vais faire rire de moi !

– Eh bien, habitue-toi, s'impatiente Virginie, parce que de plus en plus de gens vont le savoir !

– Pourquoi tu me tombes dessus?

La jeune femme a un ricanement acide:

– C'est vrai que je n'ai pas vraiment de raison! Tu n'as pas menti à ta mère, tu ne m'as pas conté des peurs...

– C'est... c'est une mauvaise passe...

– Tu parles! Une mauvaise passe pour ta mère et moi!

Découragé, Guillaume bat en retraite vers la porte:

– Si le monde pouvait arrêter de se mêler de mes affaires!

Mais Virginie le retient par le bras, aussi facilement que s'il n'était qu'un petit garçon chétif:

– Tout le monde s'en mêle parce que tu n'as pas l'air d'être capable de t'en occuper toi-même. Tu es grand et gros, mais pas bien responsable!

Et devant l'air triste de son élève, elle lui sourit affectueusement:

– Disons qu'on oublie ça. Ton père, qu'est-ce que tu lui as dit?

Mais rien qu'à voir la figure de Guillaume changer de couleur pour comprendre que celui-ci n'est pas encore au courant. «Eh, citron...»

∞ ∞ ∞

À la fin de la journée, Virginie sort de l'école, en vêtements de vélo et son casque à la main, quand elle aperçoit Claudie sur le perron, qui fume les «cigarettes secondaires» de son amie Véronique Bernier. Elle ne lui fait pas remarquer qu'elle n'est pas assez habillée – en simple chandail dehors, au début de novembre! –, ni qu'elle ne lui a pas demandé la permission de lui emprunter son jeans. Mais rien qu'à voir ses yeux, Claudie devine tout cela... et bien d'autres choses qu'elle ignore.

– C'est quoi, encore, l'idée de fou à propos de Guillaume Tremblay?

Le visage de l'adolescente s'illumine de fierté:

– C'est bon en maudit, hein?

– Je ne te demande pas si c'est bon! grince Virginie. Je veux savoir si tu le fais exprès ou si je dois engager un exorciste!

Claudie a un mouvement de découragement:

– Si ça continue comme ça, on n'en fera pas, de journal!

– Non, en effet! Si tu n'es pas capable de faire preuve de discernement dans le choix de tes «super unes», l'aventure va s'arrêter vite en citron!

– *Chicken!* que t'es bête!

Virginie renverse la tête vers l'arrière: bon, le grand jeu de la Cendrillon! Plutôt que de s'apitoyer sur son sort, Claudie est-elle seulement capable de se mettre à la place des autres, ne serait-ce que quinze secondes? Guillaume vit une période pénible, cela le perturbe, le fragilise et nul ne sait quelles en seront les conséquences, sur son dossier scolaire, mais surtout sur son équilibre. La dernière chose dont il ait besoin, c'est de devenir le jouet d'une journaliste en mal de primeur.

Touchée, Claudie baisse les yeux:

– Je voulais l'aider, moi aussi…

Mais Virginie ne la croit pas. Elle connaît assez Mademoiselle Je-Me-Moi pour deviner ce qui se cache derrière son intérêt subit pour Guillaume:

– Tu lui en veux à cause de ta chambre. Il a pris ta place, et tu veux le lui faire payer.

Et devant le mouvement de protestation de Claudie:

– Si tu veux vraiment l'aider, laisse-le tranquille.

Puis, elle tourne les talons, marchant à grands pas vers son vélo.

Elle est à déverrouiller son cadenas quand elle entend sa belle-fille lui crier avec force:

– Guillaume, ce n'est pas ton gars!

Virginie se retourne vivement: sur le porche, les jeunes fumeurs se sont tus pour observer la scène. Ragaillardie par leur présence, et surtout par celle de son amie

Véronique, qui s'est rapprochée d'elle, Claudie soutient le regard de Virginie :

– On dirait qu'il prend toute la place. Et je ne suis pas la seule à le penser !

❧ ❧ ❧

Novembre : la clarté qui diminue de jour en jour, pressant les travailleurs dans un entonnoir d'obscurité. À seize heures trente, quand Virginie pousse son vélo dans sa cour arrière, il fait déjà nuit.

Les clefs de Virginie tintent bruyamment dans la cuisine silencieuse. Il fait noir, la maison est froide, Bernard n'est pas encore rentré.

La jeune femme cherche le commutateur à tâtons quand la sonnerie du téléphone la fait sursauter. Malgré la noirceur, elle traverse l'appartement jusqu'au salon, repère le combiné par son voyant rouge.

À l'autre bout du fil, une voix masculine, grave et rauque, demande son nom. Elle a à peine le temps d'acquiescer que le ton se durcit :

– Écoute-moi bien, Virginie Boivin : t'avais pas d'affaire à amener mon gars chez vous ! Tu vas te mêler de tes affaires, compris ? Sinon, je vais te régler ton cas !

Puis, après un déclic, la ligne retourne à son timbre monocorde.

Virginie se précipite vers la porte de la cuisine. Ses mains tremblent si violemment qu'elle peine à fermer le loquet.

XVII L'Empire contre-attaque

Une heure plus tard, les talons de Cécile claquent sur le parquet de sa fille :

– On ne va pas se laisser faire !

Ils sont tous réunis au salon : Bernard et Claudie de part et d'autre de Virginie, chacun perché sur l'accoudoir de son fauteuil en lui tenant l'épaule ou la main ; Pierre, debout devant la bibliothèque, les mains dans les poches, agitant sa petite monnaie, le visage plus plissé que d'habitude. Aux heures difficiles, les clans siciliens savent oublier leurs différends pour se serrer les coudes.

Au centre du salon, le petit caporal fait les cent pas, les mains jointes dans le dos, passant en revue ses troupes avant de donner la charge. Rien qu'à voir ses yeux fiévreux pour deviner que le problème de sa fille est maintenant devenu le sien.

— En trente-cinq ans de métier, j'en ai vu d'autres! clame-t-elle en relevant le menton. Je lui garde un chien de ma chienne, à ce gars-là!

Virginie croise le regard de Bernard: non, en effet, elle n'aurait pas dû céder à la panique et appeler sa mère. Mais elle était seule à la maison, et comme il n'arrivait pas…

Malgré la gravité de la situation, Bernard ne peut s'empêcher de sourire. Il aimerait bien être là, quand sa belle-mère prendra Roger Tremblay par la peau du cou! Il miserait même cent dollars sur Cécile.

Claudie regarde s'activer sa fausse grand-mère: celle-ci a raison, l'heure est à l'action.

— Il faudrait qu'on se fasse un plan, déclare-t-elle pensivement.

Bernard a un petit rire: pauvre Tremblay! Si Claudie s'y met aussi, le pauvre homme n'y survivra pas! Mais Virginie, qui apprécie peu la légèreté de son conjoint face à la situation, lui demande de laisser parler sa fille: qui sait? peut-être que, pour une fois, son inventivité débridée jouera en leur faveur.

— On pourrait appeler sa mère, suggère Claudie.

Et tout le monde l'observant avec perplexité, elle rentre la tête dans les épaules en rougissant:

— Bien oui, quoi… C'est fort, les mères…

Comme pour lui donner raison, Cécile saisit son manteau.

– Viens-t'en! ordonne-t-elle à son mari en marchant vers la sortie.

– Qu'est-ce qu'il y a encore? grogne celui-ci sans bouger d'un poil.

– Je t'ai dit de me suivre. Je t'expliquerai après.

Virginie venant de pâlir, elle lui tapote la main en souriant:

– Ne t'en fais pas, ma petite fille. J'ai une fichue de bonne idée!

La jeune femme baisse la tête, défaite: si la grand-mère se met à imiter la petite-fille, elle ne se donne pas de longues années à vivre. Mais comment pourrait-elle la retenir? Maintenant que Cécile est montée en selle, il sera difficile de l'en faire redescendre.

❧ ❧ ❧

– «Régler ton cas?» s'écrie Mireille le lendemain matin. Non, mais, il se prend pour qui, le gros policier? C'est de l'intimidation, ça!

En vingt-deux ans à Sainte-Jeanne-d'Arc, elle croyait être arrivée au bout de ses surprises. Mais si les policiers se mettent maintenant à se faire justice eux-mêmes...

– Je t'avoue que j'ai un petit peu peur, fait Virginie en fixant son café sans le boire.

La présidente du syndicat observe sa recrue: à voir sa grise mine, on devine que sa nuit d'insomnie a été amorcée par autre chose qu'une petite frousse. «Si ça lui prend ça pour apprendre à rester à bonne distance de ses élèves et de leurs familles!» ronchonne-t-elle intérieurement. Mais, bien sûr, elle garde ses réflexions pour elle. Règle syndicale numéro un: dès qu'un individu obtient sa carte de membre, ses gaffes personnelles deviennent raison d'État.

– Ne t'inquiète pas, ma chérie, dit-elle en lui serrant les épaules. Je ne te laisserai pas tomber.

– Je ne sais pas trop quoi faire.

– Le secret, dans ce genre d'affaire, sourit Mireille, les yeux luisant d'excitation, c'est de ne pas avoir peur de contre-attaquer!

Virginie fait la moue: comment réagir aux menaces de Tremblay sans que Guillaume en subisse les conséquences? S'il lui arrivait quelque chose à cause d'elle, elle ne se le pardonnerait jamais. Mireille secoue la tête avec attendrissement: il fallait s'y attendre, mère Teresa préférera toujours tendre l'autre joue plutôt que de voir souffrir ses démunis.

– Les problèmes de Guillaume n'ont pas commencé quand tu t'en es mêlée. S'il est pour en souffrir, aussi bien s'arranger pour que ses parents finissent par comprendre qu'ils doivent faire attention à leur fils.

La jeune enseignante hoche la tête, mais sans être tout à fait convaincue. Si elle en juge par la légèreté avec laquelle le sergent Goulet a reçu sa plainte hier soir, elle n'est pas certaine que la loi pourra bien protéger Guillaume.

Mais Mireille n'est pas de cet avis:

– Tu sauras, ma chérie, que les Affaires sociales, c'est pas mal plus fort que la police! Et si la Centrale de l'enseignement se jette dans le tas, laisse-moi te dire que l'agent Tremblay ne sera pas beau à voir!

«Et ça, c'est sans compter Cécile…», songe Virginie avec appréhension.

◈ ◈ ◈

– Tu vas voir que je vais lui arranger le portrait, au bon-homme Tremblay!

De la cuisine, Pierre Boivin regarde sa femme pendre son imperméable à la patère, se déchausser, planter ses bottes sur le paillasson et, tant qu'à faire, réaligner toutes les autres chaussures qui s'y trouvent. S'il ne la connaissait pas, il jurerait qu'elle s'est brossé les dents avec de la cocaïne.

– Heureusement qu'il y a *quelqu'un ici* pour s'occuper de la sécurité des filles! grince-t-elle en le rejoignant.

Pierre la regarde se servir une tasse de café – comme si elle en avait besoin! – sans réagir à l'insulte : pour une fois que Cécile mord le mollet de quelqu'un d'autre...

– Je suis allée voir mon cousin Henri, annonce-t-elle avec satisfaction.

– L'avocat? rit Pierre. Tu veux divorcer?

Cécile hausse les épaules : c'est tout ce qu'il mériterait, avec sa collection de greluches et ses détournements de fonds! Il peut se compter chanceux qu'elle ait d'autres chats à fouetter! Qu'il attende seulement qu'elle ait réglé «l'affaire Tremblay»! Si elle ne l'aimait pas autant, c'est lui qui courrait chez un avocat!

– Henri va lui «régler son cas» : une petite mise en demeure bien placée, et laisse-moi te dire qu'il va «se gouverner en conséquence»!

– Tu avais promis à Virginie de ne pas emmerder Tremblay!

– Peut-être, mais je n'ai jamais dit que j'attendrais qu'on fasse du mal à ma fille!

❦ ❦ ❦

Guillaume jette son sac sur une table de la cafétéria, si violemment qu'il attire l'attention du groupe de filles de la table voisine. Il est catastrophé : ce matin, quand sa mère lui a annoncé l'appel de son père à Virginie, il a eu beaucoup de mal à se contenir. La dernière chose qu'il souhaite, c'est bien de confronter son enseignante aux foudres de son père.

Mais il ne se serait pas attendu à voir Johanne se ranger aux côtés de son mari. Il fallait voir luire ses yeux, quand elle lui a dit que son professeur avait promis de se tenir tranquille! Elle qui, d'ordinaire, était si bonne, acquérait une force nouvelle, qui n'était pas sans méchanceté. «On dirait qu'elle en veut à Virginie.» Et que l'intervention de son mari la rassure.

«On est tous les trois ensemble, mon grand, lui a-t-elle dit en replaçant le col de son blouson. On n'a besoin de personne pour régler nos problèmes. Ton père s'occupe de toi à sa façon. Il ne met pas toujours des gants blancs, mais il nous aime. N'oublie jamais ça, mon garçon.»

Guillaume soupire et, ouvrant son sac à lunch, étire le cou pour repérer dans la cohue la tuque bariolée de Sylvestre. Au lieu de cela, c'est Claudie Paré qu'il aperçoit, marchant droit sur lui, sa queue de cheval oscillant au rythme de son pas pressé. «Bon, Mam'zelle Je-Sais-Tout! ronchonne-t-il en déballant son sandwich aux cretons. J'avais bien besoin de ça!»

Il a mal caché son trouble, ce qui accentue le rictus de Claudie.

– Je peux te parler? demande-t-elle en posant son plateau devant lui sans attendre sa permission.

– Fiche-moi la paix, avec ton maudit journal! Je ne veux rien savoir, O.K.?

Vêtue d'un chemisier rouge qu'il a déjà vu sur Virginie, Claudie semble prête pour la guerre; plaquant ses deux mains sur la table, elle s'élève un peu de sa chaise pour se pencher vers lui et, ses yeux bien plantés dans les siens:

– Ton père, c'est un malade!

Et sans se laisser démonter par son air mauvais:

– Ne me regarde pas comme ça! Tu ne me fais pas peur! C'est toi qui es allé te plaindre à lui, hein?

– *Pardon?* s'exclame-t-il, hors de lui.

Mais, avisant Mireille Langlois qui, à l'entrée de la cafétéria, les fixe visiblement avec intérêt, il retourne à son sandwich:

– Laisse-moi tranquille.

– Réponds-moi, avant.

– Je ne sais pas ce que tu veux savoir, dit-il, la bouche pleine, mais tu ferais mieux d'arrêter de m'énerver!

– Wow! s'esclaffe-t-elle. Le vrai fils à son père!

Il n'en faut pas plus pour qu'il soit sur ses pieds, empoignant son sac, prêt à partir. Claudie ouvre sa bouteille de jus, soudain très calme:

– Si jamais ton père menace encore Virginie, ça va aller mal. *Très* mal.

Guillaume freine d'un coup, puis se tourne vers elle: son père n'a pas menacé Virginie, il lui a simplement parlé!

La jeune fille hausse les épaules en attaquant sa soupe:

– C'est sûr que, chez vous, ce ne sont peut-être pas des menaces, mais chez nous, se faire dire qu'on va se faire casser les deux jambes…

Bouleversé, le garçon se sent soudain d'une faiblesse extrême: ce n'est pas vrai! Son père ne s'est pas attaqué à son enseignante de français! Lui qui commençait à se faire oublier à l'école! Là, c'est certain que le rat à Bazinet ne laissera jamais passer une telle histoire! «Je ne veux pas que tu te fasses jeter dehors de Sainte-Jeanne-d'Arc, lui a dit sa mère, pas plus tard que ce matin. Ton père ne prendrait jamais une telle humiliation.»

– Allume tes lumières! ricane Claudie. Ton père a des vis branlantes dans le ciboulot!

– Il lui a seulement dit de se mêler de ses affaires, proteste Guillaume pour lui-même.

Claudie se lève dans un bruyant raclement de chaise et, les poings sur les hanches:

– Virginie te protège, et toi, tu protèges ta police!

– Mon père, c'est mon père!

Ce disant, il a l'air si malheureux qu'elle ne peut s'empêcher de compatir.

– Je sais, dit-elle en baissant les yeux. Parfois, la vie, c'est plate en *chicken*.

Soudain, lui revient l'image de deux valises, près de la porte, accompagnée du chantonnement heureux de Dominique, qui jubile à retrouver une « vie de femme » avec Monsieur Patate.

– J'espère que tu ne veux pas que je te plaigne, fait Guillaume en jaugeant des pieds à la tête la petite bourgeoise du Plateau. Tu te penses fine, avec tes grands airs d'Einstein ! Mais en dehors de tes cours enrichis, tu ne sais pas ce que c'est, la vie. Tu ne le sauras jamais.

Claudie hausse les épaules :

– J'essayais juste d'être fine avec toi. Mais tu ne peux pas comprendre : pour ça, il te faudrait au moins vingt de quotient intellectuel !

– Je vais te sacrer mon poing sur la gueule ! crie-t-il, hors de lui.

– Fais ça, puis je t'arrache les yeux ! lâche Claudie en faisant un pas vers lui.

Ils sont si près de se battre que des élèves se rapprochent d'eux pour assister au spectacle.

Heureusement, Mireille Langlois s'interpose. Elle les sépare, disperse les curieux, puis demande des explications. La version de Guillaume la fait se tourner vers Claudie, les poings sur les hanches. La jeune fille croise les bras, un petit sourire aux lèvres :

– Je voulais juste jaser avec lui. Mais ce n'est pas une tête, sur ses épaules, c'est un raisin !

Et peu réceptive à la leçon qu'entreprend de leur faire l'enseignante de géographie, elle lui coupe la parole :

– On a des choses à régler, lui et moi ! Je ne partirai pas tant qu'il n'aura pas accepté de discuter de nos affaires !

« Ah, Seigneur ! soupire intérieurement Mireille. Une Cécile miniature ! Au secours ! »

En fait, il n'y a bien que la promesse d'une retenue pour faire entendre raison à la jeune tête de cochon. Saisissant son plateau, Claudie s'en va rejoindre ses copines à l'autre extrémité de la cafétéria. Mais, passant devant Guillaume, elle lui lâche, trop bas pour que Mireille l'entende :

– Tu as compris, mon *chicken* ? Pas touche à Virginie !

∾ ∾ ∾

Lise Bombardier se lève de son bureau pour se rapprocher de la fenêtre. Les mains jointes dans le dos, elle regarde le drapeau fleurdelisé flotter au-dessus de la statue de Jeanne d'Arc, comme s'il s'agissait de la figure de proue de son navire. Être l'amiral d'une école n'est vraiment pas une sinécure – surtout quand le mousse s'entête à prendre la barre plutôt que de simplement laver le pont. Il fallait s'attendre à ce que, tôt ou tard, les initiatives de Virginie fassent gîter le navire. Pourtant, la directrice de Sainte-Jeanne-d'Arc ne se serait pas attendue à ce que le problème prenne tant d'ampleur.

Bien sûr, qu'elle a eu vent de l'histoire – même si, évidemment, la principale intéressée n'a pas vu l'urgence de la lui révéler. Il fallait compter sur la discrétion et la bienveillance légendaires de Mamelles d'Acier pour lui rapporter l'affaire, avant même qu'elle n'ait eu le temps d'enlever son manteau : « Vous avez su la dernière gaffe de la petite Boivin ? » Trois quarts d'heure plus tard, Gilles Bazinet débarquait dans son bureau – ce qui, en soi, signifiait des complications : un élève sous surveillance, un « contexte familial délicat », une enseignante frondeuse... et maintenant, un père courroucé, qui manifestait son humeur, disons... sans trop d'élégance.

Tout en frictionnant distraitement le bas de son dos, Lise Bombardier réfléchit : si Johanne Tremblay a porté plainte (au nom de son mari) contre « l'ingérence » de Virginie dans leur famille, rien n'indique qu'ils vont pousser plus loin la procédure. Une chose est certaine : l'affaire devra être réglée proprement, pour le bien de l'enfant.

«Avec un peu de bonne volonté, on devrait arriver à se parler en adultes intelligents et responsables.»

C'est à ce moment que, par la porte ouverte, lui provient un pas pressé qu'elle connaît bien. Quand Mireille paraît, les joues rouges et les yeux fiévreux, Lise Bombardier sent son nerf sciatique se coincer davantage: adultes, intelligents, responsables... Non, vraiment, il y a des jours où un capitaine, à défaut d'abandonner son navire, changerait bien d'équipage.

❧ ❧ ❧

– Le cas de Guillaume Tremblay est déjà assez compliqué sans que le syndicat aille y foutre son nez!

– Quand la vie d'un de mes membres est en danger, je ne resterai certainement pas là à regarder passer le train!

– Charrie pas! Si Virginie s'est mise dans de beaux draps, elle va payer pour comme n'importe qui! On apprend autant de nos gaffes que de nos victoires!

– Je t'avertis, Lise: si jamais il lui arrive quelque chose, tu vas en entendre parler!

– Tout le monde est d'accord pour dire que cette affaire-là a pris des proportions démesurées, la famille de Guillaume y compris!

– Complice avec un salaud qui s'est jamais montré la face à l'école, qui s'est contenté de faire des menaces au téléphone, tout ça au détriment d'un honnête professeur! Je ne suis vraiment pas sûre que les comités de parents vont digérer ça. Et, naturellement, la commission scolaire va suivre!

– Tu es injuste de dire des choses comme ça! Je ne comprendrai jamais pourquoi, Mireille, tu me détestes à ce point-là!

❧ ❧ ❧

Rien de pire qu'un psychologue ayant plongé dans le métier pour régler ses propres problèmes.

Sur la porte du bureau, une plaque noire, sur laquelle des lettres blanches clament avec orgueil : « Odile Giroux, psychologue, Ph. D. » La mère, la fille et la saine d'esprit, incarnées en une seule femme brune, coiffée à la garçonne, de taille et de poids moyens. Ses tailleurs et ses souliers plats ont autant de fantaisie que si Joseph Staline les avait dessinés, et elle sourit si rarement qu'elle n'a aucune ride au visage, malgré ses quarante ans. Cela pourrait la rendre jolie si elle ne passait totalement inaperçue : dans le métro comme à l'épicerie, personne ne remarque jamais « Odile la Grise », personne ne lui parle, personne ne la fréquente. Aucune raison particulière à cela, elle-même ne fait rien pour changer les choses, « c'est la vie », et à la longue, elle s'est habituée à cheminer ainsi, en solitaire. En dehors de ses activités professionnelles, elle ne parle vraiment qu'à son chat et à son psychanalyste – qui, bien entendu, ne lui répondent que très rarement.

Virginie a mis du temps avant de trouver son bureau : oubliée dans un coin du sous-sol (encore plus isolée que la classe de cheminement particulier !), la petite pièce tient presque de l'armoire à balais, dont l'unique fenêtre donne sur le couloir. Un petit bureau, deux chaises droites et des murs placardés d'affiches gouvernementales, où des jeunes disent « non merci ! » au suicide, à la violence et au sexe sans condom.

Seule fantaisie de la pièce : un aquarium lumineux, où des poissons exotiques tournent en rond, les yeux exorbités, comme s'ils n'en pouvaient plus de finir leur doctorat sur le sens de la vie.

« Il fallait bien que je me mette à enseigner pour aboutir chez une psychologue ! » ricane intérieurement Virginie, observant l'étagère d'Odile, où les livres empilés clament l'expertise de leur lectrice. *Le langage et la pensée de l'enfant, Le drame de l'enfant doué, Les étapes majeures de l'enfance, Éduquer pour rendre heureux*… Pourtant, toute cette science reste endormie entre les pages, car en ce qui concerne Guillaume, la psychologue prétend avoir les mains liées. « À se demander si le système est là pour les enfants ou si c'est le contraire ! » s'insurge Virginie.

– Je regrette, fait Odile en nourrissant distraitement ses poissons, je ne peux rien faire pour t'aider. Ce n'est pas l'enfant, que l'homme a menacé, mais toi. S'il y a délit, cela relève du criminel, pas de la psychologie.

– Quelque chose ne tourne pas rond dans cette famille-là, Odile. Tu devrais voir Guillaume pour t'en convaincre.

Pas plus que Gilles Bazinet, la psychologue n'apprécie de se faire dicter sa conduite : ce n'est pas une enseignante qui va lui enseigner le protocole !

– Tu commences à te faire un nom dans l'école, à force de dire quoi faire à tout le monde ! lâche celle qui a lu *Comment se faire des amis.*

Et décidant de mettre à profit *Cessez d'être gentil, soyez vrai* :

– Guillaume, tu n'aurais jamais dû l'amener chez toi.

– Ne viens pas me dire qu'il fallait que j'avertisse le ministre pour un soir ! s'exaspère Virginie, se reprochant de plus en plus d'avoir frappé à cette porte.

– Le jour où nous allons nous présenter au tribunal, je ne voudrais pas que notre cause soit démolie par ta faute. Dorénavant, réfléchis avant d'agir.

Virginie se lève, dégoûtée : elle en a assez entendu.

– Notre cause ? T'es rendue en cour, toi ?

Odile la Grise hausse les épaules avec défaitisme :

– Avec ces enfants-là, on en finit toujours là, de toute façon.

❧ ❧ ❧

Lise Bombardier repose le combiné du téléphone avec soulagement : sa massothérapeuthe a accepté de la rencontrer dans une heure, ce qui lui évitera de rentrer chez elle les varices pleines de stress.

Quand Virginie paraît dans l'antichambre, elle lui fait signe d'entrer en souriant. La jeune femme referme la porte derrière elle, les lèvres serrées. « Parfait, apprécie la directrice, je n'aurai pas à la désamorcer, elle aussi. » Après les visites de Mireille et de Johanne Tremblay, parler avec quelqu'un de raisonnable ne sera pas un luxe. Même si Virginie a hérité de l'impulsivité de Cécile, il faut croire que son père lui a légué un peu de pondération.

– J'ai parlé à la mère de Guillaume : son mari ne t'appellera plus.

Virginie hoche la tête en s'asseyant. Lise Bombardier sourit : quand l'heure sera venue de remeubler son bureau, elle demandera l'avis de la jeune enseignante sur le choix des fauteuils. De tout le personnel de Sainte-Jeanne-d'Arc, c'est Virginie qui s'y assoit le plus souvent.

– Dans cette histoire-là, poursuit-elle, nous sommes toutes deux fautives. Moi, c'est pire : j'aurais dû t'avertir de ne jamais amener un étudiant chez toi. J'ai toujours tendance à penser que c'est évident, même pour une jeune prof.

Si l'enseignante se montre sensible à la critique, elle n'en laisse rien montrer. En fait, elle semble bien plus préoccupée par son élève que par sa propre situation :

– Tout le monde recule, dans cette histoire-là.

– C'est vrai. C'est plus compliqué qu'on ne pensait.

Virginie secoue la tête. Au contraire, le cas de Guillaume est d'une simplicité déconcertante : il est intelligent, mais il bégaie, il s'isole... Reste seulement à savoir pourquoi. Il a probablement des problèmes depuis qu'il est tout petit, mais tout le monde se ferme les yeux parce que c'est « trop compliqué ». En fait, personne n'ose vraiment s'en mêler.

– Maudit citron! À quoi on sert, si on ne peut pas intervenir? s'écrie-t-elle, penchée vers sa supérieure.

Les mains jointes, Lise Bombardier regarde les paupières de la jeune enseignante lutter contre les larmes. Virginie Boivin est sans doute le meilleur élément que Sainte-Jeanne-d'Arc ait embauché depuis les quinze dernières années. Ce qui ne veut pas dire qu'elle arrivera à rester longtemps dans le milieu de l'enseignement.

– Tu vas retourner à tes cours, déclare-t-elle, le calme la rendant encore plus autoritaire.

Virginie pâlit:

– Vous ne pouvez pas me demander de lâcher Guillaume!

– *Tu vas le lâcher*, insiste la Dame de fer, et tout de suite! Tu vas préparer ta matière. Corriger tes copies. *Redevenir un prof, point final!*

Virginie s'essuie rageusement les yeux:

– Avec Guillaume en face de moi, le visage plein de bleus, qui regarde dans le vide? Je vais lui dire: oublie tout et fais tes devoirs?

– Si tu veux être travailleuse sociale, tu as encore le temps de changer de métier. Mais tant que tu vas enseigner dans mon école, tu vas faire ce que je te dis. Compris?

Tout en tendant à sa recrue la boîte de mouchoirs, Lise Bombardier jette un coup d'œil à l'horloge: une demi-heure encore et elle se retrouvera sous les mains réconfortantes de sa massothérapeute.

Alors seulement, elle aussi pourra se laisser aller.

XVIII Une porte ouverte

Le lendemain matin, cinq minutes avant son cours, Virginie est postée à la porte de sa classe, étirant le cou pour scruter la cohue des jeunes qui se pressent dans le couloir. Quand Guillaume paraît enfin, dépassant de deux bonnes têtes les autres élèves, la jeune femme sent ses muscles se détendre:

contrairement à ce qu'elle appréhendait, «l'affaire» ne lui a pas fait manquer de cours – et surtout, le garçon arrive le visage indemne, sans bleu ni éraflure. Elle ne l'a pas perdu, du moins, pas encore.

Le sourire de Virginie est si lumineux qu'une fois près d'elle, Guillaume doit baisser les yeux. Sylvestre a raison : si la Boivin n'était pas si séduisante, tout serait beaucoup plus simple – beaucoup plus ennuyant.

Quand elle lui demande de ses nouvelles, il replace la courroie de son sac sur son épaule en faisant la moue : comment pourrait-il ne pas subir les sarcasmes des autres quand toute l'école sait qu'il est allé dormir chez son enseignante de français ?

– Ce n'est pas grave, le rassure Virginie en lui envoyant une bourrade sur l'épaule. Qui te dit qu'ils n'auraient pas aimé être à ta place ?

Captant le regard envieux de Sylvestre, qui les guette depuis l'intérieur de la salle, Guillaume esquisse un petit sourire : c'est vrai que voir une fille aussi jolie en robe de chambre n'est pas offert à tout le monde. Il aurait même pu l'inscrire au palmarès de ses meilleurs souvenirs – si la soirée ne s'était pas soldée par les hurlements de Claudie, puis par ceux de son propre père.

Voyant une ombre passer dans les yeux de son protégé, Virginie lui pose la main sur le bras :

– Je te l'ai dit, n'est-ce pas, Guillaume ? Qu'il t'arrive n'importe quoi, n'importe quand : tu m'appelles ou tu viens me voir ! On se promet ça ? À mon bureau ou à la maison, tu n'hésites pas, d'accord ?

Embarrassé – d'autant plus que Kim Dubé, qui vient d'entrer en classe, s'est mise elle aussi à les observer d'un air jaloux –, le garçon ne trouve rien d'autre à répliquer que des excuses pour les débordements de son père.

Virginie secoue la tête en souriant :

– Oublie ça, il ne s'est rien passé. Je ne veux surtout pas que tu t'en fasses, compris ?

– Il dit souvent des choses qu'il ne pense pas, explique Guillaume, étonné d'entendre sa mère parler avec sa propre voix. Il n'aurait pas dû t'appeler. C'est moi qui voulais aller chez toi. Si j'avais su…

L'étreinte de Virginie se fait plus ferme sur son bras, et elle le secoue un peu pour qu'il la regarde bien dans les yeux :

– Guillaume, écoute-moi : ton père, son appel, tout ça, c'est oublié. Arrête de t'en faire, je n'y pense plus. Je ne veux plus que tu m'en parles, et je ne veux plus que tu en parles à la maison non plus. C'est clair ?

Le garçon hoche la tête, mais, incapable de soutenir la chaleur du sourire au caramel, baisse les yeux vers ses chaussures. Quand même, quelle fille étrange ! Une fausse adulte, mais une vraie prof, quelque chose entre une grande sœur et une mère porteuse qui, sans avoir aucun droit sur lui, fourre son nez partout dans sa vie.

Quoi qu'il lui arrive, depuis deux mois, il n'est plus seul. Elle est là, à ses côtés, à le rassurer, le consoler – lui redonner espoir.

Pourvu qu'elle ne se fasse pas jeter dehors de Sainte-Jeanne-d'Arc avant lui !

❧   ❧   ❧

– Tu sais, je voulais te dire… C'est correct, ce que tu as fait.

Assise à la table du coin cuisine devant la boîte de muffins aux carottes apportée par Mireille, Virginie dévisage Marie-Claude sans en croire ses oreilles : s'il y a quelqu'un de qui elle n'attendait pas de félicitations, c'est bien de sa collègue d'anglais enrichi.

– J'ai toujours dit la même chose, se défend la panthère noire en s'asseyant, appuyant ses bottes de moto sur la chaise d'en face. Les professionnels, c'est de la foutaise! On ne peut pas obliger les enfants à renier leur famille s'ils ne veulent pas. Surtout pas à seize ans! Mais tu n'as rien forcé. Guillaume est allé chez toi parce qu'il se sentait bien en ta compagnie. Je suis sûre que tu lui as fait du bien.

Touchée, Virginie lève la tête – croisant le regard fauve de Marie-Claude. Dans les yeux de la panthère, le désabusement bataille avec la révolte, remuant ce qui dort au fond, jusqu'à le faire remonter à la surface. Un bref instant, au centre de ses prunelles, Virginie croit voir s'ouvrir un puits de tendresse – ainsi qu'une fillette, abandonnée tout au fond. Mais l'enseignante d'anglais détourne vite la tête vers la boîte de muffins, sans se résigner à en choisir un.

– Merci, Marie-Claude. Tu es la première qui ne me fait pas de reproche ou qui ne rit pas de moi.

Elle ne saurait dire son soulagement à entendre sa collègue s'insurger contre «les professionnels» de Sainte-Jeanne-d'Arc. La veille, quand la grosse B-52 lui a ordonné de leur abandonner «le dossier» (c'est-à-dire Guillaume!), de retourner à sa pédagogie comme s'il n'était qu'une machine à apprendre, elle a cru qu'elle allait lui remettre sa démission sur-le-champ. Mais cela aurait été abandonner le garçon, ainsi que Kim, Sylvestre, Marilyn... Et cela, elle ne s'en sentait pas la force.

Peut-elle vraiment laisser ses enfants entre les mains des «professionnels»? Quand elle songe à Odile la Grise, pour qui le problème de Guillaume est «ridiculement banal» à côté de certains autres cas! La psychologue est si obnubilée par ses statistiques qu'elle renonce déjà à l'aider. «Quand on en réchappe un sur dix, on est déjà contents.» Mais justement: Guillaume ne vole pas, ne se drogue pas, et se montre motivé à apprendre sitôt qu'on l'encourage. Serait-ce trop demander de le récupérer avant qu'il ne glisse au bas de la pente? Faut-il vraiment attendre qu'un rhume devienne une pneumonie pour s'y intéresser?

« Tu viens juste de commencer, lui a rétorqué la psychologue avec condescendance. Nous sommes tous pareils au début. Mais ça ne sert à rien de se battre contre le système. »

– *Le système!* grogne Virginie en égrenant son muffin. Je voudrais bien savoir qui il est, exactement! Je te dis qu'il passerait un mauvais quart d'heure!

Les deux filles échangent un regard entendu.

Le système, c'est un ministère où les bureaucrates sont presque plus nombreux que les enseignants; une tour de trente étages où fourmillent des centaines de maîtrises en pédagogie. N'ayant pas mis les pieds dans une classe depuis un quart de siècle, ils ne sauraient reconnaître un élève dans un couloir s'ils en croisaient un – ce qui ne les empêche pas d'inventer de nouvelles stratégies sur le « contexte de réalisation » (comprendre : le cours) pour motiver « l'apprenant » (l'élève) à « développer ses propres stratégies d'apprentissage ». Car pour les stratèges du Ministère, rien de plus rétrograde (de plus nocif!) qu'un cours magistral (qu'un prof). Ce qui n'empêche pas les réunions pédagogiques de se multiplier pour inciter les enseignants à « développer des stratégies d'aide à la réussite » – comme si des classes de quarante élèves, c'était propice aux travaux pratiques!

« Calme-toi, lui a dit Mireille la veille. Quoi que tu fasses, tu n'arriveras jamais à revirer Sainte-Jeanne-d'Arc à l'envers. » Le système, c'est aussi cela : une présidente de syndicat qui, tout en astiquant quotidiennement ses pancartes de grève comme des revolvers, emploie le jargon de la directrice d'école. « Chacun à sa place, lui a dit Odile la Grise. Patine dans ta ligne, Virginie. C'est la société qui veut ça. Nous sommes juste des instruments. »

L'enseignement, tel que le souhaiterait le système : une boîte de muffins sagement alignés, nourrissants et silencieux. Un défaitisme envers la sacro-sainte procédure, nourri par la volonté de conserver ses acquis.

En hébergeant Guillaume, Virginie a transgressé tous les commandements du petit catéchisme : 1) elle s'est mêlée d'une vie de famille ; 2) faisant fi de «l'approche client» prônée à l'école (le parent a toujours raison), elle a fragilisé la directrice face au comité consultatif ; 3) en acceptant de faire des heures supplémentaires, elle a contrarié le syndicat (accepter une surcharge de travail est un grave précédent, qui fera passer les collègues qui s'y refusent pour des fainéants) ; 4) finalement – et surtout ! –, en demandant des comptes au système, en lui demandant de s'adapter aux situations, elle a commis la Suprême Offense !

Dans le monde de l'éducation, personne n'a de comptes à rendre – sauf le professeur.

Et pendant que tout ce beau monde-là discute de la meilleure façon d'aider Guillaume…, personne ne s'occupe de lui.

Même si Cécile a été une des premières personnes à lui reprocher d'avoir hébergé Guillaume, reste qu'elle ne l'a pas élevée en lui chantant les vertus de Ponce Pilate.

– Ils sont aveugles, déclare Marie-Claude. C'est toi qui as raison.

Et, tournant pensivement sa tasse de café :

– Guillaume, tu ne changeras sans doute pas grand-chose à sa vie. Mais quand ça a compté, tu étais là. Il va se souvenir de toi pour le restant de ses jours.

ক ক ক

«Tu es une petite fille, raconte Marie-Claude, tu as cinq, six ans. Tu dors comme un bébé, tu rêves à des licornes qui galopent sur des arcs-en-ciel. Tout à coup, tu te réveilles en sursaut : tu entends la voix de ta mère qui supplie ton père de la laisser tranquille, pendant que lui, il sacre et il crie comme un fou. Tu entends les coups dans le mur, tu entends ta mère qui crie. Tu l'entends qui a peur. Toi, dans ton lit, tu te mets l'oreiller sur la tête. Tu ne veux pas

entendre. Tu entends quand même. Tu trembles. » Un jour,
tu as besoin d'un petit peu de temps pour reprendre ta respiration. Arrive un prof qui te pose des questions. Tu lui
réponds qu'il n'y a rien, tu l'envoies même promener pour
qu'il te laisse tranquille – mais tu es soulagée de le voir in-
sister. Dans son bureau, pour lui, il n'y a soudain personne
au monde de plus important que toi. Il te parle, te fait
parler et, mine de rien, pose des mots sur ce que tu ne
comprends pas. Et c'est si réconfortant – si inhabituel!
– que tu reviens souvent le voir, malgré toi. Il ne t'invite
jamais, mais il laisse sa porte ouverte ; il te sourit quand tu
arrives, il t'assure que tu ne le déranges pas, même s'il a
des piles de corrections à rendre le lendemain. Il dépose
son crayon rouge, t'invite à t'asseoir, parle de ce qui n'est
pas important pour aboutir à ce qui l'est… Même si tu le
trouves un peu vieux jeu, tu découvres avec lui un peu plus
chaque jour qui tu es. Il a beau enseigner la physique, ce qu'il
t'apprend surtout, c'est que tu vaux quelque chose. C'est
votre secret, il le garde dans son cœur, dans une petite
place qui n'appartient qu'à toi, il le sort quand tu en as besoin. Et il te montre que c'est bien précieux.

» Les années passent, les mauvais moments se font gra-
duellement oublier… Mais pas le prof qui t'a aidée à les
traverser. Celui-là, tu ne l'oublieras jamais. Ça peut même
pousser des vocations. »

❧ ❧ ❧

Assise dans un coin de l'agora, Claudie grignote sa salade
sans appétit.

La veille, sa mère l'a invitée à souper – dans un restaurant végétarien de l'avenue Mont-Royal, mais bon, les invitations se faisant rares ces temps-ci, elle n'allait pas risquer
une annulation en proposant les banquettes de Lirette. La
jeune fille avait au cœur tant de choses à raconter qu'elle
avait presque dû dresser une liste pour ne rien oublier.

Mais, sitôt arrivée, elle a vite enfoui une main dans sa poche pour en froisser le papier : devant elle, la grande prêtresse de l'amour universel n'en avait que pour les exploits de Monsieur Patate, qu'elle vantait, les yeux dans le beurre, comme une adolescente piquée pour la première fois par Cupidon. Même Véronique, qui devient du Jell-O à l'orange dès qu'un beau gars lui fait de l'œil, eh bien, même la Rouquine Atomique ne détaille pas sa vie amoureuse aussi intarissablement.

Au terme d'une soupe miso et d'un cari de courgettes, Claudie est rentrée chez son père, sans que Dominique lui ait posé une seule question sur elle. Sa santé, son moral, son travail acharné en chimie, ses difficultés au journal : tout cela, pour Dominique, ne vaut même pas la peine d'être mentionné. À se demander si cela existe.

Elle pique rageusement sa salade quand une ombre imposante lui cache la lumière. Levant les yeux, elle croise un regard doux, un peu taquin, qui lui sourit gentiment.

– Tu es toujours enragée ? lui demande Guillaume en s'asseyant près d'elle sur le banc.

– Je ne t'ai pas demandé l'heure ! lâche-t-elle en refermant brutalement le couvercle de son plat. Je suis bien, toute seule ! Fais de l'air !

Plutôt que de se fâcher, le garçon a un petit sourire en coin :

– Ouais... Il n'a pas l'air drôle, ton problème...

– Laisse faire les devinettes ! Tu n'es pas assez brillant pour ça !

Guillaume hoche la tête, de plus en plus taquin :

– Ton histoire a même l'air meilleure que la mienne. « Tu pourrais en aider d'autres, si tu parlais. » Ça serait très vendeur pour le journal, non ?

Normalement, une blague aussi bien placée aurait fait rire Claudie aux éclats. Mais aujourd'hui, elle se sent trop triste pour cela – trop furieuse, surtout, que quelqu'un ait perçu sa tristesse.

– Je n'en ai pas, d'histoire, moi! Ma vie est banale! Personne ne m'abandonne! Personne ne me viole! Je suis brillante à l'école! Est-ce que ça répond à tes questions?

Kim Dubé, qui les observe de loin depuis un petit moment, se décide alors à les rejoindre:

– Fais attention, Guillaume! Elle va prendre ta photo pour la mettre dans son journal!

– Toi, va donc brouter ailleurs! lâche Claudie sans prendre la peine de la regarder.

La main de Guillaume retient celle de Kim juste avant qu'elle ne frappe Claudie en pleine figure.

– Pousse-toi, crie Kim, vibrante de colère, je vais lui démolir le portrait, à la péteuse du Plateau!

Claudie se lève alors, comme si elle n'avait rien à voir avec la scène qui se déploie autour d'elle:

– À en juger par ton odeur, la péteuse, ce n'est pas moi.

Et regardant Guillaume étreindre Kim pour la retenir, elle sourit:

– Beau petit couple!

– Tu ris encore de nous, lui reproche Guillaume tandis qu'elle tourne les talons.

Claudie s'éloigne en rigolant:

– Y a-t-il vraiment autre chose à faire?

❧ ❧ ❧

Le plus difficile a été de feindre que tout allait bien.

En anglais, quand Marie-Claude Roy lui a demandé s'il y avait quelque chose qui la tracassait, Karine a eu beaucoup de mal à retenir ses larmes. Elle a secoué sa tête à mèches rouges en retournant à son exercice sur le *past perfect*. «*I have not slept very well*», a-t-elle murmuré, en bonne élève. Marie-Claude n'a pas insisté. Tout en lui rappelant de ne pas hésiter, si elle avait besoin de parler : sa porte serait toujours ouverte.

Mais maintenant qu'elle est rentrée de l'école, maintenant que l'épreuve du souper en famille est passée, maintenant que, dans la tranquillité de sa chambre, personne ne peut plus la voir, Karine s'écroule sur son lit et, la figure enfouie dans son oreiller, laisse s'écouler ses larmes.

C'est fini. Charles a eu ce qu'il voulait. Il l'a séduite. Consommée. Nouée. Jetée. Comme tous les autres.

— Tu dors ? demande Julie, entrant chez sa sœur sans frapper, comme d'habitude.

Pourquoi ses parents refusent-ils d'installer une serrure à sa porte ?

Le bord du lit s'affaisse sous le poids de Julie :

— Qu'est-ce qui t'arrive ? Tu t'es chicanée avec Charles ?

Karine sèche ses larmes sur l'oreiller, se retourne avant de s'asseoir dans le lit :

— On ne s'est pas disputés.

Et devant le regard interrogateur de sa cadette, qui attend la suite de son téléroman :

— Hier soir, j'ai téléphoné chez lui, échappe-t-elle. C'est sa mère qui a répondu. Il était sorti. Avec son jumeau... et une autre fille.

Julie met sa main devant sa bouche, comme si le film venait de la consterner :

— C'est dégueulasse ! Moi, j'aurais de la peine, si un gars me faisait ça !

— Penses-tu que je vais avoir de la peine pour cette grosse tête enflée !

— Bien moi, j'en aurais..., insiste Julie avec maladresse. Charles, ce n'est vraiment pas n'importe qui.

D'un bond, Karine est sur ses pieds : tirant sa sœur par le bras, elle la pousse jusqu'à la porte :

— Charles, il n'existe plus ! Il est mort ! disparu ! transparent !

Elle pousse Julie à l'extérieur, claque la porte, s'écroule sur son lit, puis fond en larmes.

XIX Des tas de *psy* problèmes

Claudie laisse entrer Véronique dans le couloir du journal et, après avoir vérifié que personne ne les ait vues, referme la porte, bourrant le seuil de guenilles pour ne pas laisser voir la lumière. Tant pis pour le cours de géographie : le temps presse, et si elles veulent sortir un numéro avant Noël, elles devront mettre les bouchées doubles.

La Rouquine Atomique jette son sac sur la table et s'empresse d'en vider le contenu. Après des semaines de démotivation, elle a finalement rechargé ses batteries. À la longue, une fille se lasse des déboires conjugaux de ses parents. Et puis, à force de se faire demander par tout le monde la date de sortie du prochain numéro, elle a fini par réaliser que si elle n'aidait pas Claudie, si le journal ne venait jamais à paraître, elle aussi passerait pour une bonne à rien !

– Ça va être bon, ce coup-ci ! assure Claudie en rassemblant les photographies.

– Tu dis toujours la même affaire ! lâche Véronique en haussant les épaules.

Elle se reproche aussitôt sa critique : son amie est aussi fatiguée qu'elle, et sans doute encore plus démoralisée par la une ratée de Bombardier en top-modèle. Mais surtout, depuis quelque temps, Claudie arrive souvent les yeux rouges à l'école, comme si elle avait passé la nuit à pleurer. Rien à voir avec son éternel complexe de la grande victime de l'humanité : Claudie a du chagrin, et même si elle refuse d'en parler, Véronique se promet de mieux veiller sur elle.

– Cette fois-ci, dit-elle en la regardant agencer des photos de professeurs, c'est non seulement une bonne idée, mais personne ne pourra l'interdire !

Claudie lui rend son sourire, puis colle le titre sur sa maquette : « Les *stars* de Sainte-Jeanne-d'Arc : nos profs préférés ». Elle voudrait bien voir Bazinet ou la B-52 leur interdire de publier ! Quant à Virginie, elle a déjà donné son feu vert – tout émue par le sujet.

– Tu es sûre que tu tiens à publier les textes des débiles ?

– Appelle-les pas comme ça, grimace Claudie.

Véronique la dévisage avec incrédulité :

– C'est toi qui les as baptisés de même !

– Peut-être, mais ils ne sont pas tous comme ça, fait l'autre avec agacement. L'important, c'est d'avoir de bonnes histoires. Et qu'on le veuille ou non, question vécu, une classe de cheminement, c'est du vrai concentré de bouillon de poulet !

Soudain, elles entendent frapper à la porte. Elles s'immobilisent, retiennent leur souffle… Le bruit se faisant de nouveau entendre, Claudie se résigne enfin à aller ouvrir, déjà prête à accueillir Gilles Bazinet. Pourvu qu'il gobe l'excuse qu'elle va lui inventer, car elle n'a vraiment pas envie d'être en retenue un jeudi soir !

Mais de l'autre côté de la porte, c'est Charles Anctil, le grand brun de Westmount, qui leur sourit nonchalamment :

– Besoin d'aide ?

Claudie le pousse à l'intérieur, puis s'empresse de refermer la porte et de replacer la guenille :

– Où as-tu mis Miss Univers ?

– Karine et moi, c'est fini ! soupire-t-il en s'asseyant près de Véronique. *Out ! Kaput ! Bye ! Bye !* Date d'expiration périmée !

Les deux filles échangent un regard sceptique.

– C'est elle, le yogourt, ou c'est toi ? demande la rouquine.

– Ce matin, répond-il en bombant le torse, elle pleure toutes les larmes de son corps.

« *Chicken,* que ça peut être lâche, un gars ! se dit Claudie. Il s'est servi d'elle pour se faire du capital de séduction ! » Elle a beau n'avoir jamais apprécié la Constantin, elle ne lui souhaitait pas un tel traitement. «Moi, avant que je tombe en amour…»

— Ne t'en fais pas! ricane Véronique, les yeux allumés derrière ses lunettes. Elle se fait sans doute déjà consoler par un autre gars!

«Et comme elle a fait le tour de l'école, ne peut s'empêcher de songer Claudie, tout ce qui lui reste, pour se faire remarquer, c'est de se taper un vieux.»

Le grand brun de Westmount hausse les épaules comme si cela ne le concernait plus. Claudie le voit se rapprocher de la rouquine, la complimenter sur son nouveau jeans, qui lui fait «un beau petit cul». Elle regarde Véronique rougir sous ses taches de rousseur, comme si elle avait oublié qu'il l'ignorait superbement, sous le règne de la Constantin. «*Chicken!* Ce n'est pas vrai!»

Si Véronique se met à sortir avec Charles, elles vont encore prendre du retard au journal. Il n'y a pas à dire, l'amour est vraiment l'ennemi de la presse.

❧ ❧ ❧

À midi, papa Constantin rejoint ses princesses à la cafétéria. C'est leur nouvelle entente: il cessera d'intervenir auprès d'elles dans les couloirs en échange d'un midi en tête-à-tête par semaine.

Les deux filles regardent leur père sortir de son sac un napperon, des ustensiles et un plat de salade de poulet. Quand il noue une large serviette de table à carreaux bleus autour de son cou, elles détournent les yeux, mortes de honte.

— Tu vas grossir, si tu bois ça! lance Karine à sa sœur en lui enlevant des mains son lait au chocolat.

— Laisse-la donc tranquille! proteste Julien.

Julie reprend sa bouteille avec un petit sourire en coin:

— Karine est de mauvaise humeur parce qu'elle a cassé avec Charles.

Ébahi, Constantin regarde l'aînée fusiller du regard la cadette : alors, quoi, sitôt commencé, c'est déjà fini ? Cela valait bien la peine de tuer le veau gras la semaine dernière pour un garçon qui allait disparaître aussi rapidement qu'il était apparu ! Mais, aussi, à quoi fallait-il s'attendre ? Il savait bien, lui, que ce blanc-bec n'était pas assez bien pour Karine ! En digne fille d'Andrée, elle s'est obstinée. Et voilà le résultat !

– Je lui ai donné son « quatre pour cent » ! ment Karine. Il était trop jeune de caractère.

– Est-ce qu'il embrassait bien ? demande Julie, toujours aussi voyeuse.

– Ordinaire, fait Karine en plissant les lèvres. Les intellos, ce n'est pas mon genre.

Julien tente de ramener ses filles à un respect élémentaire d'autrui, mais c'est comme s'il n'était pas là.

– Pourquoi démolis-tu tous les gars que tu lâches ? demande Julie à sa sœur.

– Pas de pitié pour les perdants ! Au suivant !

Constantin laisse tomber sa fourchette :

– Vraiment, Karine, tu me scandalises ! Je te trouve pas mal dure ! Il ne faut pas prendre plaisir à faire du mal aux garçons !

Et cherchant à l'atteindre par un langage qu'elle sera susceptible de comprendre :

– Attends de te faire voler ton amoureux : on s'en reparlera.

Une ombre passe sur le visage de la jeune fille, qui s'empresse de la chasser aussitôt : il serait bien stupide, le gars qui la laisserait tomber ! À Sainte-Jeanne-d'Arc, personne n'est « aussi bien équipé » qu'elle.

Consterné, Julien la regarde se lever et, son plateau dans les mains, rouler des hanches, le nombril à l'air, jusqu'à la sortie. Cette créature sans âme est-elle réellement sa fille ? Où est donc passée l'enfant charmante qu'il a connue ?

C'est alors qu'une main potelée se pose sur la sienne :

– C'est toi qui as raison, papa. Je ne pense pas comme elle, moi.

Julien sourit à sa cadette, la tête ailleurs : que son bébé joufflu lui promette de ne pas jouer à la vamp ne parvient pas vraiment à le consoler.

Toutes ces années à leur apprendre le savoir-vivre, à prôner l'écoute, la bienveillance et les bonnes valeurs chrétiennes… Tout cela a donc été balayé par la loi de la jungle ? Les paroles de Karine, en résonnant en Julien, laissent s'infiltrer un sentiment qu'il n'avait ressenti depuis fort longtemps : le doute.

Et s'il faisait fausse route depuis le début ?

∽ ∽ ∽

Derrière l'école Sainte-Jeanne-d'Arc, au fond d'un terrain vague, un bosquet de bouleaux maigrelets semble avoir été oublié par l'appétit de l'urbanisation. La nuit, quelques vagabonds viennent y trouver refuge ; le jour, des couples d'adolescents le font frémir de ricanements.

C'est là que, pendant leur cours de mathématiques, Charles Anctil entraîne une petite rouquine à lunettes. Rien qu'après lui avoir murmuré à l'oreille que, malgré toutes ses taches de rousseur, elle est tout de même assez jolie.

∽ ∽ ∽

Assise sur un banc de l'agora, Claudie révise son test de chimie quand elle sent une présence non loin d'elle. Guillaume est là, un peu à l'écart, à l'observer sans oser l'approcher. La veille, alors que Kim Dubé ne cessait de le harceler, Claudie l'a vu perdre patience – la secouer brutalement, puis la pousser contre un casier. Il a aussitôt lâché sa prise, d'autant plus bouleversé par son geste qu'il a aperçu Claudie, qui en avait été témoin. Aussi ne sait-il pas trop comment se comporter avec elle… certain qu'elle l'a maintenant catalogué à la même page que son père.

– On est encore amis ? lui demande-t-il en s'appuyant au mur près d'elle sans la regarder.

– *Amis ?* persifle Claudie. Depuis quand ?

Déçu, le garçon baisse les yeux :

– Pourquoi tu ne veux pas ?

– Je ne fréquente pas les gens violents.

– Ah, ouais ? ricane-t-il, l'œil allumé. Et toi, tu n'es pas violente ?

– Heye ! grogne Claudie en sautant sur ses pieds. Ne viens pas m'écœurer, sinon, je te mets ma main dans la face !

Le garçon géant baisse la tête vers le petit bout de fille qui le menace, trois étages plus bas :

– Tu as le droit de me frapper ? Rien que parce que tu es une fille ?

En s'écrasant sur sa joue, la main de Claudie lui fait comme une caresse qui pince.

Guillaume regarde autour d'eux : personne ne semble les avoir vus. Devant lui, Claudie a repris sa main, qu'elle a plaquée sur sa bouche, catastrophée.

– Maudit *chicken !* Tu as bien que trop raison ! Je suis violente !

Tous deux éclatent alors d'un grand rire.

◈ ◈ ◈

Daniel sort du gymnase, si pressé qu'il ne prend pas la peine de passer par la douche. Il doit trouver Marie-Claude avant qu'elle ne rentre chez elle. Finis, les jeux de l'amour et du hasard, l'existence est trop courte pour n'en savourer que les exceptions.

Cela fait deux semaines qu'ils se boudent. Enfin, façon de parler : ils ne sont jamais arrivés à se côtoyer sans se toucher, même avant de devenir amants. Depuis qu'elle a fait semblant de désirer Hugo Lacasse, ils ne cessent de se disputer – furieusement, de se mordre et de se griffer dans tous les coins sombres de l'école, à un tel point qu'il rentre chez lui courbaturé. Un miracle, que Lucie, questionnant ses égratignures, ait gobé l'excuse de l'entraînement de football!

Le souvenir de Lucie le presse davantage de retrouver Marie-Claude. Il faut qu'il annonce à sa panthère noire qu'il a pris sa décision : au diable, les voyages de Lucie à Paris et à Toronto, au diable sa froideur, ses sarcasmes et ses pannes de désir. Il l'a aimée, passionnément, pendant onze ans, et même s'il n'a pas envie de se demander s'il l'aime toujours, reste que cette vie-là, entre maître Chabot et son cabinet anglophone, il n'en veut plus. Elle ne veut pas venir le rejoindre sur son terrain? Tant pis pour elle. Qu'elle s'en aille donc coucher au Ritz avec le gros Rochon!

Débouchant dans l'aile de la direction, il aperçoit enfin Marie-Claude près du pigeonnier. Aujourd'hui, elle porte un chemisier bleu électrique, une jupe en cuir, qu'il ne lui connaît pas. Il a soudain l'impression de ne pas l'avoir vue depuis longtemps.

Il attend qu'elle se soit éloignée du bureau de Mamelles d'Acier (avec la fouine, on n'est jamais trop prudent!) avant de l'arrêter, non loin du bureau des professeurs.

– J'ai envie de toi, lui murmure-t-il d'une voix rauque tout en saluant un collègue d'un air neutre.

– Moi aussi. Tu me manques tellement que ça fait mal.

L'air toujours impassible, il lui serre le bras :

– Marie-Claude, je vais divorcer.

Elle freine net et se dégage de son étreinte :

– Divorcer? Pour quoi faire?

– Comment ça, *pour quoi faire*?

Elle s'éloigne, marche dans le corridor d'un pas décidé, certaine qu'il la suit. Quand la cloche sonne, que les portes libèrent un chahut d'élèves, ils se rapprochent du mur, marchant l'un derrière l'autre pour se protéger des bousculades.

Ce n'est que dans le couloir du gymnase que Daniel revient à la hauteur de Marie-Claude. Ils n'ont pas fait trois pas qu'elle le pousse entre deux portes pour se plaquer à lui et l'embrasser. Un instant, ils restent ainsi, l'un contre l'autre, à se caresser dans le claquement lointain des casiers, dans les clameurs des élèves. Puis, des pas se rapprochant, elle le repousse brusquement :

— Tu me mets de la pression, avec tes histoires de divorce. Je ne t'ai rien demandé.

— Ça n'a rien à voir avec toi, dit Daniel en déverrouillant le petit local du gymnase. Je ne peux plus continuer comme ça avec Lucie.

— Quand tu vivras tout seul, ne viens pas pleurer, si tu t'ennuies, fait-elle en le poussant à l'intérieur.

— Je suis fait plus fort que ça, grogne-t-il en lui mordillant le cou.

Il l'entraîne vers les matelas de sol, elle glisse avec lui en riant :

— On en reparlera. D'ici à ce que tu sois divorcé, on ne sera peut-être même plus ensemble. Qui te dit que je serai encore vivante ? Je pourrais avoir un accident en sortant de l'école.

Bouleversé, il la repousse sans ménagement :

— Pourquoi faut-il toujours que tu parles de malheur quand je veux faire un pas dans la bonne direction ?

— Un pas dans la bonne direction pour toi, ricane-t-elle, ça veut dire que je dois marcher dans tes pistes. Ça veut dire des chicanes, des exigences et des ultimatums.

Daniel la considère un instant, puis baisse la tête en soupirant. Pas plus que Lucie, Marie-Claude ne veut le rejoindre sur son terrain. Il ne s'en sortira jamais, si sa maîtresse se met à agir comme sa femme.

— Qu'est-ce que ça te donnerait, de divorcer ? fait-elle en déboutonnant lentement son chemisier d'un air aguicheur. On n'est pas bien, là ? Vis donc le moment présent…

❧ ❧ ❧

Il est seize heures trente quand Virginie sort de la station de métro Mont-Royal. Le kiosque de citrouilles a été enlevé, et l'heure n'étant pas encore aux sapins de Noël, la place Gérald-Godin n'est qu'un grand espace gris, venteux, tristounet, où les passants se pressent, le cou rentré dans les épaules et les poings au fond des poches.

Son sac d'école à la main, Virginie descend lentement la rue, toute songeuse encore de l'annonce que lui a faite Mireille. Une travailleuse sociale rendra visite aux Tremblay pour évaluer le cadre de vie de Guillaume. « En fait, ils vont interroger tout le monde : les voisins, les amis, toi, moi, les collègues… » Il faut faire confiance aux services gouvernementaux pour s'entraider – c'est-à-dire pour s'entre-justifier leurs emplois : l'école fait son rapport aux services sociaux, ceux-ci viennent interroger les enseignants… « Rien ne se perd, rien ne se crée. »

En fait, rajeunie de vingt ans, Mireille s'est férocement impliquée dans l'affaire : quelques appels téléphoniques bien placés, quelques visites de courtoisie… Même si elle refuse de révéler ce qu'elle a dit à Odile la Grise pour la faire céder, reste que la psychologue a finalement accepté de rencontrer Guillaume. Au terme d'une entrevue de deux heures, où il a cherché des chauves-souris dans des taches d'encre, subi un test d'intelligence, dessiné un arbre, une maison, une personne, un animal, elle a rendu son verdict : Guillaume est un enfant abandonnique avec un caractère masochiste. Inconsciemment, il chercherait à se faire adopter par la famille idéale – autrement dit, par celle de Virginie.

Débouchant dans la rue Marie-Anne, la jeune femme ne peut retenir un sourire : une famille idéale, le clan Boivin-Paré ! Quand elle dira ça à Bernard !

D'ailleurs, elle n'a pas mis le pied dans l'appartement que le *contexte* de la famille idéal lui éclate en pleine figure : le voisin du dessus tape à grands coups dans le plancher pour protester contre la musique des Cranberries, qui hurlent à pleins poumons. Les livres scolaires de Claudie jonchent la table de la cuisine, comme la vaisselle sale sur le comptoir et dans l'évier. Et il n'est pas difficile de deviner que la jeune fille se trouve dans sa chambre : elle s'y est rendue en se déshabillant, laissant derrière elle son blouson, son foulard, son chandail de laine...

Virginie se précipite au salon pour éteindre la musique ; au plafond, les coups cessent aussitôt. Elle ne donne pas deux minutes à monsieur Stanislas (un vieil écrivain qui supporte à peine la présence de son chat) pour descendre s'enquérir du tapage apocalyptique. Se montrera-t-il indulgent si elle lui promet de vendre leur adolescente au marché noir ?

— Claudie Paré ! crie-t-elle en ramassant les vêtements par terre. Ici ! *tout de suite* !

Pas de réponse. Virginie doit crier deux autres fois encore avant que la porte de la chambre ne s'entrouvre, pour faire apparaître une frimousse ensommeillée. Saluant à peine, la jeune fille se traîne jusqu'au réfrigérateur, pour aussitôt bougonner qu'il n'y a rien à manger.

Virginie inspire profondément. Que serait donc le verdict des psychologues, concernant l'inconscient de Claudie ?

— Tu ne remarques rien ? demande-t-elle en pointant la vaisselle sale.

— Oh ! Excuse-moi ! fait mollement la jeune fille. Je n'y ai pas pensé.

— Tu le fais exprès, c'est ça ?

— Je te jure que non. Je ne recommencerai plus. Promis.

Virginie regarde la fille de Bernard mettre les assiettes dans le lave-vaisselle (sans les rincer, contrairement à ce qu'elle lui a maintes fois demandé), puis ramasser ses livres, déplaçant au passage la nappe à un tel point que celle-ci n'est pas loin de tomber de la table.

– Tu vas me ramasser le bordel du salon tout de suite.

– Capote pas.

– Oui, *je capote*! Grouille!

– *Chicken*! C'est pire que Guantanamo Bay, ici!

Et, sans demander son reste, la jeune fille va au placard prendre son manteau, avant de se diriger vers le vestibule.

– Et où est-ce que tu t'en vas, comme ça? demande Virginie, les poings sur les hanches.

– Au dépanneur, sourit innocemment Claudie. As-tu besoin de quelque chose?

– Je te donne cinq minutes, Claudie Paré. Après, tu me fais un ménage complet.

– Promis, juré, craché!

❧ ❧ ❧

– Il ne faudrait pas que tu exagères, ma belle fille, dit Cécile en lui replaçant une mèche derrière l'oreille. L'ordre, c'est important dans une maison.

Claudie s'assoit près de Pierre avec son air d'épagneul:

– Je voulais tout ranger avant son arrivée… Je n'ai juste pas vu l'heure passer!

– Bah, fait son faux grand-père en lui pressant l'épaule, ne t'en fais pas avec ça. Veux-tu que je te fasse un sandwich?

– Oui, merci! J'ai tellement faim!

Et se tournant vers sa fausse grand-mère avec un air contrit:

– Il faudrait juste que tu téléphones à Virginie… Elle m'a donné cinq minutes…

Cécile hausse les yeux au ciel: s'il faut maintenant élever les enfants des autres! Ah, il ne perd rien pour attendre, le journaliste!

❧ ❧ ❧

Vers dix-sept heures, Bernard croise monsieur Stanislas sur le perron, qui lui reproche «l'apocalypse» qu'ils «s'amusent» à infliger à son inspiration artistique.

À l'intérieur, Virginie est attablée devant un grand verre de vin blanc, qu'elle boit aussi goulûment que du jus de pomme.

– Un problème, chaton?

– *Deux* problèmes! Un de seize ans, et un de quarante ans!

XX Armes de séduction massive

Plus les années passent, plus Constantin se demande à quoi aurait ressemblé sa vie si Andrée et lui avaient eu des garçons plutôt que des filles. Adieu, les régimes, les entrées tardives, les excès de séduction, les disputes avec leur mère, les états amoureux, les peines de cœur. Il passerait ses fins de semaine dans des estrades, à hurler avec les autres pères en voyant ses fils attraper une passe, compter un but… Et rien que le fait de leur offrir une paire de billets pour aller voir jouer le Canadien ou les Alouettes suffirait à le sacrer meilleur père de l'Histoire.

«Dieu me met à l'épreuve, c'est certain, se dit-il en voyant Karine le rejoindre dans la salle des professeurs, la camisole échancrée malgré novembre. Si j'affronte tout cela la tête haute, j'en sortirai grandi.»

N'empêche, il est flatté de voir son aînée venir lui parler. Contrairement à son bébé joufflu, celle-là n'en a habituellement que pour sa mère, avec laquelle elle partage le penchant pour le maquillage, les vêtements signés, la thalasso, les salades sans vinaigrette. Mais surtout, ces temps-ci, Karine semble avoir perdu un pain de sa fournée: le temps du «pense ce que tu veux, ça ne me fait pas un pli!» a fait place à celui du «tout le monde me déteste, je n'ai pas d'amie». Karine dit se sentir bizarre, ne plus avoir envie de rien. Et même si Andrée ne s'est pas inquiétée de lui voir perdre l'appétit – «De toute façon, ce n'est pas bon, trop manger, à son âge» –, reste qu'elle lui a donné le mandat de percer le mystère. «Pourvu qu'elle n'ait pas de problème avec la direction de l'école! gémit intérieurement Julien. Déjà que Lise me surveille, je n'ai vraiment pas besoin de me faire remarquer!»

La jeune fille s'écroule sur la chaise près de son pupitre et, enlevant son sac nounours de sur son dos, elle le plaque contre son ventre en soupirant:

– Papa… Il faut que je te dise…

Julien s'immobilise, l'oreille dressée, l'œil en biais, comme un chevreuil ayant entendu un craquement.

– J'ai de la misère en bio.

Ouf. Ce n'est qu'un problème académique. Elle a l'air si abattue qu'il se serait presque attendu à devenir grand-père.

– Tu dois faire un effort. Ça va être encore pire au cégep, en sciences de la santé.

– Je n'ai jamais dit que je voulais aller dans cette branche-là! se rebiffe-t-elle. C'est toi qui as choisi à ma place!

– C'est pour ton bien, argue-t-il, le doigt dressé. Tu pourras aller partout avec ça.

Découragée, la jeune fille détourne la tête vers la fenêtre. Pendant un moment, elle regarde en silence les arbres se faire malmener par le vent. Puis, elle lâche à mi-voix:

– Je pense que je vais lâcher.

– Pas question! s'écrie Julien avec épouvante. Ta mère et moi, nous allons t'aider! Tu vas voir, avec un petit coup de cœur…

– Vous n'avez pas le temps! Puis, vous ne connaissez rien là-dedans!

Désemparé, Julien essuie ses mains moites sur son pantalon de laine: les notes de ses filles sont le seul domaine ne lui causant aucune inquiétude. Si, en plus de tout le reste, elles se mettent à échouer leurs cours, il veut bien retourner chez les Jésuites!

– As-tu demandé à ton prof de t'aider?

Karine hausse les épaules:

– Il en a déjà assez avec tous ceux qui échouent!

– On va trouver une solution, dit Julien en lui tapotant la main, tentant de mettre assez de conviction dans sa voix pour se rassurer lui-même. Il y a certainement une solution.

Les yeux en amande de sa fille se mettent alors à luire:

– À moins que... Tu sais, Marc Dubuc, le nouveau stagiaire? Celui qui prépare les cours de bio... Il pourrait venir m'aider à la maison?

Julien se frotte le menton en réfléchissant: en effet, ce n'est pas fou. Comme quoi Dieu ne nous soumet jamais une épreuve de la main gauche sans nous fournir le remède de la main droite.

– Il faudrait seulement que tu le lui demandes, ajoute Karine. Moi, ça me gêne.

– Tu as raison, dit Julien en se levant. Je vais même aller le voir tout de suite!

Il est si pressé à se rendre au laboratoire qu'il n'aperçoit pas, derrière lui, le sourire de sa fille, qui étincelle comme à la réception d'un nouveau jouet.

∽ ∽ ∽

Claudie sort de la classe de cheminement en coup de vent, heureuse d'avoir été sauvée par la cloche. Elle n'arrive pas à croire que Virginie passe ses journées avec des singes pareils! Tout au long de son exposé sur les attentes du journal quant à leurs articles, Kim Dubé n'a cessé de se moquer d'elle, ni Sylvestre de la draguer avec des phrases pleines de sous-entendus. (À un tel point que Virginie a dû intervenir, ce qui a fait siffler les garçons: «Ouuuuuuuh! Sylveeeestre! la prof est jalouuuuuuuuuuuuuuse!»)

Seul Guillaume n'a rien dit. Au fond de la classe, allongé sur son bureau, le menton sur ses bras croisés, il n'a fait que la regarder – avec tant de concentration qu'elle en a perdu tous ses moyens. Cela a fait s'esclaffer Kim Dubé, Sylvestre, Josée, Marilyn… Virginie est intervenue. «Môman protège fifiiiiiiiille!»

Non, vraiment, Claudie ne regardera plus jamais sa belle-mère de la même façon. Il faudra qu'elle lui demande comment elle fait, après des journées pareilles, pour faire l'épicerie, le repas, pour ramasser le désordre de son père – sans parler du sien! «C'est décidé! Dorénavant, je l'aide à faire le ménage!» Et se rendant soudain compte de ce que cela implique: «Si elle me le demande.»

Soudain, la jeune fille sent une présence derrière elle. Une sorte de chaleur diffuse, provenant d'un corps long et robuste, qui s'accorde en douceur au rythme de ses pas.

– J'ai eu l'air d'une belle dinde dans votre classe, dit-elle sans se retourner, les joues toutes chaudes.

– Bien non, rit tranquillement Guillaume. C'est juste que tu te prends trop au sérieux.

– Tu ne sais pas comme c'est humiliant, de perdre la face devant les gens! bougonne Claudie en s'engageant dans l'escalier vers l'agora.

– Oh, oui, que je le sais, soupire-t-il. Nous autres, en cheminement, c'est toute l'école qui nous traite de débiles. Alors, ce n'est pas une fille qui bafouille qui va nous faire tomber de nos chaises. C'est comme si tu faisais partie de notre monde.

– Eh bien, merci! ricane Claudie. Depuis le temps que j'en rêvais!

Mais réalisant soudain ce qu'elle vient de dire, elle l'arrête par le bras:

– Excuse-moi. *Chicken!* que je suis donc nouille, quand je veux!

Guillaume hausse les épaules: il a l'habitude de faire honte à ceux qu'il fréquente.

– Tu as mal compris, proteste Claudie.

– Non, c'est exactement ce que tu voulais dire, fait Guillaume avec lucidité. Mais là, tu te sens mal, parce que tu viens de te rendre compte que tu nous snobais.

Piteuse, Claudie détourne le regard vers les casiers de l'agora. Il faudra qu'elle demande à Virginie pourquoi un gars intelligent, ça nous fait perdre tous nos moyens.

꿍 꿍 꿍

– Avec toi, dit Daniel dans la nuque de Marie-Claude, j'ai l'impression d'avoir quinze ans!

Ils se sont encore retrouvés dans le petit local du gymnase, profitant de l'absence de Virginie, partie dîner à l'extérieur.

– Imagine la Bombardier qui entre ici pendant qu'on joue au docteur, rit Daniel lui relevant sa jupe. Elle apprendrait ce que c'est vraiment, de la lingerie...

– Ouh, docteur, rit-elle en se tortillant, j'ai mal... Plus haut, plus haut, docteur!

Daniel éclate de rire en se jetant sur elle. Cela faisait longtemps qu'ils ne s'étaient aimés si joyeusement. Si longtemps, en fait, qu'il avait presque oublié combien c'était bon.

– Je t'aime, Marie-Claude.

– Moi aussi, franchement! Qu'est-ce que tu penses!

꿍 꿍 꿍

Le repas était excellent, mais Virginie regrette d'avoir pris du vin : cet après-midi, au gymnase, le cours de gymnastique au sol lui fera expier chacune de ses gorgées.

Sur le perron de Sainte-Jeanne-d'Arc, elle se fraie un passage parmi les jeunes fumeurs, puis tient la porte à Lucie qui, malgré l'élégance de son manteau d'agneau, ne se formalise pas outre mesure d'être bousculée par la sortie de deux garçons. À peine maître Chabot se permet-elle un regard moqueur par-dessus ses verres fumés : habituée de se coltiner en cour des fiers-à-bras et leurs avocats, elle ne se laissera certainement pas impressionner par des voyous de quatorze ans qui, le fond de culottes sur les genoux, toussent chacun de leurs minicigares aux fraises. « Et ça se prend pour un homme ! »

– Habituellement, dit Virginie en entraînant son amie dans le couloir, Daniel mange à la salle des professeurs. S'il n'est pas là, on ira voir à la cafétéria.

Quand elles parviennent à la salle des enseignants, celle-ci est déserte. Virginie ne se donne pas trois secondes avant d'entendre Lucie lancer un sarcasme sur le travail des enseignants. Comme s'ils étaient en vacances à longueur d'année !

– Avoue que vous êtes choyés, fait Lucie lorsqu'elle lui ouvre sa pensée. Je regarde Daniel : il me semble toujours en congé ! Aux fêtes, à Pâques, et tout l'été… Ça fait cinq ans qu'il n'a pas préparé un cours, il ne rapporte jamais de correction à la maison…

Virginie dépose son sac sur son pupitre avec agacement :

– Peut-être, mais on ne gagne pas non plus cent mille dollars par année !

– Pas mal, ricane Lucie, pour une fille qui dit refuser les préjugés…

Heureusement, l'arrivée de Julien crée diversion – quoique Virginie ne puisse s'empêcher de songer qu'il incarne à lui seul tous les clichés de la profession.

Sensible à la beauté racée de Lucie, qui évoque celle d'Andrée en version brune, Julien se fend d'un baisemain et de galanteries à l'ancienne. Virginie sourit avec attendrissement : plus elle connaît Constantin, plus elle réalise qu'il ne fait pas partie de leur monde. Cet homme appartient à un livre de la comtesse de Ségur, où le thé est servi au jardin tandis que, sur un banc de pierre, des petites filles modèles bercent leurs poupées de porcelaine.

– J'étais venue dire bonjour à Daniel, explique Lucie, mais je vois que la bête est absente.

– Je les ai vus tout à l'heure, dit Julien. Ils marchaient vers le petit local du gymnase.

Les deux copines échangent un regard surpris.

– *Ils*? demande Virginie. Qui ça, *ils*?

Réalisant soudain qu'il vient de mettre le pied dans un nid de guêpes, Julien se dirige vers les casiers pour cacher sa gêne.

– Daniel et Marie-Claude? s'étonne naïvement Virginie, une fois la précision faite. Qu'est-ce qu'elle fait au gym? Elle enseigne l'anglais!

Tout ce temps, le visage de Lucie est resté lisse, sans un seul frémissement. Les yeux fixés sur le pupitre de son mari, puis sur celui d'en face, où des manuels d'anglais sont empilés, elle reste un long moment pensive, comme si elle tentait de résoudre une équation mathématique, avec une froide intensité.

– Marie-Claude…, finit-elle par murmurer, avec un petit sourire.

Et effleurant de sa main gantée le pupitre de celle-ci, elle regarde Virginie:

– Décris-la-moi, s'il te plaît.

❧ ❧ ❧

Dans la bibliothèque, leurs épaules se touchent presque, mais ils font comme s'ils ne l'avaient pas remarqué.

– C'est plus dur que je pensais, s'impatiente Guillaume. Je ne sais pas par où commencer!

Claudie lui prend la feuille des mains:

– Mon père dit toujours d'écrire d'abord sur la feuille les choses qu'on veut dire. Après, on n'a qu'à les mettre en ordre.

Fouillant dans son coffre à crayons, elle ne remarque pas qu'il l'observe.

– Bon, dit-elle en préparant son stylo, qu'est-ce qui est le plus important, dans ce que tu veux dire ?

Lorsqu'elle lève la tête vers lui, il détourne le regard :

– Que… que les gars de quatrième secondaire ont fondé un fan-club du Canadien.

– Et puis ?

– Ils sont déjà une trentaine. Ils ont écrit aux joueurs de l'équipe.

– Est-ce qu'on leur a répondu ?

Quand il lui explique que les élèves ont non seulement reçu une lettre, mais des photos autographiées, Claudie se fait si bien prendre par l'enthousiasme qu'elle pose sa main sur celle du garçon :

– Je n'en reviens pas ! Le Canadien de Montréal qui correspond avec un fan-club de Sainte-Jeanne-d'Arc ! Ce n'est pas seulement bon ! Ça pourrait faire carrément la une du journal ! Imagine, on pourrait organiser un concours pour donner une photo autographiée !

Elle est si transportée qu'elle n'entend pas la bibliothécaire lui demander – une énième fois – de parler moins fort.

– Tu es génial, Guillaume ! s'exclame-t-elle en lui embrassant brusquement la joue.

Puis, réalisant ce qu'elle vient de faire, elle se détourne pour se pencher vers sa copie. Pendant un moment, tous deux restent immobiles et silencieux – incapables d'écrire une seule ligne.

❧   ❧   ❧

Marc Dubuc, le stagiaire de Marcel Langevin, n'a commencé que depuis deux semaines à prendre en charge certains laboratoires de biologie, mais déjà, dans les couloirs de Sainte-Jeanne-d'Arc, on chuchote que le beau Daniel Charron aura de la concurrence.

Si sa beauté est moins flamboyante que celle de l'athlète, ses cheveux noirs coupés en brosse et ses yeux bruns étant plus quelconques, il a toutefois de son côté l'attrait d'une jeune vingtaine propice à la familiarité des élèves. Quand il paraît en classe, apparemment inconscient de l'effet produit par son jeans ajusté et ses manches retroussées, les adolescentes guettent le moment où il se tournera vers le tableau… et les garçons le prennent en haine. Petite brute sans scrupule au regard un peu triste, Marc Dubuc donne à la fois envie d'être le bourreau et la victime.

C'est cet homme-là que Constantin intercepte dans le couloir pour lui demander de donner des leçons privées à sa fille aînée.

Néanmoins, le stagiaire ne peut retenir son étonnement face à la proposition du professeur d'histoire : dans les classes de monsieur Langevin, Karine Constantin se situe très loin du dernier rang centile…

– Oui, mais ma Karine est très perfectionniste, sourit Julien sans arriver à cacher sa satisfaction. Elle tient absolument à être première dans toutes ses matières. Tu comprends, elle veut aller en sciences pures au cégep.

Posant une main paternelle sur l'épaule du stagiaire, le doyen du personnel enseignant explique alors que, si celui-ci acceptait de donner des leçons privées à sa fille, il s'assurerait auprès de son collègue de biologie que celles-ci soient reconnues dans ses heures de stage.

Les deux hommes s'approchent de la salle des enseignants quand Karine surgit au détour d'un couloir, comme par hasard. Malgré sa camisole échancrée, elle manifeste une bonne éducation qui fait la fierté de son père.

– J'étais justement en train de discuter avec Marc à propos de leçons privées en bio…

La jeune fille joint les mains :

– J'en aurais tellement besoin ! Je ne comprends rien !

– Ça me surprend, fait Marc, les sourcils froncés. Au dernier contrôle, tes notes étaient excellentes.

Karine hausse les épaules :

– Je ne fais qu'appliquer les formules. Ce n'est pas compliqué.

Réalisant soudain qu'il s'est peut-être (encore une fois) inquiété pour rien, Julien se montre alors soulagé : finalement, des leçons privées ne sont peut-être pas nécessaires.

– Papa, je veux comprendre ! proteste vivement Karine. La bio m'a toujours passionnée ! Je veux savoir comment ça marche : la physiologie, la reproduction…

Si Julien ne saisit pas le double sens des paroles de sa fille, ce n'est pas le cas de Marc Dubuc : tout en faisant mine de chercher une solution à la situation, celui-ci ne peut s'empêcher de détailler Karine qui, avec ses cheveux sophistiqués, sa tenue légère et son visage d'enfant, est un troublant mélange d'innocence et de sauvagerie.

– Bon, cède le jeune homme, on se verra lundi prochain, toi et moi, pour organiser un programme de rencontres.

Triomphante, Karine se jette au cou de son père :

– Merci, papa ! Tu ne le regretteras pas !

Déboussolé, Julien n'a pas le temps de rétorquer qu'il n'a pas donné son avis, que sa fille s'enfuit dans le couloir, en promettant un dossier scolaire impeccable.

Le loup est entré dans la bergerie Constantin.

❧ ❧ ❧

Guillaume suit Claudie dans l'appartement, sans trop savoir s'il a tort ou non de le faire. La dernière fois où il s'est retrouvé près du lit aux moutons bleus, cela a fini par une crise, qui a résonné de chez Virginie à chez ses parents, et jusqu'au bureau de la B-52. Et puis, rien ne prouve que Claudie, malgré ses grands airs d'indépendante, ait la permission d'inviter « un ami » chez elle.

Sylvestre a bien raison : il suffit d'une fille pour tout compliquer dans la vie d'un gars. Or, s'il y a bien une fille qui soit très fille, c'est Claudie Paré. Le peu qu'il connaît d'elle lui donne envie d'en apprendre davantage – ce qui, en soi, promet des tas de complications en perspective.

Mais, apparemment, il est seul à se tourmenter. D'un geste large, Claudie débarrasse son bureau de tout le fatras qui l'encombre, et qu'elle envoie tomber au sol en souriant. Puis, ouvrant son sac d'école, elle en sort son bloc notes du journal, avant de pousser du pied une chaise à roulettes pour l'inviter à s'asseoir.

Le grand gaillard s'exécute, le corps immense sur la chaise d'enfant de Claudie. Ouvrant son sac à dos pour ne pas avoir à la regarder, il en sort son article – n'a pas le temps de le lui tendre qu'elle lui arrache des mains, comme un chien fou cherchant à s'amuser. Mais, devinant qu'il prend son travail à cœur, elle se plonge dans sa lecture, en bonne rédactrice en chef, de surcroît fille de journaliste.

Intimidé par le silence – et surtout, par la proximité de Claudie, dont il respire les cheveux, sans qu'elle y prenne garde –, Guillaume détaille la chambre de la jeune fille, où la colonie de peluches côtoient les affiches indécentes de Madonna. Levant les yeux vers une étagère, il les baisse aussitôt, impressionné : il n'aurait jamais cru qu'une fille puisse lire tant de livres, et être tout de même intéressante.

Cette fille n'est vraiment pas comme les autres. Il suffit de la prendre pour une intello pour qu'elle gagne un tournoi de volley-ball – il suffit de lui parler du Canadien pour qu'elle empoigne son stylo. Elle se fâche quand on cherche à la faire rire, elle blague quand elle a de la peine… Vraiment pas reposante.

Guillaume se penche vers elle, soi-disant pour lire par-dessus son épaule. « Vraiment, vraiment pas reposante », se répète-t-il en la respirant de nouveau.

– Alors ? Qu'est-ce que tu en penses ?

Elle dépose sa copie, les yeux si pétillants qu'il détourne la tête.

– Je pense que c'est bon en *chicken* !

– Je ne pensais jamais que je serais capable, murmure-t-il, ébloui.

– Tu devrais voir les niaiseries que les intellos de cinquième secondaire ont écrites ! C'est épais, mais ils se pensent bien intelligents !

Il rit avec elle, puis baisse les yeux :

– Sans toi, je n'aurais jamais été capable.

Elle lui claque la main comme une maîtresse d'école de l'ancien temps :

– Arrête de dire que tu n'es pas capable ! Je ne veux plus t'entendre dire ça, compris, Guillaume ?

Ils sont si absorbés l'un par l'autre qu'ils n'entendent pas les clefs dans le vestibule, ni la porte se refermer.

– Tu sais, ose Claudie, j'aime ça, les gars qui sont grands et forts, mais qui savent écrire.

Sa main se pose doucement sur l'épaule de Guillaume – qui se lève aussitôt :

– On serait peut-être mieux d'aller dans la cuisine…

– Pourquoi ? demande Claudie en se levant à son tour. C'est ma chambre, on est bien ici…

– T-tout d-d'un coup il arriverait qu-quelqu'un…

– Arrête de bégayer ! rit-elle en s'approchant. Parle-moi comme du monde ou bien…

– Ou bien ?

– Ou bien… embrasse-moi.

❧ ❧ ❧

De la cuisine, Virginie voit une toute petite Claudie se lever sur le bout des pieds, s'élever à la hauteur d'un très grand Guillaume qui, comme traversé par un courant électrique, la saisit par la taille pour l'élever à sa hauteur. Les pieds en l'air, Claudie prend doucement le visage du gaillard entre ses mains, pour l'embrasser, se laisser embrasser…

Virginie étouffe un petit rire, puis fait demi-tour sur la pointe des pieds. Elle ouvre silencieusement la porte de l'entrée… avant de la claquer violemment.

– Bernard? Tu es là, mon amour?

À suivre…

Le petit monde de *Virginie*

Charles ANCTIL (16 ans): Grand brun de Westmount ayant demandé à ses parents de fréquenter une école publique pour côtoyer «le vrai monde» – soit Véronique Bernier, Karine Constantin et Claudie Paré, trois petites bourgeoises de classe enrichie. Comme quoi on ne s'affranchit jamais totalement de ses origines…

Gilles BAZINET (50 ans): Directeur adjoint de l'école Sainte-Jeanne-d'Arc (SJD), surnommé «le rat» par les élèves qu'il punit (notamment en leur faisant recopier l'annuaire téléphonique). Sous des dehors civilisés, l'ennemi juré de Cécile Boivin cache bien des mystères.

Véronique BERNIER (16 ans): Meilleure amie de Claudie Paré, cette «Rouquine Atomique» œuvre avec elle au journal étudiant.

Cécile BOIVIN (57 ans): Mère de Virginie, ancienne enseignante de SJD, et surtout, emmerdeuse impénitente. Depuis qu'elle est à la retraite, elle a tout le loisir de s'adonner à son passe-temps préféré: faire des drames avec rien.

Hélène BOIVIN (28 ans): Sœur cadette de Virginie, architecte paysagiste. Divorcée, enfant gâtée et envieuse, qui ne donne des nouvelles à ses proches que pour leur demander quelque chose. Tout pour plaire, quoi!

Pierre BOIVIN (65 ans): Père de Virginie, marié à Cécile. Retraité de la construction, homme placide et plein de bonhomie, qui n'attend plus qu'une chose de la vie: avoir la paix – ce qui, avec Cécile et leurs deux filles, relève plutôt de la science-fiction.

Virginie BOIVIN (30 ans): Après deux ans d'animation dans un club de vacances de la Guadeloupe, elle entre à SJD pour enseigner le français (classe de cheminement particulier) et l'éducation physique.

Lise BOMBARDIER (55 ans) : Directrice de SJD. Élèves comme professeurs la surnomment «B-52» ou encore «la Dame de fer», ce qui veut tout dire sur ses manières expéditives dans la résolution de conflit. Meilleure ennemie de Mireille Langlois.

Lucie CHABOT (30 ans) : Brillante avocate, meilleure amie de Virginie. Mariée à Daniel Charron, elle multiplie les stratagèmes pour alimenter leur passion, qui va malheureusement en s'étiolant.

Pénélope CHABOT-CHARRON (8 ans) : Fille unique de Lucie Chabot et de Daniel Charron, enfant sage et invisible, ballottée par les déboires conjugaux de ses parents.

Daniel CHARRON (32 ans) : Ami et collègue de Virginie (éducation physique), marié à Lucie Chabot et amant de Marie-Claude Roy. Ouf! Il faut être en forme pour traverser les journées du plus beau prof de l'école!

Julie CONSTANTIN (15 ans) : Fille cadette de Julien Constantin et d'Andrée Lacombe. Le bébé joufflu de la famille est la honte de sa mère, même si celle-ci ne voudra jamais l'avouer.

Julien CONSTANTIN (48 ans) : Professeur d'histoire à SJD, cet ancien jésuite a quitté la soutane pour épouser Andrée Lacombe. Dieu le lui fait payer très cher, notamment en le privant de toute autorité sur sa femme et ses filles.

Karine CONSTANTIN (16 ans) : Aînée de la famille, beauté insolente à qui Andrée Lacombe a appris à utiliser son corps pour parvenir à ses fins.

Gerry CÔTÉ (36 ans) : Motard et mécanicien, conjoint de Marie-Claude Roy.

Kim DUBÉ (16 ans) : Élève de cheminement particulier, écartelée entre la ferme de son père et le quartier ouvrier de sa mère, cette fille est persuadée que la violence est le seul langage… jusqu'à ce qu'elle entre dans la classe de Virginie.

Henriette HAMEL-DEFERRE (50 ans) : Secrétaire de direction, fouineuse et maniganceuse, surnommée « Mamelles d'Acier » à cause de sa poitrine aussi impressionnante qu'une paire d'obus.

Hugo LACASSE (24 ans) : Jeune professeur de mathématiques. Malgré sa discrétion, il est une des recrues les plus prometteuses, qui pourrait faire partie du décor de SJD longtemps…

Andrée LACOMBE (42 ans, mais fait comme si elle en avait dix de moins) : Épouse de Julien Constantin et mère de Karine et de Julie, cet ancien mannequin est propriétaire de Beauty, une boutique de vêtements griffés de l'avenue Bernard (Outremont).

Mireille LANGLOIS (50 ans) : Enseignante de géographie et présidente du syndicat des professeurs de SJD. Meilleure ennemie de Lise Bombardier.

Dominique LATREILLE (40 ans) : Ex-femme de Bernard Paré et mère de Claudie, cette adepte des médecines douces prétend ne rechercher que l'harmonie… tout en s'ingéniant à compliquer la vie de Virginie.

Édouard LIRETTE (59 ans) : Veuf au grand cœur, propriétaire du snack-bar Chez Lirette, en face de SJD, depuis 30 ans. Appuyé à son comptoir, monsieur Lirette est l'oreille du quartier Hochelaga-Maisonneuve.

Bernard PARÉ (42 ans) : Conjoint de Virginie depuis un an, chroniqueur culturel dans un grand quotidien montréalais, Bernard est à la fois la cause et le remède de bien des migraines.

Claudie PARÉ (16 ans) : Fille de Bernard et de Dominique Latreille. Son imagination débridée n'a d'égale que sa capacité à mettre les pieds dans le plat. Rédactrice en chef du journal étudiant.

Sylvestre PAUL (16 ans) : Jeune Haïtien futé et passionné de jazz. Ses quatre cents coups l'ont jeté dehors de plusieurs écoles avant qu'il n'atterrisse dans la classe de Virginie, dont il se plaint (à tort) d'être le bouc émissaire.

Marilyn POTVIN (16 ans) : Élève de Virginie (cheminement particulier), menteuse invétérée au physique angélique.

Marie-Claude ROY (25 ans) : Motarde et rebelle, elle enseigne l'anglais à SJD. Amante de Daniel Charron.

Guillaume TREMBLAY (16 ans) : Gaillard aussi costaud que timide, chouchou inavoué de Virginie (cheminement particulier).

Johanne TREMBLAY (40 ans) : Mère de Guillaume, épouse de Roger Tremblay. Ancienne élève de SJD.

Roger TREMBLAY (40 ans) : Père de Guillaume, marié à Johanne Tremblay. Policier à la Sûreté du Québec (brigade des stupéfiants), ancien élève de SJD.